GOLDMANN

Buch

Geplant war eine harmlose Urlaubsfahrt nach Südamerika. Doch den gesetzten, älteren Arzt Dr. Slade und seine junge, erlebnishungrige Frau Day erwartet alles andere als ein wenig Erholung und bunte Exotik. Da ist eine seltsame Kanadierin, die sich in das wohlgeordnete Leben des amerikanischen Paares drängt. Da ist die Begegnung Days mit einem ebenso charmanten wie undurchsichtigen jungen Mann. Und da sind Dinnereinladungen, die in Alpträume ausarten. Zu spät erkennen Dr. Slade und seine Frau, daß sich ein tödliches Netz um sie gelegt hat, aus dessen Verstrikkungen sie sich nicht mehr befreien können.

Von einer Doppelbödigkeit und beunruhigenden Spannung, die an die besten Filme Alfred Hitchcocks erinnert, seziert dieser bislang letzte Roman von Paul Bowles mit erbarmungsloser Schärfe die innere Hohlheit und den ganzen *ennui* hinter der Fassade bürgerlicher Wohlgesetztheit und Ordnung. Vor allem aber zeigt Paul Bowles wie in allen seinen Werken auch in *Gesang der Insekten* wieder die Begegnung des westlichen Menschen mit der Verlockung fremder Kulturen als unerbittliche Konfrontation mit dem eigenen Ich.

Paul Bowles' Romane verklären nicht romantisch exotische Welten; sie sind beklemmende Bilder von den Nachtseiten und Abgründen der menschlichen Existenz, von Reisen »ins innere Ausland der Seele«.

Autor

Paul Bowles wurde 1910 in New York geboren und studierte in Berlin, Paris und an der Universität von Virginia Musik. Bereits 1929 begann er literarische Texte zu veröffentlichen, 1931 brach er erstmals, auf Anregung von Gertrude Stein, nach Nordafrika auf. In den dreißiger und vierziger Jahren machte er sich in New York als Komponist von Opern und Balletten, von Theater- und Filmmusiken für Orson Welles, Elia Kazan und Tennessee Williams einen Namen. Hier lernte er auch seine spätere Frau Jane kennen, die er 1938 heiratete. Nach ausgedehnten Aufenthalten in Nordafrika, auf Ceylon und in Südamerika ließ Paul Bowles sich Ende der vierziger Jahre in Tanger nieder. Dort lebt er auch heute noch – hochgeschätzt und vielgepriesen von Schriftstellerkollegen wie Truman Capote, Jack Kerouac, Allen Ginsberg, Norman Mailer oder William S. Burroughs.

PAUL BOWLES

Gesang der Insekten

Roman

Aus dem Amerikanischen
von Pociao

Goldmann Verlag

Die amerikanische Originalausgabe erschien 1966 unter dem Titel »Up Above the World« bei Simon & Schuster, New York

Der Goldmann Verlag
ist ein Unternehmen der Verlagsgruppe Bertelsmann

Made in Germany · 8/90 · 1. Auflage
Genehmigte Taschenbuchausgabe

Umschlaggestaltung: Design Team München
Druck: Elsnerdruck, Berlin
Verlagsnummer: 9782
G.R. · Herstellung: Heidrun Nawroth
ISBN 3-442-09782-7

EINS

1

Noch halb schlafend nahmen die Slades am Frühstückstisch Platz. Das Schiff war da; sie hatten sein dumpfes Tuten gehört, als es irgendwann in dunkler Nacht im Hafen eingelaufen war. Blieb nur die Frage, wie sie mit dem vielen Gepäck an Bord kommen sollten. Gestern abend, als sie von einem nächtlichen Spaziergang durch den verlassenen Ort zurückgekehrt waren, hatte der Besitzer sie beschwichtigt: Um halb sechs würde der Nachtportier sie wecken, und um sechs würde man ihnen im Speisesaal das Frühstück servieren. Jetzt war es zwanzig vor sieben. In der Mitte des Raumes kniete eine schwarze Frau und schrubbte den makellosen Holzboden. Ansonsten war niemand zu sehen, wenngleich schwache Geräusche aus der Küche drangen. Irgend jemand mußte dort den Kaffee kochen, der sie schließlich davon überzeugen würde, daß sie noch lebten. Der Tisch war seit dem gestrigen Abendessen nicht abgeräumt worden; auf jedem Platz stand ein halb gegessener Pudding.

«Ich bringe mich um, wenn wir es verpassen», erklärte sie.

«O Gott», stöhnte er und dann, wie um sich zu korrigieren: «Wir werden es schon nicht verpassen.»

Draußen vor dem Fenster fielen die Tautropfen von einem Bananenblatt zum nächsten. Die Uhr über der Anrichte tickte schnell und laut. Eine Zeitbombe, dachte

Dr. Slade, während sein Blick über das dunstige Grün des Hotelgartens schweifte.

«Reg dich nicht auf», sagte er und gähnte. «Wir haben noch jede Menge Zeit.» Es gab einen Unterschied zwischen dem gewöhnlichen, müden Gähnen und diesem angespannt zittrigen, das jetzt krampfhaft vom Grund seines Magens aufstieg. Er zählte bis zehn und sprang dann auf.

«Wo zum Teufel bleibt der Kaffee?» schrie er plötzlich wutentbrannt und drehte sich auf der Suche nach der Tür zur Küche um die eigene Achse. Eine massige, rotgesichtige Frau betrat den Speisesaal; als er näher kam, bemerkte er ihre roten Wangen und fragte sich flüchtig, ob sie die Frau des Besitzers sei. Sein *«Buenos días»* bestand aus nicht viel mehr als einem Murmeln, aber sie begrüßte ihn bereits in Englisch und mit einem breiten Lächeln. Er eilte an ihr vorbei in die Richtung, aus der die Geräusche kamen, und fand sich plötzlich in der Küche wieder, einer finsteren Höhle. Ein schläfriger Neger fachte das qualmende Holzfeuer im Herd an. *«Café! Café!»* rief Dr. Slade.

Der Mann machte eine Bewegung zum Garten hin, und Dr. Slade trat durch die Tür auf den knirschenden Sand. Unter den jungen Papayabäumen blühten Weihnachtssterne; die Blüten wirkten wie rotes Seidenpapier. Fluchend kehrte er durch einen Nebeneingang in den Speisesaal zurück und sah, wie aus den beiden Kaffeetassen auf ihrem Tisch Dampf aufstieg. Mrs. Slade war verschwunden.

Die Aussicht, den Kaffee zu trinken, solange er noch heiß war, selbst mit dem üblichen Zusatz von Kondensmilch, war zu verlockend. Er nahm Platz. «Hoffentlich war es erfolgreich», würde er sagen, wenn sie zurückkam. Oder: «Eine gute Verdauung ist auch wichtig.» Auf der Straße, gleich unter dem Fenster, bellte wütend ein Hund. Aufgeregte Stimmen schrien durcheinander. «Wenn man in Zeitdruck ist, gibt es eine Kunst, mit der man jede Sekunde ausnutzen kann. Man muß nur alles, was man zu erledigen hat, präzise organisieren.» Ein Mädchen erschien und stellte einen Teller mit Brot vor ihn hin.

«Hay mantequilla?» fragte er. Sie starrte ihn an, zuckte die Achseln und antwortete, sie würde nachschauen. Er rief ihr nach, eine zweite Tasse Kaffee zu bringen, und warf einen Blick auf die Uhr: zwölf vor sieben.

Jetzt erkannte er im Hintergrund das Klappern von Absätzen, die aus der Halle eilig auf ihn zukamen. Mrs. Slade stand am Tisch, noch ehe er die Tasse absetzen und sich umdrehen konnte. Als sie sich hinsetzte, lag ein Ausdruck belustigter Zerstreutheit auf ihrem Gesicht.

«Schrecklich komisch», bemerkte sie, mehr zu sich selbst als an ihn gewandt, und nippte an ihrem Kaffee, während er auf eine Erklärung wartete. Das Mädchen kam ohne Butter wieder, brachte jedoch zwei Teller Eier mit Schinken. Ehe er zu essen begann, fragte er: «Was?»

Doch Mrs. Slade schien ihn nicht gehört zu haben und stürzte sich mit Genuß auf ihr Frühstück.

2

Das Dock lag am Ende der Straße; von dort konnten sie das Schiff sehen, das riesig und unbeweglich im Zentrum der kreisrunden Bucht lag. Ein Motorboot mit grünem Kabinendach schoß über das helle Wasser zwischen Dock und Schiff hin und her, während sie dastanden und auf Einlaß in die Zollbaracke warteten.

«Es wird doch noch ein schöner Tag», verkündete Dr. Slade zufrieden. «Der Nebel war nur Kulisse.» Er stellte den Koffer so hin, daß er an seinem Bein lehnte.

«Es sähe ihnen ähnlich, einfach den Anker zu lichten und loszufahren, während wir hier stehen und warten», sagte Mrs. Slade grimmig.

Dr. Slade lachte. Wäre dieser Fall tatsächlich eingetreten, hätte er sich mit Sicherheit mehr geärgert als sie, aber nach seiner Erfahrung gehorchte die Welt rationalen Gesetzen. «Ich kann nur hoffen, daß sie wissen, wie man eiskalte Daiquiris serviert», sagte er. Eine solche Bemerkung würde sie vielleicht vorübergehend besänftigen.

Das kleine Motorboot legte am Dock an, und die massige Frau mit den rosigen Wangen kletterte heraus. Auf ihrer hohen Stirn glitzerten Schweißperlen. In der Hand hielt sie einige Papiere, mit denen sie zwei uniformierten Beamten vor der Nase herumfuchtelte. Sie deuteten auf die Zollbaracke.

«Schau dir die Verrückte an», sagte Dr. Slade fasziniert. «Ist sie nicht grandios? Sie war schon bis zum Schiff und wieder zurück.»

«Sie hat ihren Kreditbrief vergessen», sagte Mrs. Slade.

Dr. Slade warf ihr einen erstaunten Blick zu. «Woher weißt du das?»

«Sie hat es mir erzählt. Sie ist Passagier auf dem Schiff, aber man will dort ihren Kreditbrief nicht honorieren. Jetzt glaubt sie, wenn sie eine Bank findet, kann sie vielleicht etwas Geld abheben. Es ist eine lange Geschichte. Ich habe ihr zehn Dollar geliehen.»

«Du hast ihr *Geld geliehen*?» rief Dr. Slade entsetzt. Als er seine eigene Stimme hörte, versuchte er, deren Tonfall zu ändern, und setzte mit unverkennbar geheuchelter Sanftmut hinzu: «Wozu?»

«Sie wird es zurückzahlen, Schatz», sagte Mrs. Slade. Ihre Stimme klang, als hätte sie ein kleines Kind vor sich.

Keuchend kam die Frau auf sie zu. Dr. Slade blieb gerade noch Zeit zu flüstern: «Darum geht es nicht!»

«Lassen Sie das Schiff ja nicht ohne mich abfahren!» rief die Frau und schwenkte munter eine schwarze Lederhandtasche in ihre Richtung.

Mrs. Slade lächelte ihr zu. «Oh, ich glaube, Sie haben noch Zeit.»

«Hoffentlich», sagte Dr. Slade mit gedämpfter Stimme. Es klang mehr wie: «Hoffentlich nicht.»

«Sagen Sie ihnen, sie müssen *unbedingt* auf mich warten», rief die Frau über die Schulter.

«Lächerlich!» bemerkte Dr. Slade.

«Ich finde sie eher rührend», murmelte Mrs. Slade nachdenklich, während sie der davonhastenden Gestalt nachschaute.

Dr. Slade gab keine Antwort. Er starrte hinaus auf das

stille Hafenbecken und hatte plötzlich das Gefühl, daß zwei Menschen, die sich sehr nahestehen, einander sehr fremd sein können. Sein Blick folgte der gezackten Linie der bewaldeten Hügel über dem von Land umschlossenen Hafen, und noch während er seinen Gedanken nachhing, gewann das Wort «rührend» eine ungewohnte, verstörende Dimension.

3

Die Fahrt entlang der Küste von La Resaca nach Puerto Farol dauerte nur anderthalb Tage, aber trotzdem hatte es Mrs. Slade, die sich nicht erinnern konnte, was sie in welchem Koffer verstaut hatte, für nötig befunden, alles auszupacken. Da ihm klar war, daß er diese Aktion ohnehin nicht verhindern konnte, hatte Dr. Slade sich in die Bibliothek zurückgezogen, um das Ganze nicht auch noch mit ansehen zu müssen. Am späten Nachmittag machte er sich auf die Suche nach ihr und fand sie, die Haut glänzend von Sonnenöl, auf einer Luftmatratze am Pool. Stolz kniete er sich neben sie, des Interesses der übrigen Sonnenanbeter gewahr.

«Wie steht das Stimmungsbarometer für Teil zwei?»

«Wie?» Sie blinzelte zu ihm auf.

«Teil zwei der Sladeschen Jubiläumsexpedition, meine Liebe.»

«Oh!» sie streckte sich genüßlich und wartete einen Augenblick, bevor sie sagte: «Ehe ich es vergesse: wir sind um sechs Uhr mit Mrs. Rainmantle verabredet, unten in der Bar.»

Er war verwirrt. «Wozu?» Aber sie sah ihn nur an.

«Du brauchst nicht mitzukommen», meinte sie.

Er stand auf. «So, brauche ich nicht?»

Langsam schlenderte er zum Heck des Schiffes und schaute über die Reling in das schäumende Kielwasser. Am fernen Horizont lehnten sich ein paar Kumuluswolken aneinander wie eine Reihe schiefer Säulen. Er fühlte sich plötzlich sehr allein. Lange Zeit starrte er auf die mißgestalteten Wolkentürme in der Ferne. Bei der medizinischen Untersuchung kurz vor der Reise hatte er sich gezwungen, das Thema anzuschneiden. «Sie könnte meine Tochter sein. Vielleicht sogar meine Enkelin.» Der andere Arzt hatte gelacht. «Kann nichts schaden, sich immer mal wieder daran zu erinnern», hatte er gesagt.

Schließlich ging er weiter, stieg über die nächste Treppe, an der er vorbeikam, nach oben und spazierte achtmal um das Bootsdeck.

Mrs. Rainmantle war schon da, als sie hereinkamen. Sie saß auf einem Barhocker und trug noch immer das weite graue Seidenkostüm vom Vormittag. Ihr Haar war verfilzt und steif. Furchtbar, dachte Dr. Slade. Am liebsten hätte er sein Taschentuch genommen und ihr Schweiß und Staub von der Stirn gewischt. Sie verlangte nach Aufmerksamkeit, wie ein Kind, dem die Nase läuft.

Als sie ihre Planter's Punches zu einem Tisch in der Ecke balanciert hatten, rieb er sich einen Tropfen Wasser vom Revers und fragte, an Mrs. Rainmantle gewandt: «Hat Ihnen die Bank helfen können?», was ihm einen wütenden Blick von seiner Frau einbrachte.

«O nein! Es war ein völlig sinnloser Versuch», antwortete sie fröhlich.

«Sie meinen, die Bank war geschlossen?» fragte Dr. Slade. Er verengte die Augen zu schmalen Schlitzen und beobachtete sie. Es entging ihm nicht, daß seine Frau eine Reihe von nervösen kleinen Manövern in Gang setzte, um seinen Blick zu erhaschen, aber er ignorierte sie.

Vage lächelnd nahm Mrs. Rainmantle einen großen Schluck aus ihrem Glas. «Doch, doch, sie war geöffnet. Aber sie wollten mir nicht helfen.»

«Was?» rief er aus. «Man sollte doch wohl annehmen, daß Ihr Konsul etwas hätte unternehmen können, wenn Sie sich an ihn gewandt hätten.» (Aber hätte er wirklich, dachte er bei sich. Wahrscheinlich nicht, wenn er dich genau angesehen hätte.)

«Ich habe ihn aufgesucht», erklärte sie. «Er war ganz reizend. Aber er sagte, er könne die Verantwortung nicht übernehmen. Ich hatte meine Kennkarte nicht dabei. Ich habe ihm meinen Paß gezeigt und Briefe . . .» Ihre Stimme erstarb, während sie sich an die Einzelheiten dieser peinlichen Szene erinnerte.

Zu seiner großen Erleichterung lachte Mrs. Slade. Braves Mädchen, dachte er und wagte zu hoffen, daß ihre Wut auf ihn verflogen war. Doch noch während sie lachte, streifte ihn ihr Blick, und er wußte, daß er sich getäuscht hatte.

Sie bestellten die nächste Runde. Im Verlauf des Gespräches nahm Mrs. Rainmantle den Steward beiseite und hatte die Rechnung unterschrieben, ehe einer von ihnen etwas davon mitbekam. «Selbstverständlich habe ich Sie eingeladen», verkündete sie majestätisch und erstickte damit ihren Protest.

Dann erhob sie sich. «Ich werde eins von diesen wundervollen heißen Salzbädern nehmen. Wir sehen uns später.»

«Ah», sagte Dr. Slade. Als sie gegangen war, setzte er sich wieder hin. «Das waren noch keine zehn Dollar.»

Nach dem Dinner machten sie einen Spaziergang über das Promenadendeck. Der Wind war warm und das Licht des Mondes besonders hell. «Wie kannst du sagen, ich sei unhöflich gewesen?» rief er. «Gibt es den geringsten Grund, warum ich mir die Mühe machen sollte, diese Frau mit Samthandschuhen anzufassen?»

Auf die Reling gestützt, schaute sie über die glitzernde Weite des mondbeschienenen Wassers. «Ja! Ja!» stieß sie leise, aber mit leidenschaftlicher Stimme hervor. «Ja, es gibt einen Grund. Ich gebe mir immer Mühe mit deinen Freunden.»

«Freunden! Ja, aber ist sie deine Freundin?»

«Du hast gesehen, daß ich freundlich zu ihr war.»

Er schwieg einen Augenblick und dachte: Ich messe der Sache zu viel Bedeutung bei. Dann sagte er: «Wie sind wir da bloß hineingeraten?» Er nahm ihre Hand und zog sie von der Reling weg. Sie gingen weiter.

«Es soll nicht wieder vorkommen», versprach er. Er hielt ihre Hand fest und drückte sie beim Sprechen. Später, als sie tanzten, war er stets auf der Hut, um Mrs. Rainmantle notfalls schnell aus dem Weg gehen zu können, aber sie befand sich nicht unter den Gästen der Bahia Bar.

Ein feiner Regen fiel, als das Schiff im Hafen von Puerto Farol einlief. Er verschleierte die schroffen Konturen der

Berge, die sich auftürmten, um in einem unendlichen, schweren Himmel zu verschwinden. Noch ehe sie Anker warfen, hörte Dr. Slade vom Land das Quaken zahlloser Frösche. Für diejenigen unter den Passagieren, die Interesse hatten, die Statue von San Ignacio zu besichtigen, war ein Landausflug arrangiert worden.

«Gibt es etwas Deprimierenderes als den Anblick einer zusammengepferchten Menschenmasse?» sagte Mrs. Slade. «Gott sei Dank, daß wir diese Arche verlassen.» Sie standen an der Reling und beobachteten den Küstenstreifen; eine kaum merkliche Bewegung ihres Kopfes wies auf die Passagiere hinter ihnen.

«Gibt es hier Haie, Daddy?» fragte ein kleines Mädchen mit Rattenschwänzen, das neben Dr. Slade stand und auf das Wasser zeigte. «Sag schon, gibt es hier welche, Daddy?» Da niemand sich um das Kind zu kümmern schien, antwortete Dr. Slade mit sachlicher Stimme: «Natürlich gibt es hier Haie, meine Liebe.»

«Glaub ihm kein Wort, Kleines», sagte Mrs. Slade. «Er macht nur Spaß.»

Dr. Slade lachte. «Fall rein und probier es aus!» schlug er vor. Das Kind schaute von einem zum anderen und trat einen Schritt von der Reling zurück.

«Warum bist du so gemein?» sagte Mrs. Slade. «Warum mußt du dem armen Ding unbedingt einen Schrecken einjagen?»

Dr. Slade war gereizt. «Sie wollte eine Auskunft, und die hat sie bekommen», sagte er mit Nachdruck. Mit Hilfe seines Fernglases suchte er den Wald von Kokospalmen am Ufer ab. Gerade hatte er Mrs. Rainmantle über das Deck kommen sehen und hoffte, auf diese Weise eine Begrüßung vermeiden zu können. Vor allem wollte er nicht im selben Boot übersetzen wie sie. Während er so tat, als schaue er durch den Feldstecher, beobachtete er aus den Augenwinkeln, wie sie sich weiter hinten einen Weg durch die Menge bahnte, und war erleichtert.

4

Sie standen an der Rezeption in der Halle des Hotels und lauschten dem allgegenwärtigen Rauschen des Regens; es goß jetzt in Strömen. Der Mann hinter dem Pult aß eine Mango. Kleine Fasern des Fruchtfleisches hatten sich in seinem üppigen Schnurrbart verfangen und hingen wie winzige gelbe Würmer von den Härchen seiner Oberlippe. *«Pues, sí, señores»*, nahm er den Faden wieder auf, ohne sich das Gesicht abzuwischen, »der Zug in die Hauptstadt fährt jeden Morgen um halb sieben. Aber es gibt auch hier in Puerto Farol eine Menge zu sehen.»

Dr. Slade schaute zum Eingang hinaus auf die Veranda mit ihrem morschen Mobiliar und dahinter, durch den Wasserfall, als der der Regen von der Tür herunterstürzte, in den leeren Garten. Plötzlich tauchte ein großer Bussard auf und ließ sich unbeholfen auf der rohen Holzplanke nieder, die der Veranda als Geländer diente. Einen Moment dachte Dr. Slade, er würde herunterfallen. Wie eine Masse verkohlten Zeitungspapiers schwankte der Vogel, fing sich dann wieder, legte die Schwingen an und ließ den nackten roten Kopf auf eine Seite der Brust fallen.

Der Mann bohrte beim Sprechen mit dem Zeigefinger in der Nase. «Es gibt da einen Ort namens Paraiso, nur zweiunddreißig Kilometer von hier. Dort befinden sich die Ruinen von San Ignacio. Sehr interessant. Große Felsblöcke mitten im Dschungel, mit Gesichtern drauf. Man kriegt Alpträume davon.» Sein Lachen ging in einen Hustenanfall über. Er spuckte aus und sah zu, wie der Speichel auf den Fußboden fiel. Als er ihn mit der Schuhsohle verrieb, hätte man meinen können, er tanze einen einsamen kleinen Tanz hinter seinem Pult. *«Sabe lo que son, las pesadillas?»*

«Ja, ja, natürlich», antwortete Dr. Slade. «Wir nehmen den Zug morgen früh, und wir brauchen mindestens drei Männer für das Gepäck. Ich wollte Ihnen nur Bescheid sagen.»

«Es ist nicht zu fassen!» sagte Mrs. Slade und schaute zu ihrem Mann auf. «So eine große Stadt und nicht ein einziges Taxi.»

«So eine große Stadt und nur ein einziges Hotel!» gab er zurück. «Der Weg ist nicht schlimm, man braucht nur eine Viertelstunde. Aber wir müssen hier übernachten, verdammt. Und essen. Das Taxi macht mir die wenigsten Sorgen.»

Der Mann hinter dem Pult war dabei, eine zweite Mango zu schälen; ihr strenger, durchdringender Geruch erfüllte die Halle. Mrs. Slade sprach nur sehr wenig Spanisch. *«Mango bueno?»* fragte sie, an den Mann gewandt.

«Regular», antwortete dieser, ohne aufzusehen.

Sie traten auf die Veranda; der Bussard rührte sich nicht vom Fleck. Die Luft war erfüllt von Blütenduft, und hinter dem Rauschen des Regens hörte man das unaufhörliche Konzert der Insekten. Sie setzten sich auf zwei klapprige Korbschaukelstühle und starrten hinaus in den blendend wäßrig-grauen Mittag. Von Zeit zu Zeit krähte irgendwo in der Nähe ein Hahn.

«Ich glaube, ich ziehe mich zum Essen um. Ich komme mir so feucht und schmutzig vor», sagte Mrs. Slade.

«Wenigstens haben wir das gute Zimmer», sagte Mr. Slade mit Genugtuung.

Mrs. Slade lachte spöttisch, wahrscheinlich weil ihr das Wort «gut» völlig fehl am Platze erschien. «Ich sage dir, es gibt Reis mit Bohnen», fuhr er fort. «Aber das magst du ja.» Er warf ihr einen nachsichtigen Blick zu.

«Ich habe eben Glück.» Sie lächelte und schaukelte ein wenig, während der Stuhl beängstigend knarrte.

Im selben Augenblick bog ein kleiner Wagen um die Ecke, fuhr, sorgfältig den größeren Pfützen ausweichend, über die leere Plaza und kam genau vor ihnen, am Fuß der Verandatreppe, zum Stehen. Der Bussard flatterte vom Geländer herunter und verschwand. Als sich der Wagenschlag öffnete, sah Dr. Slade das, was er – wie er sich sofort sagte – zu sehen erwartet hatte: das rote Gesicht und das steif nach oben toupierte graue Haar von Mrs. Rainmantle, die aus dem Inneren der kleinen Limousine kletterte. Sie nickte dem Fahrer zu, schloß die Wagentür und hastete die Treppe hinauf, keuchend und völlig durchnäßt. Als sie die Slades erkannte, verwandelte sich der besorgte Ausdruck auf ihrem Gesicht in freudige Überraschung. Dr. Slade erhob sich zögernd und streckte ihr die Hand entgegen.

«Nun erzählen Sie mir bloß nicht, daß Sie alle drei

Busse nach San Ignacio verpaßt haben!» rief sie. «Darf ich?» Sie ließ sich in seinen Sessel fallen. Er starrte teilnahmslos auf sie herunter, in der vagen Hoffnung, der Stuhl würde unter ihrem Gewicht zusammenbrechen, aber er war stabiler, als er aussah. «Ja, natürlich, jetzt fällt es mir wieder ein: Sie gehen ja auch hier von Bord, nicht wahr?» Sie wrang mit beiden Händen ihr Haar aus, kleine Rinnsale perlten über ihr Gesicht.

«Sie sind naß bis auf die Haut», bemerkte Mrs. Slade.

«Bis auf die Knochen, glaube ich», lachte Mrs. Rainmantle.

Mrs. Slade schaute dem Wagen hinterher, der sich auf der anderen Seite des Parks einen Weg durch den Schlamm bahnte. «War das ein Taxi?» fragte sie plötzlich.

«Das war der britische Konsul. Der Ärger nimmt kein Ende. Jetzt darf ich nicht einmal mein Gepäck vom Schiff holen. Ich habe noch eine Rechnung offen, an der Bar. Aber davon will ich lieber gar nicht erst anfangen!»

«Ha!» sagte Dr. Slade, der langsam vor den beiden Frauen auf und ab ging.

«Das ist allerdings merkwürdig», sagte Mrs. Slade vorsichtig. Dann setzte sie hinzu: «Sie gehen also hier in Puerto Farol von Bord?»

Mrs. Rainmantle lachte. «Ich gehe hier von Bord, darauf können Sie sich verlassen. Der Konsul wird sich heute nachmittag als erstes darum kümmern. Wenn nur mein Sohn hier wäre, um mich abzuholen... So unnötig das Ganze.» Sie nieste heftig.

Mrs. Slade stand auf. «Sie sind pitschnaß und haben nichts zum Umziehen. So geht das einfach nicht.»

«Ich weiß. Es ist eine unmögliche Situation.»

«Ich überlege...» sagte Mrs. Slade und musterte sie zweifelnd.

«Gott bewahre!» lachte Mrs. Rainmantle. «Ein so schmales Ding wie Sie, mit Ihrer Taille? Nie im Leben. Es würde mir nicht passen.»

Mrs. Slade zögerte noch einen Augenblick. «Doch», sagte sie dann. «Kommen Sie mit nach oben. Ich habe etwas für Sie. Wirklich!»

Nach einer Reihe kaum ernst gemeinter Protestversuche stieg Mrs. Rainmantle mit Mrs. Slade die Treppe hinauf, während Dr. Slade wieder in dem Schaukelstuhl Platz nahm, den er ihr überlassen hatte. Allmählich ließ der Regen nach, und das mechanische Zirpen der Insekten wurde lauter. Er saß da und starrte vor sich hin. Eine ausgemergelte, fast haarlose Katze strich um die Ecke und streckte sich unweit seiner Füße aus. Gelegentlich trommelte er mit den Fingern auf die Lehne des Schaukelstuhls, und einmal sagte er, laut und ungläubig, mit einer Stimme, die von Abscheu erfüllt war: «Nicht zu fassen!»

5

In einem Zustand verzweifelter Langeweile, der nur durch seinen Zorn gemildert wurde, begab sich Dr. Slade zum Lunch. Es hatte ihn ein wenig aus der Fassung gebracht zu sehen, wie unbegreiflich lang man vom Pech verfolgt sein konnte. Außer ihnen hatten nur drei Passagiere vom Schiff die Reise in Puerto Farol beendet. Alle drei saßen ebenfalls in diesem Speisesaal – drei Männer an drei verschiedenen Tischen längs der Wand, die die Mitte des Raumes beobachteten, wo die *«turistas»* saßen. Hier mixte Mrs. Rainmantle, grell geschminkt und eingehüllt in Mrs. Slades buntesten japanischen Kimono, Bloody Marys. Sie hatte sich eine große Dose Tomatensaft aus dem Kühlschrank in der Ecke bringen lassen und eine Flasche Wodka aus der Handtasche gezogen.

«Vor dem Essen sollte ich das eigentlich nicht tun», sagte sie. «Aber es gibt Zeiten, da muß man seiner Berufung folgen. Und ich spüre meine Berufung.»

«Also, ich bin dabei!» verkündete Mrs. Slade. «Auf Ihr Wohl!» Sie hob das Glas. «Auf daß Sie morgen abend wohlbehalten die Hauptstadt erreichen, mitsamt Ihrem Gepäck.»

Mrs. Rainmantle machte ein trauriges Gesicht. «Ich kann noch nicht fahren. Ich muß morgen früh einen Besuch beim Konsul machen. Ich kann frühestens *übermorgen* abreisen.»

«Wie schade!» sagte Dr. Slade. Er sah dem Gesicht seiner Frau an, daß sie mit dem Gedanken spielte, ihre eigene Abfahrt zu verschieben, und sagte daher fest: «Wir fahren schon morgen.» Und dann, etwas zögernder: «Aber wir sehen uns ja dort.»

«Das will ich meinen!» sagte Mrs. Slade herzlich. «Sie rufen uns im Hotel an, sobald Sie eine freie Minute haben.»

Dr. Slade nahm einen großen Schluck aus seinem Glas und ließ die Unterhaltung an sich vorbeiplätschern. Ohne ihr in allen Einzelheiten zu folgen, bekam er doch das Wichtigste der Geschichte mit. Im Hinterhof schrie zweimal hintereinander ein Kakadu, es klang wie die Stimme eines Dämons. «Guter Gott! Sind wir etwa in einer Klapsmühle gelandet?» fragte Mrs. Rainmantle.

Mittlerweile wußte er, daß sie kanadische Staatsbürgerin war und einmal im Jahr hierherkam, um ihren Sohn zu besuchen. Es war gar nicht nötig, zuzuhören: Die Höhepunkte der Geschichte wurden so oft wiederholt, daß der Verlauf der Handlung klar war. Er gähnte, trommelte mit den Fingern auf die Tischplatte und schaute durchs Fenster hinaus auf die nassen Blätter und Wellblechdächer.

Die drei einzelnen Gäste hatten den Speisesaal verlassen und sich zur Siesta begeben. Gelegentlich warf Dr. Slade seiner Frau einen Blick zu, um sich zu vergewissern, daß sie sein ausgedehntes Schweigen nicht mißbilligte, aber es schien ihr nichts auszumachen. Hin und wieder schenkte sie ihm sogar ein kleines Lächeln, als hielte sie es für selbstverständlich, daß er den ausführlichen Monolog ebenso zu schätzen wußte wie sie selbst. Mit dem Lächeln, das er ihr zurückgab, versuchte er sie seiner Geduld zu versichern. Mittlerweile hatte es aufgehört zu regnen; die Sonne brannte, und vor dem Fenster stieg Dunst von der Erde auf.

«Ich versuche immer, mir etwas Sehenswertes anzuschauen, wenn ich hierherkomme, um Grover zu besuchen.» Einmal hatte sie die Seen besichtigt, im nächsten Jahr die Vulkane an der südlichen Grenze der Republik. Diesmal war sie über Trinidad und Georgetown gekommen, um den Mazaruni nach Roraima hinaufzufahren.

Als der Kellner kam und anfing, den Tisch abzuräumen, sagte Mrs. Slade: «Frag ihn, ob er die Kleider der Señora an den Ofen gehängt hat, Liebling.»

Er wechselte einige Worte mit dem Kellner. «Sie sind trocken», verkündete er.

«Hurra!» rief Mrs. Rainmantle. «Jetzt können wir ausgehen. Ich hatte schon befürchtet, den ganzen Nachmittag hier herumsitzen zu müssen, während Sie beide sich die Stadt anschauen.»

«Oh, wir wären nicht ohne Sie gegangen», sagte Mrs. Slade.»

«Gegangen? Wohin?» fragte Dr. Slade. Seine Frau warf ihm einen Blick zu, stand dann auf und folgte Mrs. Rainmantle und dem Kellner in die Küche. Er blieb allein im Speisesaal zurück, schaute hinaus in den strahlenden Tag und fragte sich, wie es um das Sexualleben eines unverheirateten Mannes in Puerto Farol stehen mochte. Ein paar traurige, kränkliche Huren in der Nähe des Bahnhofs wahrscheinlich. Keine Vollmondidylle unter Palmen, in deren Nähe die Wellen den warmen Strand bespülten. Diese Menschen lasen keine Bücher. Eine Stadt voller Wellblech, nackter Betonwände und Stacheldraht. Er hatte genug gesehen, als sie vom Hafen zum Hotel gegangen waren.

Mrs. Slade erschien in der Küchentür und rief ihm zu: «Wir gehen nur mal kurz nach oben, Liebling, sind gleich wieder da.»

6

Das einzige Fenster, gleich neben der Tür, sah auf einen Balkon, der sich um den gesamten ersten Stock zog. Er war noch der erträglichste Platz im Gran Hotel de la Independencia. Im Lauf der Jahre hatte sich die Sammlung von tropischen Pflanzen, die in Töpfen vor dem Geländer standen, beträchtlich vergrößert. Sie waren gewachsen, hatten Blätter, Luftwurzeln, Ranken und Zweige entwickelt und nach und nach einen richtigen Wald gebildet, durch den man sich einen Weg bahnen mußte, wenn man den Balkon entlanggehen wollte. An den freieren Stellen standen einsame Schaukelstühle von derselben Art wie die beiden unten vor dem Eingang. «Die älteren Geschwister», hatte Mrs. Slade gesagt, als sie vor ein paar Minuten daran vorbeigekommen waren.

Jetzt lagen die Slades halb entkleidet auf den Betten, die Moskitonetze sorgfältig unter die Matratzen gestopft, und ruhten sich aus. Gelegentlich wechselten sie über das Niemandsland zwischen ihren beiden Betten hinweg einen kurzen Satz. Schwüle Dämmerung hatte sich über die Stadt gelegt und sie rasch nach außen abgeriegelt. Die Dunkelheit war faßbar, intim; sie pulsierte auf allen Seiten. Schwaden von Blüten- und Pflanzendüften und ein unablässiger Chor von Insekten und Laubfröschen, die in der hoch aufragenden Vegetation jenseits des Balkons heimisch waren, drangen durch das offene Fenster ins Zimmer. Über ihren Köpfen, um die dicken Deckenbalken aus Palmenholz, schwirrten Leuchtkäfer, die beständig aufglühten und wieder verloschen.

«Wenn wir Luft haben wollen, müssen wir das Fenster auflassen», sagte Dr. Slade.

«Jedenfalls werden wir nicht schlafen können, wenn es geschlossen ist. Bei diesen Netzen?»

«Wir haben nichts zu befürchten. Da unten gibt es bestimmt einen Wachmann.»

Irgendwann murmelte sie: «Ist wie in einem Zelt.»

«Was?» fragte er. Eine Minute später wäre er eingenickt gewesen.

«Dieses Zimmer.» Ihre Stimme wurde lebhafter. «Es kommt einem vor, als wäre man draußen. Hör doch mal!»

«Wunderbare Musik zum Einschlafen», sagte er kurz darauf. «Ich wünschte, wir könnten uns das Dinner schenken.»

«Hmmm», murmelte sie zweifelnd.

Eine Zeitlang sagten beide nichts, er döste hin und wieder ein. Alle paar Minuten schlug er die Augen auf und glitt dann friedlich wieder in einen kurzen Halbschlaf zurück. Sie dachte darüber nach, was sie zum Dinner anziehen sollte, und an die unglaubliche Düsternis in diesem Zimmer. Das Fehlen von Helligkeit machte alles noch komplizierter. In dieser Art von Zimmern konnten sich Spinnen verstecken, und man würde sie nicht sehen. Sie entschied, nichts auszupacken und dasselbe anzuziehen wie vorher, auch wenn es schweißgetränkt war. Daran war nur Puerto Farol schuld; überall anders wäre es ihr äußerst ungesund erschienen, feuchte Kleider anzuziehen.

Unversehens war es spät geworden; vor dem Fenster gingen Leute über den Balkon.

«Taylor! Wie spät ist es?» rief sie.

Dr. Slade seufzte auf. Sie wartete. Plötzlich sagte er: «Zehn nach acht.»

«Du hast lange geschlafen», sagte sie, als erforderte dies eine Entschuldigung.

Er streckte sich wohlig und gähnte. Vor ihrer Tür standen mehrere Leute auf der Veranda und verursachten einen erstaunlichen Lärm. Achtlos ließen sie Koffer fallen und zerrten sie dann über den bloßen Holzboden. Mehrere Männer unterhielten sich auf Spanisch. Plötzlich mischte sich unverwechselbar Mrs. Rainmantles hohe Stimme darunter. *«Pero . . . pero . . .»* schien sie zu sagen.

«Hört sich an, als hätte sie ihr Gepäck wieder», sagte Dr. Slade und setzte sich auf. Er nestelte die Vorhänge des Moskitonetzes auseinander, stand auf und zog sie schnell wieder hinter sich zu. Dann tastete er nach seinen Pantoffeln, schlurfte zum Fenster und schaute hinaus. Einen Augenblick später kam er zum Bett seiner Frau und sagte leise: «Sie haben ihr das Zimmer nebenan gegeben.»

«Schschsch!» antwortete Mrs. Slade scharf.

Die Schritte der Träger hallten über die Veranda. Als sie die Treppe hinabstiegen, vibrierten die Holzdielen. Dr. Slade bemerkte, daß Mrs. Slade sich ärgerlich aufsetzte und versuchte, durch die feine Gaze seinen Blick zu erhaschen. Sie wand sich in ihren Kimono, zog dann das Netz auseinander und starrte ihn an. Sie sah zerknittert aus, böse und sehr begehrenswert, fand er. Er lachte vergnügt und sagte: «Sie kann nichts hören. Glaub mir, sie kann nichts hören. Horch!» Er hob die Hand. «All die Insekten! Sie sind eine Art Schalldämpfung. Es sei denn, man schreit.»

«Ich fürchtete, sie könnte vor der Tür stehen.»

Ihre Kleider waren nicht wesentlich trockener als zuvor. Es kam ihr so vor, als verströmten sie das Aroma von Rum. «Ich frage mich, ob man am Schweiß eines Menschen erkennen kann, was er getrunken hat», sagte sie.

«Bestimmt.»

Sie zweifelte nicht an dieser Information und schickte sich an, den Geruch mit einem Flakon Tabac Blond zu neutralisieren.

Dr. Slade wartete und schaute ihr zu. «Das ganze Zimmer ist schon voll davon», bemerkte er laut.

Sie gingen hinaus. Er hatte eine kleine Taschenlampe eingesteckt, mit deren Hilfe sie sich einen Weg durch die überwucherten Teile der Veranda bahnen konnten. «Es war sehr klug von dir, daran zu denken», sagte sie.

Das Dinner glich in allen Einzelheiten dem Lunch; diesmal saßen sie allein in dem fast dunklen Speisesaal. Sie brachten die einzelnen Gänge so schnell wie möglich hinter sich und lehnten den Kaffee ab. Es war erstaunlich, daß Mrs. Rainmantle noch nicht heruntergekommen war.

«Ich würde gern eine kleine Runde drehen, ehe ich in die Koje falle», sagte Dr. Slade.

«Na gut.» Sie klang nicht gerade begeistert. «Wahrscheinlich werde ich sowieso nicht schlafen können.»

«Doch, das wirst du.» Er streichelte ihren Arm.

«Gott, ist das heiß», sagte sie und sprang auf. «Laß uns gehen.»

7

Sie hatten sich für ihren Spaziergang eine schmale, hell erleuchtete Gasse statt einer Straße ausgesucht. Plötzlich bemerkten sie, daß sie sich nicht länger zwischen Häusern und Bäumen befanden, sondern auf einem Plankenweg, der über ein Sumpfgebiet führte. Die Straßenlaternen fingen erst weiter vorn wieder an; hier war es dunkel, und ihre Schritte hallten laut auf den Holzbohlen wider. Während sie weitergingen, verstummte das Geschrei der Frösche direkt unter ihnen, aber auf allen Seiten hielt der Lärm an.

«Merkwürdiger Ort», sagte Dr. Slade. Allein wäre er mit Sicherheit umgekehrt, aber in Begleitung seiner Frau war das schwieriger. Sie würde sich das merken und eines Tages in einem anderen Zusammenhang als Waffe gegen ihn verwenden. «Du hattest zum Beispiel Angst, über diesen Sumpf in Puerto Farol zu gehen. Natürlich hattest du recht. Ich wollte nur sehen, wie weit du gehen würdest. Aber du mußt zugeben, daß du Angst hattest, Liebling.»

«Fledermäuse!» rief sie jetzt. «Vorhin habe ich bereits welche gesehen, bevor wir auf die Brücke kamen.»

«Wir sind schon fast am anderen Ende.»

«Gibt es hier Fledermäuse, die beißen?»

«Keine Ahnung. Wahrscheinlich.» Einen Augenblick später setzte er hinzu: «Ich glaube, sie haben herausgefunden, daß man sich schon mit Tollwut infizieren kann, wenn man sich mit gleich welcher Art von Fledermaus in einem Raum befindet.»

Sie erreichten die hohen Bäume. Hier war der Plankenweg zu Ende. «Ich glaube, ich habe noch nie so viele Leuchtkäfer gesehen», murmelte er.

«Tollwut? Das stand in *Time*», sagte sie vorwurfsvoll. «Ich habe es gelesen.»

«Mit anderen Worten, es stimmt nicht. Richtig?»

Das Geräusch ihrer Absätze zerriß nicht mehr die Stille; sie gingen wieder über Sand. Manche der Häuser hier hatten Strohdächer. Die Bananenblätter unter den Straßenlaternen wirkten sehr grün. Kein Mensch war zu sehen.

«Ich werde von den Moskitos förmlich aufgefressen», erklärte sie.

«Gehen wir zurück?»

«Sie hören bestimmt nicht auf zu stechen, nur weil wir in eine andere Richtung gehen.»

«Dort sind die Straßenlaternen zu Ende», sagte er und zeigte nach vorn.

«Na gut.» Sie machte abrupt kehrt, und sie gingen zurück.

Auf dem Plankenweg, mitten unter den quakenden Fröschen, sagte sie plötzlich: «Ich sterbe vor Angst. Ich werde die Luft anhalten, wenn wir an den Fledermausbäumen vorbeikommen.»

«Jetzt machen sich die Moskitos über meine Knöchel her», sagte er. «Ich weiß nicht, warum wir ausgerechnet diesen Weg nehmen mußten.»

Sie lachte ihr Kleinmädchenlachen. «Ich habe ihn nicht ausgesucht», sagte sie munter.

Als sie wieder festen Boden unter den Füßen hatten, beeilten sie sich, zur Plaza zurückzukommen. Auf der

Veranda ihres Hotels brannte eine einzelne, nackte Glühbirne. In der finsteren Eingangshalle stank es nach Unrat und Küchendunst. Als sich neben ihm etwas bewegte, sprang Dr. Slade vor Schreck zur Seite und knipste die Taschenlampe an. Es war Mrs. Rainmantle, die im Dunkeln in einem Schaukelstuhl saß.

«Ah, ich habe auf Sie gewartet!» rief sie. Ihre Stimme ließ das Schlimmste befürchten. «Ich kann niemanden finden. Man *muß* mir ein anderes Zimmer geben.»

«Ist es so schlimm?» fragte Mrs. Slade.

«Es gibt weder einen Schlüssel in der Tür, noch einen Riegel oder sonst eine Möglichkeit abzuschließen. Ich weigere mich, dort zu schlafen, das ist alles.» Ihre Stimme war angeschwollen, als trüge sie bereits ihre offizielle Beschwerde vor.

Dr. Slade leuchtete mit der Taschenlampe in die entfernten Ecken: «Ist denn hier unten niemand? Es muß doch einen Nachtportier geben oder so etwas.»

«Niemand. Und die Eingangstür steht sperrangelweit offen! Davon abgesehen sackt meine Matratze durch wie eine Hängematte. Wie sind denn Ihre Betten?» Ihr Atem roch nach Whiskey.

«Sie sind in Ordnung», sagte Mrs. Slade.

«Aber sie ist auch ein rauhes Leben gewöhnt», erklärte Dr. Slade hastig.

«Es ist die Tür, die das Zimmer unerträglich macht», meinte Mrs. Rainmantle mit tonloser Stimme. Sie schwiegen.

«Na ja, wir können genausogut nach oben gehen», sagte Mrs. Slade schließlich. «Wenigstens gibt es da Licht.»

Als sie vor dem Zimmer der Slades standen, drängte Mrs. Rainmantle sie weiter. «Kommen Sie, kommen Sie, ich will es Ihnen zeigen.» Sie ging voran und führte die beiden in das dunkle Zimmer nebenan. Offensichtlich war es nichts weiter als ein Abstellraum für alte Möbel mit einem ausgedienten Bett, das man in eine Ecke geschoben hatte. Ein zehn Jahre alter Kalender baumelte lose an der Wand über der Kommode. Die Luft war heiß und abgestanden.

«Das ist ja schrecklich!» rief Mrs. Slade. «Wie kann man es wagen, jemandem ein solches Zimmer anzubieten?»

Um zum Bett zu gelangen, mußte man sich durch einen schmalen Spalt zwischen übereinandergestapelten Stühlen und Mrs. Rainmantles unausgepackten Koffern hindurchzwängen.

«Aber sehen Sie sich die Tür an!» sagte Mrs. Rainmantle. Ihre Stimme nahm wieder den leicht hysterischen Ton an. «Lieber sitze ich die ganze Nacht unten auf der Terrasse. Egal wo, es spielt keine Rolle, aber hier bleibe ich nicht!»

«Kommen Sie erst einmal mit zu uns», drängte Mrs. Slade. «Dann können wir uns wenigstens setzen.»

Am anderen Ende der Veranda fiel das Licht durch eine offene Tür auf die Holzdielen. Ganz schwach hörte man Männerstimmen. Vielleicht nur zwei Männer, dachte Dr. Slade und blieb einen Augenblick stehen, um zu lauschen. Die beiden Frauen gingen schon in das andere Zimmer voran. Er hatte den Eindruck, daß die Männer bei einer Flasche saßen. Dann sah er, wie Day beim Eintreten die Hand auf den Arm der älteren Frau legte, und ahnte plötzlich, auf welche Weise die Situation gelöst werden würde. Und tatsächlich, kaum hatten die beiden Damen in den Sesseln unter der Lampe Platz genommen, sagte Mrs. Slade: «Sie bleiben einfach hier bei mir, Mrs. Rainmantle, und alles ist in Ordnung. Vergessen Sie Ihr Zimmer.»

«Oh, das kann ich nicht annehmen . . .»

«Dr. Slade ist es egal, ob er seine Tür abschließen kann, nicht wahr, Taylor?»

«Ja, das ist mir egal», sagte er langsam.

«Wirklich, es macht ihm überhaupt nichts aus», drängte Mrs. Slade. «Und für Sie ist es so wichtig!»

«Also schön», seufzte Mrs. Rainmantle und schaute verschüchtert zu ihm auf. «Es wäre wirklich ein Geschenk Gottes.»

«Schon gut», sagte er beruhigend. «Aber ich schlage vor, wir bringen es gleich hinter uns.» Er wollte so schnell wie möglich allein sein, damit sie ihm seinen Unmut nicht anmerkten. Statt jedoch das Zimmer zu verlassen, trat er an das Waschbecken und putzte seine Zähne. «Entschuldigen Sie», sagte er mit belegter Stimme und spuckte in das Becken. «Aber ich will nichts mit hinübernehmen. Brauchen Sie noch etwas aus Ihrem Zimmer, Mrs. Rainmantle?»

Sie hatte geistesabwesend dagesessen und fuhr jetzt zusammen. «Nein, nein. Ich habe alles Nötige in meiner Handtasche.»

«Um halb sechs klopfe ich», erklärte er seiner Frau. Sie warf ihm einen traurigen Blick zu, als hegte sie den Verdacht, daß er ihr diesen Verrat nicht so schnell verzeihen würde. Er starrte sie völlig ausdruckslos an (so hoffte er zumindest) und sagte: «Gute Nacht.» Dann wünschte er auch Mrs. Rainmantle eine gute Nacht und verließ das Zimmer. In der Eile hatte er seinen Pyjama vergessen.

Er wird nackt schlafen, dachte sie. Dann hörte sie, wie drüben die Tür ins Schloß fiel. Vom anderen Ende des Balkons drang noch immer Stimmengemurmel herüber. Manchmal konnte sie trotz des Lärms der Insekten einzelne Laute unterscheiden.

Mrs. Rainmantle kramte in ihrer Handtasche und zog eine Halbliterflasche Whiskey heraus, die sie nachmittags in einem chinesischen Geschäft unten am Hafen erstanden hatte. Die Flasche war nur noch halb voll. «Ich werde mir vor dem Schlafengehen noch einen Drink genehmigen», sagte sie zufrieden und ging hinüber zum Waschbecken. «Für Sie auch einen?»

«Einen Schlummertrunk.»

Sie schenkte das Glas viel zu voll, doch da Mrs. Slade sah, wieviel es ihr offensichtlich bedeutete, sich wenigstens einen Moment lang entspannen zu können, protestierte sie nicht.

«Vielleicht halten Sie mich für maßlos», sagte Mrs. Rainmantle, während sie es sich wieder im Sessel bequem machte. «Aber das war ein Tag, den ich nie vergessen werde. Und nicht etwa, weil er besonders erfreulich war. Nichts war so, wie es sein sollte.»

Mrs. Slade dachte: Ist es das je?

«Sie müssen müde sein», sagte sie mit der Gewißheit, daß ihr Gegenüber eine lebhaftere Bekundung ihrer Sympathie erwartete. Sie hoffte, daß der Whiskey ihr bei der Anstrengung, freundlichere Worte zu finden, helfen würde. Sie betrachtete die Wand und versuchte sich vorzustellen, wie sich ihr Mann auf der Suche nach einer erträglichen Lage in dem uralten Bett hin und her wälzte und dabei die abgestandene Luft und den muffigen Geruch des Zimmers verwünschte.

Mrs. Rainmantle redete unaufhörlich. Es schien nicht notwendig zu sein, diesem Monolog zu folgen; trotzdem versuchte sie es, weil sie befürchtete, daß ihr sonst die Augen zufielen.

«Ich möchte viel Platz in meinem Haus haben», erklärte Mrs. Rainmantle gerade. «Und vor allem riesige Zimmer.»

Obwohl Mrs. Slade das ganze Glas Whiskey ausgetrunken hatte, blieb das erwartete Gefühl der Herzlichkeit ihrem Gast gegenüber aus. Sie wollte nur noch eins: endlich schlafen gehen. Doch dann hörte sie sich ausdruckslos fragen: «Wo steht denn das Haus?»

«Oh, es wird in Hawaii stehen. Das Grundstück habe ich schon gekauft.» Mrs. Rainmantle schenkte sich einen weiteren kleinen Scotch ein.

«Wie wundervoll!» sagte Mrs. Slade.

«Ich glaube wirklich, daß ich dort endlich glücklich sein werde. Auf die Dauer ist ein Leben in Hotelzimmern einfach entwürdigend.»

Ein paar Minuten später sprang Mrs. Slade auf. «Tut mir leid, aber ich muß jetzt wirklich ins Bett.»

«Ja, Sie haben recht.»

Durch die verhedderten Bahnen ihres Moskitonetzes beobachtete sie, wie Mrs. Rainmantle zur Wand ging und die Lampe ausknipste. «Haben Sie genug Licht, um sich auszuziehen?» fragte sie.

«Oh, ich habe nie Probleme beim Ausziehen», erwiderte Mrs. Rainmantle lebhaft aus dem Gewirr ihrer Wäsche.

Sie hörte das andere Bett unter der Last des schweren Körpers quietschen. Dann seufzte Mrs. Rainmantle tief auf. «Fühlt sich gut an», meinte sie zufrieden.

Die Insekten sangen, irgendwo fiel eine Tür ins Schloß. Mrs. Slade wünschte, sie hätte den Whiskey abgelehnt; er war genau das Falsche für ihren Magen. Sie strengte sich an, nicht an Dr. Slade in diesem schrecklichen Zimmer zu denken, aber das Bild wollte ihr einfach nicht aus dem Kopf.

8

Dr. Slade schloß die Tür, zog sich aus und breitete sorgfältig seine Kleider über die verstaubte Kommode. Dann trat er nackt unter die Lampe und stellte den Wecker seiner Armbanduhr. Schließlich knipste er mit einem besorgten Blick auf das unförmige Bett das Licht aus. Mit Hilfe der Taschenlampe tastete er sich durch das Durcheinander bis zum Ende des Moskitonetzes und kletterte in das Bett. Nach einigem Hin und Her entdeckte er, daß die durchgelegene Matratze einigermaßen bequem war, wenn er sich diagonal auf ihr ausstreckte.

Ohne Pyjama hinüberzugehen, war Absicht gewesen. Es war ein stummer Protest, eine Möglichkeit, die Existenz dieses Raumes zu leugnen. Wenn der Morgen kam, würde er sich anziehen und ihn mit leeren Händen verlassen, so als hätte er ihn nie gesehen. Trotz der beständigen Geräuschkulisse der Insekten konnte er die Stimmen der beiden Frauen hören, wenn auch ohne zu verstehen, was sie sagten.

Ein muffiger Geruch hing in der Luft; das dichte Netz vor dem Gesicht warf seinen heißen Atem zurück. Mrs. Rainmantle hatte nichts als normale animalische Intelligenz bewiesen, als sie sich weigerte, das Zimmer zu nehmen, dachte er mißmutig, Türschloß hin, Türschloß her.

Er hatte im stillen gehofft, mit seiner Frau im gleichen Bett zu schlafen, wenigstens am Anfang. Die vergangenen beiden Nächte hatten sie auf dem Schiff verbracht, wo Größe und Beschaffenheit der Kojen jeden Gedanken an Sex schon im Keim erstickten. Plötzlich kam ihm in den Sinn, daß es möglicherweise leichtsinnig gewesen war, Day mit Mrs. Rainmantle allein zu lassen. Wie konnte man wissen, ob sie nicht eine Psychopathin war? Er versuchte, dem Stimmengemurmel zu lauschen, um herauszufinden, worüber sie sprachen, doch dann wurde er schläfrig, und das beständige Konzert der Nachttiere erfüllte die Dunkelheit. Er merkte, daß er im Begriff war einzuschlafen, und er war überrascht, wie einfach es doch gewesen war.

Als er das durchdringende Summen des Weckers hörte, glaubte er zuerst, ihn falsch gestellt zu haben, denn er hatte doch gerade erst einschlafen wollen. Aber als er die Taschenlampe unter dem Kopfkissen hervorzog und anknipste, sah er, daß es fünf vor halb sechs war. Die Geräusche draußen hatten sich völlig verändert; der Hintergrund bestand zum größten Teil aus vereinzelten

Schreien von Wasservögeln und Gezwitscher. Ganz in der Nähe stieß ein Nachtvogel eine Reihe von klaren, leisen Rufen aus. Dann hörte er einen zweiten Vogel etwas weiter entfernt, der ihn nachahmte. Er wartete einen Augenblick, sprang dann mit der Taschenlampe in der Hand aus dem Bett und knipste den Lichtschalter an. Das Zimmer blieb dunkel.

Im Nu kleidete er sich an, trat hinaus auf die Veranda und klopfte an die benachbarte Tür. Als er Day gedämpft antworten hörte, sagte er leise: «Fünf Uhr dreißig.»

«Ja», antwortete sie, «gut.»

Der Himmel ließ noch kein Zeichen der Dämmerung erkennen. Die Luft war feucht und still. Er ging zurück in sein dunkles Zimmer, wusch sich im Schein der Taschenlampe das Gesicht über dem Becken und kämmte sein Haar. Rasieren würde er sich erst kurz vor dem Aufbruch zum Bahnhof.

Er knipste die Taschenlampe aus und setzte sich im Dunkeln aufs Bett. Jetzt krähten in der Ferne die ersten Hähne, Hunde bellten, und unten im Garten rief ein Kakadu – wahrscheinlich derselbe, den sie tags zuvor beim Lunch gehört hatten. Die kühlenden Finger einer frühmorgendlichen Brise streiften ihn von Zeit zu Zeit, und er dachte, daß dies die beste Zeit sei – wenn die Sterne noch leuchteten und es endlich kühl war und man nichts sah von der Stadt.

Er hörte, wie sich der Schlüssel im Schloß drehte und die Tür des Nebenzimmers aufging. Dann klapperten Mrs. Slades Absätze über die Veranda Richtung Badezimmer. Ein leiser Schimmer von Tageslicht hatte sich am Himmel gezeigt, der nun von Minute zu Minute stärker werden würde. Nach langer Zeit hörte er die Absätze zurückkommen, und die Tür wurde geschlossen.

Mrs. Slade hatte eine lange, von Alpträumen erfüllte Nacht verbracht. Sie lag auf dem Laken, schwitzte unter dem dichten Moskitonetz, haßte das Zimmer, haßte schon die Vorstellung der armen Mrs. Rainmantle in all ihrem Fleisch auf dem anderen Bett. Trotz der brennenden Glut des Whiskeys im Magen, die ab und zu aufflackerte, hatte sie sich gezwungen, langsam und regelmäßig zu atmen, doch die Möglichkeit, von ihrem eigenen Alptraum erfaßt und erdrückt zu werden, war nie sehr weit entfernt gewesen. Wie oft hatte sie sich im Bett herumgewälzt, um den Wirbelsturm der Träume, der sich um sie zusammenbraute, zu verscheuchen? Während der endlosen Perioden, in denen sie wach lag, hatte sie angestrengt gelauscht, um diesseits des metallisch-kreischenden Hintergrunds das nähere und auch sanftere Geräusch von Mrs. Rainmantles Schnarchen auszumachen. Manchmal war sie, im Bewußtsein des offenen Fensters, sicher gewesen, eine dritte Person, eine fremde Gegenwart sei in das Zimmer eingedrungen. Mit weit aufgerissenen Augen hatte sie auf einen Punkt in der Dunkelheit gestarrt und absolut still gelegen, während sie gleichzeitig versuchte zu atmen, als ob sie schliefe. Einmal nahm sie die Bewegung einer Eidechse oder eines schweren Insekts wahr, das sich auf dem Baldachin über ihrem Kopf festgesetzt hatte und gelegentlich leicht im Netz raschelte. Ansonsten war nur diese monströse, haarige Dunkelheit geblieben, aus deren schwarzer Insektenkehle es dort draußen knackte und pulsierte.

Sie hatte nicht gewagt, aus dem Bett zu klettern, um

sich ein Seconal zu holen, nicht einmal mit der Taschenlampe in der Hand; die Angst, auf einen Skorpion oder Tausendfüßler zu treten, war zu groß gewesen. So hatte sie die Nacht wie versteinert in einem Zustand zwischen Schlaf und Wachen verbracht. Als es an der Tür klopfte, machte sie «Uh» und griff nach der Taschenlampe wie nach einer Waffe. Dann zerrte sie das Moskitonetz auseinander und stand auf, um das ganze Zimmer abzuleuchten. Im schwachen Schein der Lampe konnte sie Mrs. Rainmantles Körper ausmachen, der wie ein großes Kissen zwischen den zerknüllten Bettlaken lag. Sie ließ den Lichtstrahl über die Wand gleiten. Dort, neben der Tür, war der Schalter. Sie ging hinüber und knipste das Licht an. Es funktionierte nicht. Es war Nacht, immer noch dieselbe Nacht; ihr Magen brannte, und ihr Kopf schmerzte. Dr. Slade klopfte an die Tür. Plötzlich hatte sie Angst, Mrs. Rainmantle könnte aufwachen. Sie legte ihr Gesicht an die Tür und sagte leise: «Ja, gut.» Das Klopfen verstummte, und sie hörte ihn in sein Zimmer zurückgehen.

Eine Minute später eilte sie zum Badezimmer, wobei sie insgeheim die Pflanzen verwünschte, die im Dunkeln ihr Gesicht streiften. Noch bevor sie das Ende der Veranda erreicht hatte, war ihr klar, daß sie nicht duschen würde. Es gab keine Möglichkeit, die Taschenlampe abzulegen; sie würde naß werden oder gar herunterfallen, und dann stünde sie im Dunkeln, während das Wasser auf sie herunterprasselte. Sie betrat eines der Badezimmer und verriegelte die Tür. Es war heiß, dunkel und stickig. Ein kleiner Tisch stand zwischen Waschbecken und Dusche. Sie legte die Taschenlampe darauf. Die Wände waren durchtränkt vom abgestandenen Geruch der Latrine. Später, wenn die Sonne aufgegangen wäre, würde es ihr besser gehen, aber im Moment fühlte sie sich einfach nur elend. Wenn ich mich wenigstens übergeben könnte, schoß es ihr durch den Kopf. Aber das war genauso unmöglich wie der Versuch, diese Nacht herauszuwürgen. Die Nacht war noch immer da wie das feurige Brennen in ihrem Inneren.

Als sie das Badezimmer verließ, erschien ihr die Luft ein wenig kühler, und sie konnte auch ohne Taschenlampe schon fast den Weg zwischen Farnen und Palmen hindurch erkennen. Sie knipste sie beim Gehen immer wieder an und aus. Das letzte Stück vor ihrem Zimmer ließ sie die Lampe brennen, trat ein und schloß die Tür hinter sich. Um die Gefahr, daß Mrs. Rainmantle aufwachte, auf ein Minimum zu reduzieren – denn sie hatte nicht die geringste Lust, sich um diese Zeit mit ihr zu unterhalten –, zog sie sich rasch und leise an. Dann packte sie die beiden Reisetaschen und griff nach ihrer Handtasche, während sie die ganze Zeit überlegte, ob es nicht ein wenig unfreundlich sei, einfach so zu gehen, ohne auf Wiedersehen zu sagen. Nein. Wir müssen los, sagte sie sich dann, sie wollte dieses Zimmer ein für allemal hinter sich lassen. Die sicherste Möglichkeit, dies zu erreichen, bestand darin, Taylors Sachen selbst zu packen und das gesamte Gepäck draußen vor die Tür zu stellen. Auf diese Weise konnte sie Lärm im Zimmer vermeiden. Er würde gar nicht erst hereinkommen müssen, und Mrs. Rainmantle könnte weiterschlafen.

Wenig später war sie mit seinen Taschen fertig; er hatte praktisch nichts herausgenommen. Sie öffnete die

Tür zum Balkon, trug einen Koffer nach dem anderen hinaus und stellte ihn ab, wobei sie so wenig Geräusch wie möglich machte. Als sie fertig war, blieb sie in der Tür stehen und lenkte den Strahl der Taschenlampe noch ein letztes Mal schnell durch das Zimmer. Als er über die Ecke mit Mrs. Rainmantles Bett huschte, sagte sie ihr innerlich Lebewohl. Der Strahl glitt weiter, über die Wand, vorbei an Spiegel und Mantelhaken.

Sie schloß die Tür und stand ganz still, horchte auf ein Geräusch von innen und versuchte, sich darüber klar zu werden, was sie gerade gesehen hatte. Mrs. Rainmantle hatte noch immer in der unbequemen Stellung an der Wandseite des Bettes gelegen. Eins der dicken Beine hing über die Bettkante. Im fahlen Licht der Dämmerung und durch die vielen Schleier des Moskitonetzes konnte sie nicht ganz sicher sein, aber es war ihr vorgekommen, als seien Mrs. Rainmantles Augen offen gewesen. Ihre einzige Reaktion hatte darin bestanden, die Tür noch hastiger zuzuziehen. Und nun horchte sie. Falls Mrs. Rainmantle wach war, würde sie in diesem Moment aufstehen und zur Tür kommen.

Doch kein Laut war zu hören. Sie versuchte, sich noch einmal das Bild zu vergegenwärtigen, das sie gesehen hatte. Diesmal schienen die Augen geschlossen. Aber dann war es wie ein Linsenprismenbild Jesu, auf dem sich die geschlossenen Lider plötzlich öffnen und die Augen freigeben, die starr geradeaus blicken. Sie wandte sich ab und klopfte an Dr. Slades Tür.

9

Der kleine Zug folgte dem Lauf eines tosenden Flusses und schlängelte sich langsam den Berg hinauf. Vogelgezwitscher und der Geruch der Bäume drangen durch die offenen Fenster. Im Hotel hatten sie nur Kaffee bekommen; ihr Frühstück hatte aus ein paar Bananen bestanden, die sie vom Abteilfenster aus kauften, ehe der Zug aus Puerto Farol herausrollte. Statt der drei Männer, die Dr. Slade bestellt hatte, war ein schwächlicher Junge dagewesen, um ihr Gepäck zum Bahnhof zu bringen. Sie hatten den Zug nur erreicht, weil sie das ganze Gepäck unter sich geteilt hatten. Mrs. Slade hatte einen Korb und ihren Handkoffer getragen.

Ihre Kopfschmerzen, vom Kaffee größtenteils vertrieben, waren während des Marsches zum Bahnhof wieder schlimmer geworden. Jetzt, als der Zug heftig von einer Seite zur anderen schwankte, ließ ein starkes Pochen im Kopf sie manchmal zusammenzucken. Sie nahm eine dunkle Brille aus der Handtasche und setzte sie auf. Wenig später glitt ihre Hand erneut in die Handtasche und betastete die Gegenstände darin, bis sie ein Röhrchen Optalidon fand, das sie verstohlen herauszog. Während Dr. Slade damit beschäftigt war, die Landschaft zu betrachten, steckte sie eine Pille in den Mund, doch offensichtlich hatte er aus dem Augenwinkel ihre Handbewegung bemerkt. Er drehte sich halb zu ihr um.

«Hast du gut geschlafen?»

«Und du?» gab sie zurück. Die Nacht war ihr noch zu

gegenwärtig, als daß sie darüber hätte sprechen wollen. «Du hattest ein furchtbares Bett.»

«Ich habe prima geschlafen», sagte er, den Blick noch immer auf sie gerichtet. «Es hätte höchstens ein wenig länger sein können, ja.»

Sie hätte gern das Thema gewechselt, doch es fiel ihr nichts ein, worüber sie hätten reden können. Es war, als ob ihre Gedanken sich im Kopf selbständig gemacht hätten, in der Hoffnung, die Antwort auf eine unausgesprochene Frage zu finden.

Ungefähr anderthalb Stunden später hatten sie den ersten Höhenzug der Sierra erklommen, der den Blick auf die dunstige grüne Küstenebene freigab. Der Wind, der durch die Fenster drang, war plötzlich kalt. Dr. Slade streifte sein Jackett über.

«Ist dir nicht kühl?» fragte er.

«Nein.»

Sie hätte sich nur allzugern bequem zurückgelehnt und Taylor erzählt, wie merkwürdig Mrs. Rainmantle ausgesehen und was das bei ihr ausgelöst hatte, als sie die Tür schloß. Es wäre eine Erleichterung gewesen, ihm sagen zu können, daß sie seitdem an nichts anderes denken konnte. Aber wenn sie anfinge, darüber zu sprechen, würde sie wieder den schwachen gelblichen Lichtkegel über die fleckige Wand huschen sehen und Mrs. Rainmantles Kopf, der in einem seltsam verdrehten Winkel zu dem massigen Körper lag, während das Bettlaken eng um ihren Hals geschlungen war. Wenn sie überhaupt so weit käme, das wußte sie, würde sie die offenen Augen vor sich sehen, die leblos durch das Moskitonetz starrten. Sie fuhr schnell mit der Hand über ihr Gesicht, um zu verhindern, daß sich dieses Bild formte. Als sie bemerkte, daß Dr. Slade sie beobachtete, tat sie, als sei ihr ein Stäubchen Asche ins Auge geflogen. Wenn er erst einmal den Verdacht hatte, daß sie irgend etwas beunruhigte, würde er nicht eher lockerlassen, bis er es aus ihr herausgeholt hatte, denn er war überzeugt, daß sogenannte negative Gefühle auf der Stelle verschwinden, wenn man sie ans gleißende Licht der Vernunft befördert. Er würde sie zwingen, Worte zu finden, und Worte waren in diesem Fall nicht das, was sie wollte: Sie machten das Ganze möglicherweise nur noch realer.

In einem Ort namens Tolosa hatte der Zug vierzig Minuten Aufenthalt. Es war eine pockennarbige, staubige Stadt mit einer kurzen Hauptstraße, die entlang der Eisenbahngleise verlief. Zusammen mit einigen anderen Passagieren aus dem Zug gingen sie in ein schäbiges Restaurant, das dem Bahnhof gegenüberlag. Es war offensichtlich, daß die beiden ältlichen Chinesen, die es führten, kein Interesse am Kochen hatten.

«Gar nichts Chinesisches?» fragte Dr. Slade enttäuscht den einen, der vor ihm stand. Der antwortete in unverständlichem Spanisch und brachte dann dieselben Gerichte, die sie in Puerto Farol bekommen hatten: Limabohnen, Reis, Gemüsebananen und Spiegeleier.

«Das wäre ein Schock für Ruth gewesen», murmelte Dr. Slade. «Die Chinesen waren einmal die einzigen guten Köche auf der Welt. Aber das hier ist einfach unglaublich. Die beiden essen dieses Zeug nicht. Sie haben ihr eigenes Essen in der Küche.»

Ruth war Dr. Slades erste Frau gewesen. Einer stillschweigenden Übereinkunft zufolge vermieden sie es, von ihr zu sprechen. Er nahm an, daß diese Abmachung zwischen ihnen einfach ein Produkt ihrer Veranlagung war: Es hatte sich von selbst so ergeben. Die erste Mrs. Slade zu erwähnen war daher ein so ungewöhnliches Ereignis, daß Day von ihrem Teller aufsah. Dann erkannte sie, daß er genau diese Reaktion erwartet, sie sogar bewußt provoziert hatte, damit sie ihn anschaute und er ihr aufmunternd zulächeln konnte. Er tut wirklich sein Bestes, dachte sie, ein wenig verstimmt, weil es ihr nicht gelungen war, ihre Nervosität zu verbergen. Als hätte sie sein Manöver nicht bemerkt, lächelte sie höflich. «Der Reis ist wenigstens einigermaßen locker», sagte sie und sah wieder auf ihren Teller. «Mir macht schlechtes Essen nicht viel aus. Es gibt so wenig Unterschied zwischen gut und schlecht, daß es eigentlich gar keine Rolle spielt.»

Sie hielt inne und starrte einen Augenblick hinaus in die helle Sonne. Der Zug stand da, vor ihren Augen, setzte sich rechts und links des Bahnhofes fort. Die Reisenden beugten sich aus den Abteilfenstern, um etwas zu essen und Limonade zu kaufen. Dahinter erstreckte sich das offene Land, in der Ferne kahle Berge, weiter vorn Ödland. Eine Fabriksirene heulte. Sie aß weiter, Dr. Slade sagte nichts.

Als sie wieder in ihr Abteil zurückgekehrt waren, fühlten sich jedoch beide besser. Es war eine große Erleichterung, im Zug zu sitzen, statt ihn von außen zu betrachten und darauf zu warten, daß er sich ohne sie in Bewegung setzte. Sie entspannten sich und schliefen eine Weile.

Als Mrs. Slade aufwachte, waren ihre Kopfschmerzen

verschwunden. Sie blieb auf dem Sitz ausgestreckt liegen. Kurz nachdem die Sonne untergegangen war und sie kaum mehr als eine Stunde von der Hauptstadt entfernt waren, kam der Schaffner ins Abteil, und sie setzte sich auf. Der Mann trat wieder in den Gang hinaus und schloß die Tür. Noch immer sagte keiner von beiden ein Wort, nur ihre Köpfe nickten im Takt des Zuges. Beide schauten hinaus und betrachteten die rotgefärbte Landschaft, über die sich jetzt die Dämmerung senkte. Wenig später, als nur noch der Rhythmus des Zuges ihr Bewußtsein beherrschte, obgleich sie die Augen offen hatte, sagte er unerwartet: «Ich frage mich, ob sie heute ihren Sohn erreicht hat.»

Mrs. Slade hörte ihre eigene Stimme unsicher antworten: «Nein...»

«Du glaubst nicht?»

Sie schüttelte ungeduldig den Kopf. «Ich weiß auch nicht mehr als du. Ich dachte gerade an etwas anderes.»

10

Nach Mitternacht war die Hauptstadt wie ausgestorben. Die schnurgeraden, schlecht beleuchteten Promenaden erstreckten sich weit bis in die steinige Ebene jenseits der Stadtgrenzen. Ein oder zwei Stunden lang fegte ein kalter Bergwind über das Hochland, doch dann regte sich kein Lüftchen mehr. Es gab lange Phasen während dieser Nacht, in denen die Stille sie wie eine feine Nadel ins Ohr stach. Doch dann pfiff weit draußen auf dem Land eine

Lokomotive, die sich aus dem tiefer gelegenen Tal den Abhang hinaufquälte. In einem nahegelegenen Patio stieß ein Vogel ein paar klare Laute aus. Eine Grille zirpte, ein Flugzeug flog über sie hinweg, hoch über den unsichtbaren Gipfeln der Berge, und unten auf der Straße blies die *guardia* auf ihrer weichen Trillerpfeife. Irgendwo im unteren Teil der Stadt schlug die Glocke der großen Kathedrale die Stunde. Zwischendurch breitete sich immer wieder Stille aus, und so verging die Nacht.

Sie hatte den Portier um ein separates Zimmer gebeten. «Das einzige, was ich jetzt brauche, ist Schlaf», hatte sie Dr. Slade erklärt. «Letzte Nacht habe ich kein Auge zugetan.» Sie wußte sehr wohl, daß sie ihm das schon gesagt hatte, schien jedoch bereit, sich erneut ausführlich darüber auszulassen.

Dr. Slade sprach als erster. «Natürlich. Keine Frage.»

Als die Hotelpagen sie in das für Mrs. Slade gedachte Zimmer führten, war sie ans Fenster getreten, hatte es geöffnet und hinunter auf die Wipfel der Bäume in der dunklen Straße gestarrt. Dann hatte sie gelauscht.

«Es ist himmlisch ruhig.»

Später lag sie, behaglich ausgestreckt, in der kalten, trockenen Luft, die zum Fenster hereinströmte. Nicht einmal jetzt fühlte sie sich schläfrig und dachte, dies müsse an der Höhe liegen. Es gefiel ihr, einfach so dazuliegen und sich wohl zu fühlen. Das friedliche Zimmer und das weiche Bett entspannten sie, dazu kam das kostbare Gefühl der Sicherheit und des Alleinseins. Kurz vor Anbruch der Morgendämmerung war sie eingeschlafen.

Als Dr. Slade aufwachte, bestellte er telefonisch das

Frühstück. Im Badezimmer spritzte er sich kaltes Wasser in die Augen, griff nach einem Badetuch und trat, nachdem er sich kräftig abgetrocknet hatte, auf den schmalen Balkon vor seinem Zimmer. Die Stadt glänzte im kräftigen Schein der Morgensonne, und die Gipfel der Berge schienen auf absurde Weise nah herangerückt. Sein Blick glitt über die Abhänge hinab zu den bewaldeten Regionen, über die weniger hohen Gipfel und über das weite, gegliederte Land mit seinen Hügeln und Tälern, das noch tiefer lag.

Auf seinem Frühstückstablett lag eine Zeitung, der ein Etikett aufgeklebt war: *BUENOS DIAS, LA DIRECCION. GOOD MORNING, THE MANAGEMENT.* Der Kaffee, von dem es eine ganze Kanne gab, war gut. Er überflog die Schlagzeilen und goß sich noch eine Tasse ein. Dann stand er plötzlich auf, rasierte sich, kleidete sich an und fuhr hinunter, um nach einem Friseur Ausschau zu halten. Im Hotel selbst gab es keinen; der Portier empfahl ihm, mit dem Taxi ins Stadtzentrum zu fahren.

Er beschloß, zu Fuß zu gehen; die Straße führte fast die ganze Strecke bergab. Nur durch ihre vielen Bäume und Parks wurde die schäbige, provinzielle Hauptstadt vor äußerster Häßlichkeit bewahrt. Als er auf dem Drehstuhl saß und der Frisierumhang in seinem Nacken befestigt war, reichte der Fiseur ihm ein Zeitung. Schon während er sie entgegennahm, merkte er, daß es dieselbe war wie beim Frühstück. Er ließ den Blick über die schon vertraute erste Seite wandern, bis er auf eine kurze Meldung ganz unten stieß. Die erste Zeile enthielt die Worte *Puerto Farol.* Mit offenem Mund las er weiter. Es war der Bericht über ein Feuer, das kurz nach Tagesanbruch des vergangenen Morgens einen Teil des Gran Hotel de la Independencia zerstört hatte. Es hatte das Leben eines Gastes gefordert, einer gewissen Mrs. Rainmantle, Touristin kanadischer Staatsangehörigkeit, die mit der M. S. *Cordillera* angekommen war. Dann folgte die Beschreibung des Sachschadens, der durch das Feuer entstanden war. Das war alles, bis auf die Tatsache, daß die Meldung mit den Worten *«a lamentar»* endete, was sie aus dem Bereich des Seriösen oder Möglichen irgendwie herausnahm. Keine weiteren Opfer zu beklagen!

Arme Frau, dachte er. Sein natürliches Mitgefühl wurde von kleinen Gewissensbissen zusätzlich belastet, weil er am Ende des letzten Abends so grob zu ihr gewesen war.

Day darf das auf keinen Fall sehen, sagte er sich plötzlich. Ich muß es von ihr fernhalten.

11

Mrs. Slade schlug die Augen auf und sah auf die Uhr: fünf nach elf. Sechs Stunden ungefähr, dachte sie. Das war sicher nicht genug, aber sie war hellwach und voller Energie. Sie bestellte das Frühstück und duschte schnell. Ein Zimmermädchen hatte ihr Tablett auf den Balkon gestellt; hier, in der heißen Sonne, trank sie ihren Kaffee und aß den Toast. Auf dem Tablett lag die örtliche Zeitung; ohne einen Blick hineinzuwerfen, legte sie sie auf den Tisch. Erst als sie mit dem Frühstück fertig war, rief sie in Dr. Slades Zimmer an. Keine Antwort. Er wird schon losgegangen sein, um die Stadt anzusehen, dachte sie und spürte leichten Groll, weil er ohne sie aufgebrochen war. Andererseits wußte sie genau, daß sie wütend geworden wäre, wenn er sie geweckt hätte. Sie kleidete sich an und beschloß, selbst einen kleinen Spaziergang zu unternehmen, solange der morgendliche Duft noch in der Luft hing. Die Nervosität von gestern war verflogen.

Endlich war es kühl genug, um das neue rosa Leinenkostüm anzuziehen, das sie schon so lange hatte einweihen wollen. Die Farbe unterstrich ihre Sonnenbräune, wie sie es nur teilweise vorausgesehen hatte. Vom Spiegel im Badezimmer trat sie hinaus auf den Balkon, zündete sich eine Zigarette an und schaute über die roten Ziegeldächer der Stadt. Die Berge, die sich hinter der Stadt erhoben, wirkten näher als die Stadt selbst, die halb in einer riesigen Dunstglocke versunken war. Sie schnippte die Asche auf die Straße, setzte ihre Sonnenbrille auf und ging ins Zimmer zurück.

In der Halle, gleich neben der Rezeption, gab es einen kleinen, hell erleuchteten Zeitungsstand und davor einige bequeme Sessel, jeder mit seiner eigenen Leselampe. Im Moment befanden sich keine Gäste in der Halle, außer einem einzelnen jungen Mann, der mit über die Armlehne baumelnden Beinen in einem der Sessel lag und eine Illustrierte las.

Am Zeitungsstand sah sie die zwei bis drei Tage alten Zeitungen durch, die zum Verkauf ausgehängt waren, und entschied sich dann für den *San Francisco Chronicle* und die *New York Times*. Ein Mann kam aus einem der hinteren Zimmer und blieb vor ihr stehen; sie fragte ihn nach *Newsweek* und reichte ihm eine Banknote. «Oh», sagte er und betrachtete den Schein. «Einen Augenblick, bitte.» Dann zog er sich in das Zimmer zurück, aus dem er gekommen war.

Sie drehte sich langsam um die eigene Achse, lehnte sich, auf die Ellbogen gestützt, rücklings gegen die Rezeption und musterte die Halle. Sie war überrascht, sie um diese Tageszeit so verlassen vorzufinden. Obwohl sie sich darüber klar war, daß sie es eigentlich nicht wollte, ertappte sie sich dabei, wie sie den jungen Mann erneut anstarrte und sich eine Meinung über ihn bildete. Wenn jemand so auffallend gut aussah, suchte sie instinktiv nach einem Charakterfehler. In ihren Augen war es völlig unmöglich, daß ein Mann so aussehen konnte, ohne es auf unfaire Weise auszunutzen.

Der junge Mann streifte die Asche seiner Zigarette in eine große Tonschale neben seinem Sessel und setzte seine Lektüre fort. Sie drehte sich zu dem Stand um; der Verkäufer zählte ihr das Wechselgeld vor. «Haben Sie die *Newsweek* schon mitgerechnet?» fragte sie und ließ den Blick über die ausgehängten Zeitschriften schweifen. «Wo ist sie?»

«*Newsweek?* Kommen Sie in einer halben Stunde wieder.»

An die Halle grenzte ein kleiner Garten voller Papageienkäfige und Philodendron. Sie entschied sich für einen bequemen Sessel in der Sonne, setzte ihre dunkle Brille auf und vertrieb sich die nächsten dreißig Minuten damit, die Zeitungen zu lesen. Sie erwartete jeden Moment, daß Dr. Slade auftauchte. Dann ging sie wieder hinein, um den Zeitungsverkäufer nach der *Newsweek* zu fragen, überzeugt, daß er sie nicht bekommen hatte, was ihr allerdings wenig ausmachte.

Der junge Mann saß noch immer auf seinem Platz und nahm keine Notiz von ihr, als sie an ihm vorbeikam. Schon als sie sich dem Zeitungsstand näherte und das Gesicht des Verkäufers sah, wußte sie, daß sie sich nicht geirrt hatte. «Keine *Newsweek* mehr da!» rief er mit unnötig lauter Stimme. «Alle ausverkauft.»

Plötzlich hörte sie eine Bewegung hinter sich, und als sie sich umdrehte, sah sie den jungen Mann auf sich zukommen. Er hielt ihr mehrere Zeitschriften entgegen und lächelte einladend. «Es tut mir leid», sagte er, «aber ich konnte Sie unmöglich überhören. Hier ist die *Newsweek*, ich habe eine. Darf ich sie Ihnen anbieten?»

Der Klang ihrer Stimme, als sie «nein, nein, danke schön» sagte, gab ihr das Gefühl, unhöflich zu sein, deshalb lächelte sie zurück und setzte hinzu: «Ich hätte sie sowieso nicht gelesen, behalten Sie sie nur.»

Er hielt ihr die Zeitschrift immer noch hin. «Ich habe sie schon angeschaut. Sie finden sonst in der ganzen Stadt keine mehr. Schon nach wenigen Stunden sind alle Exemplare regelmäßig ausverkauft.»

Sie hatte nicht die Absicht, die Zeitschrift von ihm anzunehmen. «Es ist nicht so wichtig», sagte sie. «Wirklich nicht. Man kann hier im Hotel wohl nicht zufällig ein paar Bücher kaufen, oder?»

Der Zeitungsverkäufer war in dem rückwärtigen Zimmer verschwunden, und der junge Mann bot ihr eine Packung Zigaretten an. Sie nahm eine. Während er ihr Feuer gab, sagte er: «Es gibt nur einen Laden in der

Stadt, wo man englischsprachige Bücher bekommt. Mein Wagen steht gleich um die Ecke.»

Sie war versucht mitzugehen, zögerte jedoch. «Oh», lachte sie, «ich erwarte jeden Augenblick meinen Mann hier in der Halle, wissen Sie.» Es wirkte wie eine ziemlich unfreundliche Art, sein Angebot auszuschlagen, und war eigentlich nicht das, was sie hatte sagen wollen.

Der junge Mann trat zur Rezeption und wechselte ein paar Worte mit dem Portier. Sie wartete mit der Zigarette in der Hand, jetzt doch dankbar, daß es keine Zeugen dieser zweideutigen Szene gab. Er kam mit breiterem Lächeln als zuvor zurück. «Ihr Mann ist zum Friseur gegangen», verkündete er. «Also, die Entscheidung liegt ganz bei Ihnen.»

Das lange, offene Cabriolet hatte eine verbeulte Stoßstange.

«Sie sind Amerikaner?» fragte sie. Der Motor heulte auf, und sie glitten durch die Schatten der hohen Bäume.

Er lachte. «Nein! Ich bin nur ein völlig verantwortungsloser Bürger. Ich habe so lange hier gelebt, daß ich einer von ihnen geworden bin.»

Das ist keine Antwort, dachte sie verärgert.

Die Straßen im unteren Teil der Stadt waren schmal und verstopft. «Macht Spaß», sagte sie. Wieder gab er eine seiner doppeldeutigen Antworten: «Warum auch nicht?»

Sie entschied sich rasch für drei Taschenbücher, während er zuschaute. «Etwas für abends im Bett», sagte sie über die Schulter, als sie der Verkäuferin das Geld gab.

«Besser als nichts», antwortete er. Sie drehte sich etwas weiter zu ihm um und sah ihn an. Sein Lächeln war nicht verschwunden, aber es verriet nichts.

«Ich bin froh, daß ich diesen Laden jetzt kenne», sagte sie. «Ich werde noch einmal hierherkommen und mich etwas genauer umschauen.»

«Lassen Sie sich ruhig Zeit.»

Sie lachte und ging vor ihm her durch die Tür. «Für heute habe ich genug», sagte sie. «Das war ganz reizend von Ihnen.»

Der Wagen glitt eine lange, steile Auffahrt hinauf, die von Palmen und Azaleen gesäumt war. Ganz oben gab es einen Park mit einer Balustrade, die dem Rand einer Klippe entlang verlief. Trauben von Menschen standen dahinter und betrachteten die im Dunst liegende Stadt.

«Hören Sie, ich muß zum Hotel zurück», fing sie an und versuchte ihre Worte wie einen Befehl klingen zu lassen, war sich jedoch im selben Moment darüber im klaren, daß es ihr nicht gelungen war.

«Schauen Sie dort oben!» sagte der junge Mann und deutete zum Gipfel eines steilen grünen Abhangs, wo sich ein paar Dutzend hoher Pinien erhoben. Ein großes weißes Gebäude thronte über ihnen.

«Ich werde Ihnen jetzt schrecklich auf die Nerven gehen», warnte sie ihn. «Ist das der Weg zum Hotel?»

«Es ist ein Weg», antwortete er, sich zu ihr umwendend und traurig den Kopf schüttelnd. «Stellen Sie sich gerade vor, wie es wäre, entführt zu werden? Und zwar von jemandem, dem es nicht um Geld geht, der zu niemandem Kontakt hat, Sie einfach nur gefangen hält, Tag um Tag? Nun, *das* wäre ein Grund, sich aufzuregen.»

«Ich werde mich darüber aufregen, wenn es soweit ist», sagte sie steif. «Sie wollen sagen, Sie machen eine Art Umweg, nicht wahr?»

Wieder schaute er sie an, dieses Mal verblüfft. «Sie sind ein nervöser Typ, wie? Wir sind seit zwanzig Minuten unterwegs. In zwanzig Minuten sind wir wieder im Hotel. Was meinen Sie?»

«Es ist nicht besonders tragisch, nehme ich an. Am Anfang sagten Sie allerdings zehn, wenn Sie sich erinnern wollen.»

Nachdem er den Wagen durch die letzte Haarnadelkurve gesteuert hatte, brach er endlich sein Schweigen: «Zwanzig Minuten. Jetzt nur noch achtzehn. Ich gebe Ihnen mein Wort.»

Sie hatten die Anhöhe erreicht. Das große weiße Gebäude war ein Apartmenthaus, und er parkte genau davor. Dann stieg er aus und ging um den Wagen zu ihrer Tür. «Kommen Sie einen Augenblick mit nach oben, ich will mir ein Jackett holen.»

«Und was ist mit den siebzehn Minuten?»

«Das gilt nur, wenn Sie kein Theater machen.» Er öffnete den Schlag. Sie griff nach ihrer Handtasche und dem Paket und stieg aus. Als sie das Gebäude betraten, hatte sie nur einen oberflächlichen Eindruck von Glas und Metall, Stein und Pflanzen. Im Spiegel des Aufzugs bemerkte sie, daß ihr Haar völlig zerzaust war. «Der Wind hat meine Frisur ruiniert», jammerte sie und fuhr sich mit den Fingern hindurch.

«Sie können sie oben wieder herrichten», bemerkte er.

Sie fuhren ins oberste Stockwerk. Die Tür führte in

einen Innenhof mit einem Bassin, in das sich ein Wasserstrahl ergoß. Rechts ging ein Säulengang ab, an dessen Ende ein paar Stufen hinabführten, und dann standen sie plötzlich in einem riesigen Zimmer.

«Das ist atemberaubend!» sagte sie. Gleichzeitig sank ihre Meinung von ihm immer tiefer. Sie ging langsam die Stufen herunter. «Aber ich wäre hier nicht gern für die Sauberkeit verantwortlich!» Er sollte ruhig wissen, wie unpraktisch, ja absurd sie es fand, daß ein junger Mann wie er ganz allein ein derart luxuriöses Apartment bewohnte.

Sie setzte sich. «Nichts als Leder, Felle und Glas!» rief sie.

«Kein Problem», antwortete er leicht überrascht. «Hier oben gibt es keinen Staub. Was kann ich Ihnen anbieten? Wollten Sie nicht Ihre Frisur richten? Dort drüben, die Tür da. Ich mixe Ihnen derweil einen Drink. Einen Wodka-Martini auf die schnelle?»

Sie lachte gewollt freudlos. «Nur zu – ich kann Sie sowieso nicht hindern.»

Die Wand ihr gegenüber war völlig hinter einer Mauer von Bäumen und Schlingpflanzen verborgen, die bis zur Decke reichte und schwach von innen erleuchtet war. Sie vermittelte ihr das Gefühl, am Rand eines Waldes zu stehen. Ein angenehm frischer Luftzug strich langsam durch den Raum und spielte mit den obersten Ranken und Zweigen. Irgendwo da draußen im gleißenden Tageslicht spielte eine Militärkapelle; die gedämpften Klänge schwebten mit der Brise herein, mal laut, dann wieder leiser. Spielerisch glitt ihre Hand über das Vicuña-Fell, das die Couch bedeckte, auf der sie saß.

Schließlich stand sie auf und ging in den kleinen Raum, den er ihr gezeigt hatte, um sich zu frisieren.

Aus einem anderen Teil des Apartments hörte sie die helle Stimme eines kleinen Kindes: «Wo, Mami?» Sie stand vor dem Spiegel und spannte die Oberlippe, um den Lippenstift aufzutragen. Leicht verblüfft registrierte sie, daß sie mit einer Frau nicht im geringsten gerechnet hatte. Warum eigentlich nicht?

Jetzt drangen Geräusche aus dem großen Zimmer. «Ihr Drink ist fertig!» rief er.

«Das ging aber schnell!» Sie kam aus dem kleinen Ankleidezimmer und stellte sich neben ihn.

Er hielt ein Glas in der Hand, hatte sogar schon daraus getrunken. Sie nahm ihres vom Tablett, es war sehr kalt. «Kommen Sie nach draußen», forderte er sie auf.

Auf der Terrasse entdeckte sie eine Grotte mit einem Pool und einem kleinen Bach, der sich durch eine Gruppe von Stühlen und Tischen schlängelte. Zu ihren Füßen lag die Stadt mit ihrem entfernten Rauschen, und auf allen Seiten wurde der Himmel von den grauen Kämmen der Berge begrenzt. «Großartig!» rief sie, als sie das Geländer erreichte.

Er leerte sein Glas. «Wenn man eine solche Aussicht vor der Nase hat, genießt man sie, nicht wahr?»

«Sie haben ein Kind hier», sagte sie. Es war keine Frage, und trotzdem erforderte ihr Ton eine Antwort. «Ich habe es gehört.»

«In diesem Land können Sie nie sicher sein, ob es ein Kind oder ein Papagei war», sagte er und machte ein ernstes Gesicht.

«Was ich gehört habe, klang jedenfalls ganz wie ein

Kind.» Sie war es nicht gewohnt, auf diese Weise abgeblockt zu werden.

«Dann war es wohl ein Kind. Es gibt hier eins. Wir müssen los. Noch sieben Minuten.»

Ehe sie durch die Tür traten, sah sie sich ein letztes Mal auf der Terrasse um. «Es vermittelt mir so ein wunderbares Gefühl von *Freiheit*», sagte sie und ging weiter.

Sie fuhren kurz durch einen Wald und dann seitlich den Hügel hinab, bis zu einer großen Allee, die zum Hotel führte. Diesmal hielt sie schützend die Hände über ihre Frisur. Er bog in die Auffahrt ein und bremste.

«War ich pünktlich?» Er blickte auf die Armbanduhr.

«Ja, wirklich, Sie hatten recht», sagte sie. Nun, da sie heil zurück und alles vorbei war, genoß sie die kleine Episode. «Und Sie waren sehr nett.»

Sie stiegen aus und blieben noch einen Moment in der Sonne stehen. «Wie wäre es mit morgen?» fragte er plötzlich. «Sie und Ihr Mann. Ich möchte, daß Sie Luchita kennenlernen.»

«Oh», sagte sie. «Ja. Nun, da ich *Sie* kennengelernt habe, könnten Sie es vielleicht arrangieren.»

«Der Name ist Soto.» Sie hatte den Eindruck, daß es ihm Mühe bereitete, den Namen auszusprechen; im gleichen Moment gab er sich einen Ruck und schaute sie trotzig an. «S-O-T-O. Ganz einfach. Sagen wir halb sieben, dann können Sie den Sonnenuntergang erleben. Versuchen Sie, den Doktor zu überreden. Ich hole Sie hier ab. Wie wär's, wenn ich morgen gegen zehn noch einmal anrufe?»

«Ja, zehn Uhr ist mir recht», antwortete sie. Er stieg in den Wagen, setzte zurück und lächelte ihr zu. Dann gab er Gas, winkte noch einmal lässig und verschwand. Sie hörte, wie der Motor aufheulte, als er die Allee erreichte.

Auf dem Weg durch die Halle rief der Zeitungsverkäufer ihr zu: «Ein feiner junger Mann, dieser Mr. Soto!»

Besorgt ließ sie ihren Blick durch die Halle schweifen; sie war genauso verlassen wie zuvor. Wenigstens würde er leiser sprechen, wenn sie näher trat. «So?» sagte sie und machte ein paar Schritte auf ihn zu.

«O ja. Eine bedeutende Familie. Sein Vater ist José García Soto. Aber er mag ihn nicht.» Er lächelte und zuckte die Achseln. Offenbar war das schon alles, obgleich die Betonung des «ihn» sie über die Bedeutung der Geschichte im unklaren ließ.

«Sein Vater mag ihn nicht, meinen Sie?»

«Nein – er mag ihn nicht.»

Da die Worte ganz genauso ausgesprochen worden waren wie vorher, wußte sie nicht, ob sie seine Antwort als Zustimmung oder Berichtigung auffassen sollte. «Warum nicht?» fragte sie in der Hoffnung, es vielleicht auf diese Weise herauszubekommen.

Er wiegte den Kopf hin und her. «Ein junger Mann, der sein Leben genießen will. Der Alte – er hat was dagegen, er sieht alles ein wenig anders. Was sollen sie da machen?»

Dr. Slade war mit dem Taxi ins Hotel zurückgekehrt. In einer ruhigen Ecke der Halle, abgeschirmt von einer Bambuswand mit Kletterpflanzen, sah er, wie Mrs. Slade am Zeitungskiosk stand und sich mit dem Verkäufer unterhielt. Er hatte es sich zum Prinzip gemacht, ihr ein Maximum an Unabhängigkeit und Bewegungsfreiheit zu lassen. Obwohl er daran dachte hinüberzugehen, entschied er, es nicht zu tun, und setzte seinen Weg zu den Aufzügen fort. Während er noch dastand und wartete, kam ein *botónes* in hellgrüner Uniform herbeigeeilt und rief: *«Señor!»*

Er ging hinter dem Jungen her zum Zeitungsstand. Als er sich zu ihr beugte, um sie zu küssen, lächelte sie und sagte vorwurfsvoll: «Ich habe gesehen, wie du dich vorbeischleichen wolltest!»

Sie gingen langsam durch die Halle.

«Besser heute?»

«Ja, es geht mir gut. Ich habe einen Ausflug gemacht.»

«Mit wem? Wohin?»

Sie seufzte. Plötzlich erschien es ihr lästig, die ganze Geschichte erzählen zu müssen. «Mit irgendwem. Ich weiß nicht. Er heißt Soto.»

«Schön, schön!» Er lächelte sie an, und wie immer war sie sich des Besitzerstolzes in seinen Augen bewußt. «Wollen wir essen gehen? Oder mußt du zuerst auf dein Zimmer?»

«Nein.»

«Ich gehe noch mal schnell nach oben», sagte er. «Ich bin gleich wieder da.»

Das Zimmer war aufgeräumt worden; auf dem Tisch stand eine Vase mit dunkelroten Dahlien. Mit Befriedigung stellte er fest, daß die Fenster offen standen und die Vorhänge zugezogen waren. *El Globo* lag auf dem Tisch. Er schlug die Zeitung auf und faltete sie so klein wie möglich wieder zusammen. Dann trat er auf den Balkon und warf sie über die Brüstung. Er konnte sehen, wie sie auf dem Pflaster aufschlug. Die Blätter der Bäume glänzten in der Sonne des frühen Mittags.

Zum Lunch hatte sich der Speisesaal mit geschniegelten Gästen aus der Oberschicht der Stadt gefüllt. «Hier, wo es gar nicht notwendig ist, gibt es eine Klimaanlage», bemerkte Dr. Slade. Da er sich wohl fühlte, war er von dem Klima noch immer angetan. «Draußen ist es wie im Frühling.»

«Ideal!» stimmte sie zu. «Er hatte einen offenen Wagen, und ich bin todmüde. Ich bin erst irgendwann heute früh eingeschlafen.»

«Nicht schon wieder», sagte er stirnrunzelnd.

«Nein», verbesserte sie ihn. «Diesmal habe ich wenigstens geschlafen. Die Nacht davor überhaupt nicht.»

«Wahrscheinlich bist du auch da immer mal wieder eingenickt», stellte er in sachlichem Ton fest. «Das passiert häufiger in solch schlimmen Nächten. Nur erinnert man sich nicht daran.»

Ohne hinzuhören fuhr sie fort, ihre Melone zu essen.

«Wer ist dieser Mensch, der dich mitgenommen hat?»

Sie schilderte ihm die wichtigsten Punkte ihrer Bekanntschaft. «Er hat uns für morgen abend auf einen Drink eingeladen.»

Wieder runzelte Dr. Slade die Stirn. Sie kannte ihn gut genug, um zu wissen, daß er die Meinung vertrat, man müsse die Leute einer sorgfältigen Prüfung unterziehen, ehe man sich von ihnen einladen ließ. «Nun», meinte er, «da du gerade erst bei ihm warst, sollten wir sie doch besser hierher einladen, findest du nicht?»

Bis jetzt hatte sie die Einladung noch nicht allzu wichtig genommen. Doch nun, da er kurz davor schien, sie auszuschlagen, merkte sie, daß sie im Gegensatz zu ihm darauf brannte, sie anzunehmen. «Sie haben eine umwerfende Wohnung. Ich hatte kaum Zeit, sie anzusehen. Wir haben nur kurz auf dem Weg von der Buchhandlung zurück dort angehalten. *Ihr* bin ich gar nicht begegnet.»

Nach dem Essen zogen sie sich in ihre Zimmer zurück. Sie schlief sofort ein. Um vier Uhr war sie wieder auf und klopfte an seine Tür.

«Laß uns einen Spaziergang machen, solange die Sonne noch scheint», schlug sie vor und streckte nur den Kopf zur Tür herein.

Das Hotel war nicht weit vom Stadtrand entfernt. Von einem Pavillon, der in einem etwas höher gelegenen Park lag, schauten sie zu, wie die Sonne hinter den Bergen versank und das Tal unter den Lichtern der Stadt zum Leben erwachte.

«Die Stadt wirkt so klein, nicht, zwischen all den Bergen», sagte sie ehrfürchtig.

«Angeblich gibt es einen ziemlich guten Nachtclub hier, er heißt Costa de Oro», erzählte er ihr. Sie gingen nie aus, ohne hinterher endlose Diskussionen zu führen, deren einziger Zweck darin bestand, zu beweisen, daß es eine grandiose Verschwendung von Zeit und Geld gewesen war.

«Ja, vielleicht würde es Spaß machen», antwortete sie unsicher. Und setzte dann forsch hinzu: «Aber heute muß ich schlafen, komme was da wolle.»

«Natürlich mußt du schlafen», sagte er gleichgültig.

Ein früher Nachtwind, der den Duft von Pinien mit sich brachte, wehte durch das Tal. Fröstelnd gingen sie rasch den Hügel hinunter; auf dem Weg aus dem Park fanden sie ein Taxi.

ZWEI

12

Die Sache war, daß Luchita, sonst ungewöhnlich scharfsinnig für ihre siebzehn Jahre, sich beträchtlich verrechnet hatte. Wenn Vero willens war, fünfzig Dollar die Woche lockerzumachen, und obendrein erlaubte, daß Pepito mit bei ihm wohnte, würde Señor Guzman, der schon im vorgerückten Alter war und viel schwierigere Ansprüche stellte, ihr mindestens den Rückflug nach Paris spendieren. So hatte sie sich das Ganze ausgemalt, es war logisch und daher wahrscheinlich. Ohne sich anmerken zu lassen, was sie sich insgeheim erhoffte, war sie von Vero «geflüchtet» und zu Señor Guzman gezogen. (Selbst heute, nachdem sie schon seit drei Wochen wieder bei ihm lebte, hatte sie keine Ahnung, daß Vero und Señor Guzman die Transaktion bis ins kleinste Detail besprochen hatten, ehe sie überhaupt auf die Idee gekommen war.) Alles, was ihr von ihrer Mühe geblieben war, waren drei Paar Schuhe, eine Armbanduhr und ein Transistorradio mit eingebautem Tonbandgerät, dessen Gehäuse mit Eidechsenleder überzogen war. Und obwohl Señor Guzman erklärte, daß der Gesamtwert dieser Geschenke die fünfundsiebzig Dollar, die er am Anfang flüchtig erwähnt hatte, bei weitem überstieg, hatte sie nach vierzehn Tagen beschlossen, zu Vero zurückzukehren.

Er nahm sie ohne die geringsten Vorhaltungen wieder auf, hatte jedoch in der Zwischenzeit neue Regeln aufgestellt. Pepito würde in einem der Dienstbotenzimmer schlafen und durfte sich keinesfalls weiter als bis zur Küche vorwagen, während sie selbst ein Zimmer mit Vero teilen mußte, statt wieder in das große Blaue mit ihrem Lieblingsbad einzuziehen. Gegen diese Bedingung hatte sie scharf protestiert; nicht weil sie den Verlust an Privatsphäre bedauerte, sondern weil dieses Arrangement ihren Verhandlungsspielraum merklich einschränkte. Die Situation bei Señor Guzman war jedoch von Tag zu Tag unerträglicher geworden: Zweimal hatte er ihr *hierba* gefunden und es weggeworfen, so daß sie eine Menge Zeit und Geld aufwenden mußte, um sich Nachschub zu besorgen. Und als Pepito seine eiserne Lokomotive durch das Zimmer geworfen und den großen Spiegel im Eßzimmer zertrümmert hatte, schlug Señor Guzman ihm mit der Rückseite der Hand so hart ins Gesicht, daß der große Diamant ihm die Haut aufritzte. Als sie später weinend in ihrem Zimmer saß, kam sie zu dem Schluß, daß irgend etwas mit Señor Guzman nicht stimmte und es besser für sie wäre, sein Haus zu verlassen.

An dem Tag, an dem sie wiederkam, um mit Vero zu reden, hatte sie ein paar Stunden vorher nicht mehr geraucht und versucht, den Verlauf des Gesprächs im voraus zu planen. Gleichzeitig wußte sie nur zu gut, daß – ganz gleich, wie es verlief – alles anders sein würde, als sie es sich vorgestellt hatte. Und genau das war der Fall gewesen. Er hatte nur ab und zu genickt, während sie redete, und dann plötzlich die neuen Regeln auf den Tisch gelegt, die im Fall ihrer Rückkehr gelten würden. Anschließend hatte er ihr die Zigarettendose unter die

Nase gehalten, sie aufschnappen lassen und gesagt: «Die mit den Filtern.» Und sie hatte eine dicke *grifa* herausgenommen und sie angezündet. Später glaubte sie, es sei diese Geste gewesen, die sie veranlaßt hatte, die neuen Regeln und den veränderten Status, den diese für sie bedeuteten, zu akzeptieren. Es war einfach unmöglich, mit einem Mann zusammenzuleben, der niemals etwas anderes rauchte als Tabak, der den Geruch von Marihuana haßte und ihn noch nach Stunden im Zimmer ausmachen konnte. Der sogar glaubte, er habe das Recht, auf der Suche nach versteckten Vorräten ihre Taschen zu durchwühlen.

Vor der «Flucht» war dreimal pro Woche die Regel mit Vero gewesen. Sie hatte nie gewußt, welche Nächte es waren; manchmal folgten sie direkt aufeinander, manchmal verteilte er sie über die ganze Woche. Nun, da sie in seinem Zimmer schlafen sollte, würden ihr überhaupt keine freien Nächte bleiben, befürchtete sie.

Am Abend ihrer Rückkehr lagen sie in den getrennten Betten und unterhielten sich. «Ich möchte, daß du dir etwas mehr Kultur angewöhnst», sagte er. «Das heißt, du sollst nur das tun, wozu du Lust hast. Aber du sollst wissen, *daß* du es willst und *warum* du es willst.»

«Ich weiß schon, was ich will», sagte sie und kniff die Augen zusammen. «Ich will nach Paris. Aber ich bin nicht kultiviert genug, nicht wahr? Weil ich das Geld für das Ticket nicht habe. *La plata, hombre, la plata.*»

«Ich versuche, dir etwas zu erklären, und du jammerst über Paris. Warum bringen wir nicht erst eine Sache zu Ende?»

«Du willst etwas zu Ende bringen?» fragte sie herausfordernd. «Schön, ich will auch etwas zu Ende bringen, ich will dieses beschissene Land endlich hinter mir lassen! Diese Leute! Die Art, wie sie sich aufspielen! *Petit bourgeois!* Pah!» Sie richtete sich halb auf und stützte ihr Kinn auf die Hände. «Wenn du mir wirklich Kultur beibringen willst, dann weißt du, was du tun mußt. Laß mich nach Paris gehen. Mir ist egal, wie, und wenn es dritter Klasse auf einem Schiff ist. Aber wenn du willst, daß ich langsam vor die Hunde gehe, dann halt mich hier fest. Das ist alles.»

Luchita hatte in ihrer Geburtsstadt Havanna Englisch gelernt; Spanisch sprach sie hier nur mit den Dienstboten und gelegentlich, wenn sie viel geraucht hatte und sich besonders *cotorra* fühlte. Heute war das nicht der Fall; die Wirkung der morgendlichen *grifas* war längst verflogen, und da sie für die Auseinandersetzung, die sie erwartete, so gut wie möglich gewappnet sein wollte, hatte sie seit dem Mittagessen nicht mehr geraucht.

«Du hörst mir nicht zu! Du läßt mich nicht einmal ausreden!» ereiferte er sich. Dann senkte er die Stimme. «Weißt du, woran ich eigentlich gedacht hatte, willst du es überhaupt wissen?»

«Ja», sagte sie leise, mißtrauisch.

«Ich habe versucht, dir zu sagen: wenn du irgendwohin willst, zu den Embajadores, nach Tahiti oder weiß der Kuckuck wohin, dann sollst du gehen. Wenn du wirklich gehen willst und weißt, warum du gehen willst, dann geh. Wenn du aber lieber hierbleiben und mit mir zusammensein willst – da bin ich!» Er breitete die Arme aus, als erwartete er, daß sie ihm um den Hals fiele.

Sie lächelte. «Du bist süß!» Dann ließ sie sich zurückfallen und sprach in ihr Kopfkissen. «Du traust mir, Vero.»

«Natürlich traue ich dir. Das habe ich praktisch von Anfang an getan.»

Sie setzte sich erneut auf. «Gott sei Dank!» rief sie inbrünstig und ließ den Kopf langsam zurück in die Kissen sinken.

«Aber *denen* traue nicht, das sage ich dir», fuhr er fort. «Jedenfalls nicht, wenn sie dir Bilder für hundert Dollar auf einmal abkaufen. Ach, komm schon!» sagte er, plötzlich verärgert, als sie protestierte. «Ich habe ihn gesehen. Ich habe gesehen, wo seine Hand war. Ich brauche mir deine Geschichten nicht anzuhören.»

«Weil du meine Bilder zum Kotzen findest», gab sie bitter zurück.

Einen Moment lang war er beängstigend still. «Habe ich je gesagt, daß ich sie zum Kotzen finde?»

«Jedenfalls willst du einfach nicht zugeben, daß sie irgendwem gefallen könnten!»

«So sehr nicht, nein. Es gibt schließlich für alles eine Grenze.»

«Na Gott sei Dank ist Mr. Masons Grenze nicht deine Grenze! Und ich bin hundert Dollar näher an Paris!»

«Was ist denn eigentlich los mit dir? Kannst du nicht bis Juni warten? Glaubst du mir nicht, oder was?»

«Wie soll ich wissen, was ich glauben kann?» fragte sie verbittert. «Du sagst, bis dahin hast du es zusammen. Aber das hast du vorher auch schon gesagt, und dann hattest du es doch nicht.»

«Bis dahin habe ich es», sagte er ruhig.

Sie vergrub den Kopf in den Kissen und strampelte mit

den Beinen. «Wenn ich doch nur sicher sein könnte!» stöhnte sie. «Weißt du, ich würde jede Nacht bei dir bleiben; zum Teufel mit den Bildern!» Sie richtete sich auf und sah zu ihm hinüber. «Aber ich kann eben nicht sicher sein. Ich muß so weitermachen, bis ich das Ticket zusammenhabe.»

«Du bist frei, du bist siebzehn und braungebrannt», sagte er. «Tu nur das, was du willst.»

«Warte.» Sie schlüpfte aus dem Bett, streifte einen leichten Morgenmantel über und ging hinaus in die Küche. Pepitos Zimmer lag an einem schmalen Gang dahinter.

Sie öffnete die Tür; Pepito schlief. Sie nahm eine kleine Metalldose vom Bücherregal und ging damit zurück ins Schlafzimmer. Hinter den Pflanzen auf der Terrasse hörte man leise Jazzmusik. Sie glitt neben ihm ins Bett und nahm eine Zigarette aus der Dose. Es war noch eine aus der letzten Ladung, die sie vor zwei Tagen bei Señor Guzman gedreht hatte.

«Ich bin müde», erklärte sie. «Ich will mich ein bißchen antörnen. Ich kann morgen zu den Embajadores gehen.»

Später, kurz vor Tagesanbruch, murmelte sie: «Ich liebe dich, Vero, und Pepito liebt dich auch. Warum bist du nicht ein bißchen netter zu uns? Warum nicht?»

Ihr war seit langem klar, daß diese Versuche, ihn zu überzeugen, sinnlos waren, gleichgültig, welchen Zeitpunkt sie wählte. Trotzdem sah sie immer wieder vor sich, wie sie mit eigenen Schlüsseln die Wohnungstür aufschloß, weil sie die *señora* war und Pepito von der Terrasse angelaufen kam, die er schon vom ersten Tag an nicht betreten durfte.

«Du kennst doch die ganze verdammte Geschichte», sagte er gähnend. «Du hättest nicht mal deine fünfzig pro Woche.»

«Don José García Soto!» rief sie wütend. «Dieser blöde Spießer! Rede ich etwa andauernd vom Onkel meines Großvaters? Es war der Kardinal Gonsalvez y Alcántara, na und?»

«Also weiß er, daß du aus einer guten Familie stammst. Himmel noch mal!» Er schwieg einen Augenblick und fuhr dann fort: «Kannst du nicht endlich verstehen, daß es ihn einen Dreck interessiert, *wer* du bist? Er mag dich nicht. So einfach ist das.»

«Du brauchst nicht in diesem Ton mit mir zu reden.»

Sie wußte, daß sie es nicht schaffen würde, den Streit auf ein neues Gebiet auszudehnen, auf Bereiche, die nicht schon bei anderen Gelegenheiten zur Sprache gekommen waren, aber das Thema lag immer in der Luft und war einfach unwiderstehlich. «Weil ich mich nicht mit Pelzen behänge wie die *putas* in seinem Haus!»

«Genau, du hast es erfaßt», sagte er. «Eine Menge hat damit zu tun, wie du herumläufst. Du hattest Zeit genug, dich umzuziehen neulich abend. Du mußtest nicht mit verschmiertem Gesicht und schmutzstarrenden Jeans zum Essen erscheinen. Du bist nichts als eine faule kleine Schlampe.»

Sie boxte ihn, so fest sie konnte, gegen die Schulter, sprang aus dem Bett, stellte sich nackt vor ihn hin und blickte auf ihn herunter. «Jetzt ergreifst du noch Partei für ihn», flüsterte sie, als sei dieser Gedanke mehr, als sie ertragen konnte. «Ich wußte, daß du ganz genauso bist wie er.»

«Ach was!» sagte er angewidert und rollte sich auf die andere Seite.

Luchita stieg in ihr Bett. Sie lauschte den Geräuschen der erwachenden Stadt und dachte an Paris.

13

Seitdem hatte es noch mehr Nächte wie diese gegeben. Ein paarmal war sie in den Nachtclubs gewesen und hatte sogar mehrere Bilder verkauft, obgleich sie Vero nur von zweien erzählt hatte. Es erschien ihr logisch, daß er, wenn der Moment gekommen war, ihr das Fahrgeld nach Paris zu überreichen, um so großzügiger sein würde, je weniger sie angeblich selbst verdient hatte. Die Tage vergingen, und sie ertappte sich dabei, ihm manchmal sogar zu glauben, wenn er wieder einmal versicherte, daß er das Geld haben würde. Es gab keinen eindeutigen Grund für ihr verändertes Gefühl; vielleicht kamen mehrere Umstände zusammen. Vero hatte ohnehin nie viel mit ihr gesprochen, aber jetzt sagte er praktisch kaum ein Wort, bis sie im Bett lagen. Er verbrachte den ganzen Tag nackt auf der Terrasse und las; gegen Abend zog er sich an und ging mit Freunden essen, und sie sah ihn erst wieder, wenn er nach Hause ins Bett kam. Zweimal hatte er sie in ein chinesisches Lokal bei Kilometer 12 auf dem Highway ausgeführt. Es hatte ihr Spaß gemacht, nach dem Essen zu tanzen, aber die Kundschaft war mehr als provinziell. Als sie ihm das sagte, reagierte er mit schlechter Laune.

Während der letzten beiden Tage hatte Vero sich öfter mit Thorny getroffen, den sie immer weniger ausstehen konnte. «Ich mag sein Grinsen nicht», erklärte sie. «Gott sei Dank wohnt Pepito bei den Dienstboten. So muß er wenigstens seinen Anblick nicht ertragen.» Dann setzte sie mißtrauisch hinzu: «Was will er eigentlich?»

«Was er will? Nichts, soviel ich weiß. Ich bringe ihn am Wochenende auf die Ranch.»

Sie sah ihn ungläubig an. «Vero, du bist verrückt!» erklärte sie dann. «Warum willst du ihn auf die Ranch bringen?»

«Weil er für mich arbeitet. Ist das so wichtig?»

Luchita schnaubte verächtlich. «Arbeitet! Was für eine Arbeit könnte Thorny schon tun? Er hat in seinem ganzen Leben noch nicht gearbeitet.»

«Ja, ja, ich weiß», sagte Vero geduldig. «Nur der Vollständigkeit halber: er hatte mal einen Job bei Radio Nacional. Wie auch immer, jetzt hat er jedenfalls für ein paar Wochen einen. Er soll mir die Musikanlage einbauen.»

«Thorny?»

«Er soll die Arbeiter überwachen, mein Gott! Damit sie meine Anweisungen befolgen. Wenn man sie da draußen allein läßt, machen sie doch nur alles verkehrt. Warum spielt es eigentlich so eine große Rolle, ob Thorny auf der Ranch ist oder nicht?»

«Ich mag ihn nicht», entgegnete sie einfach.

Er lachte. «Du wirst gar nicht da sein.»

«Ich in San Felipe? Lieber ginge ich ins Gefängnis!»

Er schaute sie düster an. «Du schienst dich dort immer ganz wohl zu fühlen.»

Sie antwortete ausweichend: «Schlangen, Tausendfüßler und überall Schlingpflanzen, die einem ins Gesicht schlagen! Und diese Hitze, Gott!» Allein bei der Erinnerung schnappte sie nach Luft.

«Du hast kein einziges Mal, während du da warst, eine Schlange gesehen!»

«Aber einen Tausendfüßler!»

«Es ist ein altes Haus. Sie sitzen im Mauerwerk!»

«In diesem Land gibt es nur eins, was noch schlimmer ist als die Berge, und das ist eure verdammte *tierra caliente!*» erklärte sie.

Thorny kam Freitagmorgen um acht Uhr. Sie nahmen den Kombi, denn sie wollten auf dem Weg zur Ranch Werkzeug und Teile für den neuen Generator abholen. Kaum war Vero verschwunden, ging Luchita durch das Schlaf- und Badezimmer und sammelte ihre Sachen zusammen. Sie hatte beschlossen, die beiden Nächte in Pepitos Zimmer auf der Couch zu schlafen, und wollte ihr Zeug hinüberschaffen, ehe Paloma, das Hausmädchen, sie entdeckte und in ein Gespräch darüber verwickelte. Wenn sie allein war, rauchte sie aus Nervosität mehr, doch wurde sie dann ängstlich. Sie wußte, sie würde besser schlafen, wenn sie sich mit Pepito im kleinen Zimmer einschloß, statt die Nacht allein in dem großen Schlafzimmer zu verbringen, wo Unmengen von Pflanzen und hohe Bambusgitter ihr Angst einjagten.

Als sie alles durch die Wohnung in Pepitos Zimmer geschleppt hatte, lehnte sie sich gegen die Kissen auf der Couch und zündete sich eine *grifa* an. Pepito hockte auf einem Stuhl und spielte mit irgend etwas auf dem Tisch.

«Mami, was ist das?»

Sie blinzelte durch den Rauch und sah, daß er ihre Handtasche gefunden hatte. Er hielt ein paar zusammengefaltete Geldscheine in der Hand.

«Was soll das heißen, was ist das? Das ist Geld. Leg es wieder zurück.»

«Ich weiß», sagte er mit einem altklugen Gesichtsausdruck. «Wenn wir Geld hätten, würden wir nach Paris gehen, nicht?»

Sie starrte ihn bewundernd an; für einen Fünfjährigen war er wirklich clever.

«Erinnerst du dich an Paris? *Abuelita* und der Vogel im Käfig?» fragte sie hoffnungsvoll.

«Nein.»

«Der grüne Vogel, der immer sagte: *Apaga la luz, hombre*, und alle Leute lachten? Du mußt dich doch an ihn erinnern!»

«Nein, tu ich nicht», wiederholte Pepito und sah sie durchdringend an.

«Es ist doch erst ein Jahr her!» Sie verstummte und dachte an Paris. Dann stand sie plötzlich auf, nahm ihre Handtasche und ging zur Tür.

«Wo gehst du hin?» Seine Stimme war schrill vor Wut.

«Auf die Terrasse!»

«Warum darf ich nicht mit? Warum?»

«Hör auf damit. Laß mich los!» Seine Fingernägel kratzten über den rauhen Stoff ihrer Jeans, als er sich an ihrem Bein festklammerte. Die Wucht ihres Schlages brachte ihn aus dem Gleichgewicht, und er fiel rücklings zu Boden. Langsam richtete er sich auf und rieb sich den Kopf, den Tränen nahe.

Auf der Terrasse war es heiß. Sie lag auf einer von

einem breiten Baldachin geschützten Liege und schrieb an ihre Mutter in Paris. In dem Nachtclub, wo sie arbeitete, laufe alles bestens, schrieb sie, und bis zum Sommer würde sie genug gespart haben, um nach Hause zu kommen.

Nach einer Weile stand sie auf, um sich ein Glas Wasser zu holen. Vero hätte natürlich danach geläutet, aber sie gab den Dienstboten nicht gerne Befehle; sie ließ sie einfach nur wissen, wann sie essen wollte. Nachdem sie das kalte Wasser getrunken hatte, kehrte sie auf die Terrasse zurück und schrieb ihren Brief zu Ende. Dann lehnte sie sich zurück und träumte vor sich hin. Genoß den ersten schwachen Windzug, der möglicherweise Regen verhieß. Als sie zum Essen hineinging, waren die Kumuluswolken nähergerückt und breiteten sich von allen Seiten her über das letzte Fleckchen blauen Himmels aus.

Sie und Pepito verzehrten ihre Sandwiches mit Salat am Tisch des kleinen Zimmers. Sie hatte ihm angewöhnt, nach dem Essen schnurstracks ins Bett zu gehen und Mittagsschlaf zu halten, vor allem, weil sie selbst ohne ihre Siesta nicht auskam. Als er still war, setzte sie sich auf die Couch und las noch ein paar Minuten. Dann streckte sie sich aus und schlief ein.

Aus einem tiefen Nachmittagsschlaf zu erwachen, dauert seine Zeit. Sie hatte Pepito aus dem Zimmer gehen sehen und gehört, wie der Regen auf den Balkon prasselte, doch dann war sie wieder eingenickt, vielleicht für lange Zeit. Das nächste, was sie mitbekam, war, daß Pepito ihr seine Finger in den Nacken bohrte. «Mami! Mami! Telefon.»

Sie stand auf und lief taumelnd in die Küche. Paloma saß am großen Tisch in der Mitte und deutete auf eine Ecke. Sie ging hin und nahm den Hörer ab. Es war Vero.

«Was ist los?» fragte sie.

Sie hörte, wie er lachte. «Ich wollte nur mal hallo sagen. Hören, wie es dir geht. Wir sind im Mi Cielo, erinnerst du dich? Die kleine Cantina auf der Plaza? Wir sind vor einer Viertelstunde angekommen.» Sie redeten eine Weile. Dann hörte sie im Hintergrund eine Kirchenglocke läuten. Sie hallte laut durch den Raum, übertönte den Lärm an der Bar. «Also dann bis Sonntagabend, ich bin gegen acht zurück», sagte er und legte auf.

Verlegen lächelnd ging sie an Paloma vorbei in die Bibliothek, wo sie vor der Terrassentür stehenblieb und auf die feuchtglänzende Terrasse unter dem dunklen Himmel sah. Die Luft hatte sich in eine graue Masse stürzenden Wassers verwandelt. *«The rain is raining all around»*, murmelte sie vor sich hin. Als sie Englisch lernte, hatte sie diese Verse gemocht; damals war sie noch ein Kind gewesen, und der Klang hatte den Regen in eine freundliche Erscheinung verwandelt. Hier bedeutete es nichts. Es war eine andere Art von Regen: feindselig und bedrohlich.

In ihrem Kopf hallte noch immer das tiefe Dröhnen der Kirchenglocke nach. Aber San Felipe war ein Dorf mit einer winzigen Kirche, und sie kannte den Klang von deren Glocke. Sie bimmelte hoch und gebrochen und erinnerte an den Klang eines Metallrohrs. Sie hatte mehr von einer Alarm- als einer Kirchenglocke. Vero war nicht in San Felipe. Wo er stecken konnte, war ihr völlig schleierhaft, aber sie wußte, San Felipe Tonatan war es nicht. Sie konnte an nichts anderes denken, als daß er sie belogen hatte, und wußte nicht einmal, warum. Ich bin froh, daß er mich nicht heiratet, dachte sie.

14

Er kam kurz nach sieben am Sonntagabend. Luchita saß in Pepitos Zimmer und las, als sie ihn hereinkommen hörte. Einen Augenblick später betrat er die Küche und rief jemandem zu: «Geh schon mal raus, ich komme gleich nach!» Pepito war in die Küche gelaufen, um ihn zu begrüßen. Sie legte ihr Buch weg und ging ins Badezimmer, wo sie sich vor dem Spiegel das Haar kämmte. Wie soll ich ihm in die Augen schauen, dachte sie. Es kam ihr vor, als wäre sie diejenige gewesen, die gelogen hatte, nicht er. Dann hörte sie ihn ins Zimmer kommen. Sie stieß die Tür auf und ging auf ihn zu, während sie sich weiter mit dem Kamm durchs Haar fuhr.

«He, Chita!» rief er, packte sie am Arm und wirbelte sie herum, um ihr einen Kuß zu geben. Sie ließ ihn mürrisch gewähren, ohne ihn auch nur anzusehen.

«Wie geht's?» fragte er.

Sie schaute in seine Richtung, jedoch an ihm vorbei. «Gut. Wen hast du mitgebracht?»

«Nur Thorny.»

«Ich dachte, er sollte auf der Ranch bleiben.»

«Er fährt in ein oder zwei Tagen wieder hinunter.»

Er ließ sie los, und sie ging wieder auf die Badezimmertür zu.

«Wo zum Teufel sind denn alle?» rief er aus der Küche. «Wo ist Manuel?»

«Du hast gesagt, du kommst gegen acht, und das habe ich ihnen ausgerichtet», rief sie zurück. Sie konnte nicht hören, was er darauf antwortete, doch seine Stimme klang unzufrieden. Kurz darauf hörte sie, wie er Gläser und Flaschen auf ein Tablett stellte. Pepito half ihm. «Diese hier, Vero?» fragte er.

«Pepito!» rief sie. Als er in der Tür erschien, sagte sie: «Zeit für dein Bad. Ich bin in einer Viertelstunde wieder da.»

«Ich will aber Vero helfen», protestierte er.

Sie schnappte ihn und zog ihm das Hemd über den Kopf. Dann ließ sie Wasser in die Wanne laufen. «Wo gehst du hin?» wollte er wissen. Ihre Gedanken kreisten noch immer um die Kirchenglocke, daher gab sie keine Antwort. Da er beim Ausziehen herumtrödelte, half sie ein bißchen nach. Schließlich war er nackt, sie gab ihm einen Klaps hintendrauf und zeigte auf die Uhr im Regal. «Fünfzehn Minuten», sagte sie noch einmal, dann ging sie hinaus.

Vero trug das Tablett durch die Küche. «Bring noch ein paar Kekse und so was mit», sagte er.

Auf der Terrasse war es warm. Thorny stand an der Brüstung und schaute über das Land. Der blaue Nachthimmel war sternenübersät, die Berge schwarz, und die langen Reihen der Straßenlaternen breiteten sich wie funkelnde Spinnennetze über das ganze Tal aus. Luchita trat neben ihn und lehnte sich gegen das Geländer. «Hallo», sagte sie und sah ihn an. Er trug ein Sweatshirt mit einem Blazer darüber. Sein Haar war zerzaust.

«Oh», sagte er. «Hallo Luchita!» Dann seufzte er tief.

«Bist du krank oder nur schlecht drauf?» fragte sie, während sie sich umdrehte und auf die Terrasse blickte. Er rührte sich nicht.

«Das ist es nicht, Baby.» Seine Stimme war tief und so heiser, daß es fast wie ein Flüstern klang. «Nein, nicht schlecht drauf! Mir ist einfach nur übel.» Dabei strich er sich mit der Hand über den Oberkörper.

«Was hast du gegessen?» wollte sie wissen.

Vero kam mit einem Drink für Thorny. «Hier, das wird dir guttun. Thorny hat einen Schock, das ist alles. Wir haben einen Hund überfahren. Wir hörten ihn winseln, als er starb.»

«Wer ist gefahren?» Vero warf ihr einen Blick zu, aber es war schon zu dunkel, als daß sie seinen Gesichtsausdruck hätte erkennen können.

«*Er* ist gefahren! Deshalb ist er so», sagte Vero. Sie merkte, daß er nicht darüber sprechen wollte und sagte nichts mehr. Insgeheim jedoch dachte sie: «Er läßt diesen Irren den Kombi fahren!»

Thorny wandte sich an Luchita: «Baby, es war schrecklich. Ein Hund, ja, ich weiß. Aber er lebte, Baby, er lebte! Bei jedem Winseln verließ ihn ein Stückchen Leben. Und dann war es vorbei. Ich weiß auch nicht, warum, aber plötzlich fühlte ich mich mies bei dem Gedanken, daß das Leben so schnell vorbei sein kann.»

«Hm, ja», sagte Luchita unsicher. «Man kann nie wissen. Vielleicht ist es nicht immer so schlimm. Viele Menschen merken nicht mal, daß sie sterben.»

«Oder es ist schlimmer», sagte Vero. «Der Hund war in fünf Sekunden tot. Kann man sich mehr wünschen?»

«Das kannst du doch nicht messen!» erwiderte Thorny im Flüsterton. «Fünf Sekunden, fünf Jahre, ewig! Ich schwöre dir, ich werde das nie vergessen!» Er zögerte. Luchita nutzte die Pause, um einzuwerfen: «Ewig! Keine Sorge, so lange wirst *du* nicht leben.»

Thorny wollte etwas sagen, doch da mischte sich Vero ein. «Wie steht's mit deinem Drink? Noch einen?» Er kniff die Augen zusammen und versuchte zu erkennen, ob Thorny schon ausgetrunken hatte. «Was ist los mit dir?» rief er. «Warum trinkst du nicht? Wenn du nicht trinkst, hörst du nicht mehr auf damit. Und kein Mensch hat Lust, dir zuzuhören.» Die letzten Worte sprach er etwas langsamer aus. «Verstehst du?»

Thorny hustete, richtete sich auf und nahm einen Schluck.

«Ich glaube, du hast zuviel Sonne abbekommen», meinte Vero. «Setz dich doch.»

Thorny trank aus und hielt ihm das Glas hin.

Ein Flugzeug brauste über sie hinweg; sie lauschten einen Moment und dann, als das Dröhnen nur noch ein ferner Nachhall unten im Tal war, sagte Thorny: «Leg die neue Cecil Taylor auf.»

«Gib mir dein Glas!» Vero füllte es von neuem, stellte den Shaker hin und ging hinein. Luchita summte vor sich hin. Mit einemmal fragte sie: «Was ist eigentlich los mit dir?»

«Ich bin müde. Und diese Hitze war einfach zuviel.» Hinter den niedrigen Palmen erklang leise Musik.

Vero kam wieder auf die Terrasse und rief: «Thorny! Komm her und setz dich. Oder streck dich wenigstens hier auf der Liege aus und leg die Beine hoch.»

Luchita ging in die Küche. Manuel und Paloma saßen unter dem fluoreszierenden Licht am Tisch und schwatzten. «*Buenas noches*», wünschten sie, als sie hereinkam.

Pepito hockte noch immer in der Badewanne und drückte Seifenblasen aus dem Waschlappen. Als sie den Stöpsel herauszog und das Wasser gurgelnd in den Abfluß rann, hörte sie das Telefon klingeln.

«Mami, hat Vero Klapperschlangen gesehen?»

«Ich frage ihn», versprach sie.

«Hat er Leguane gesehen?»

«Wie soll ich denn wissen, was er gesehen hat?» Sie versuchte, ihn mit dem feuchten Handtuch trocken zu kriegen. «Du kannst ihn ja morgen fragen. Sie haben auf dem Rückweg einen Hund überfahren. Das ist alles, was er erzählt hat.»

«Oh!» Pepito war schockiert.

«Thorny saß am Steuer», setzte sie schnell hinzu. «Vero konnte nichts dafür.»

«Ah!» Er war erleichtert. «Vero würde keinen Hund überfahren, nicht?»

Es tat ihr schon leid, überhaupt davon angefangen zu haben. «Es war ein Unfall, Pepito. Jetzt zieh deinen Pyjama an.»

Als er endlich im Bett lag und Ruhe gab, ging sie zurück auf die Terrasse. Thorny lag in einer Hollywoodschaukel, schwang leicht hin und her und lauschte der Jazzmusik. Als sie sich ihm näherte, sprang er auf und legte verschwörerisch den Zeigefinger auf den Mund. Dann nahm er ihren Arm und trat mit ihr an die Brüstung.

«Paß auf, geh nicht hinein. Er hat gerade schlechte Nachrichten erhalten. Seine Mutter ist gestorben.»

«Seine Mutter?» Einen Augenblick war sie still. Dann versuchte sie, sich von seiner Hand zu lösen, die noch immer ihren Arm umklammert hielt, drehte sich um und rief: «Warum soll ich nicht hineingehen?» Sie riß sich los und lief ein paar Schritte, dann ging sie den Rest des Weges bis zur Bibliothek langsamer. Es war dunkel im Zimmer.

Vero lag auf der Couch und starrte an die Decke, die Hände unter dem Kopf verschränkt. Als sie den Raum betrat, konnte sie ihn kaum erkennen. Er drehte ihr den Kopf zu: «Hat Thorny es dir erzählt?»

«Ja, es tut mir leid, Vero. Es tut mir sehr leid.»

«Ich habe mich nur ein paar Minuten hingelegt. Ich wollte ein bißchen allein sein.»

«Ich weiß!» rief sie. Ohne es eigentlich zu wollen, beugte sie sich zu ihm herunter, umfaßte mit beiden Händen seinen Kopf und küßte ihn auf Stirn und Wangen. Dann stand sie ohne ein Wort auf und ging hinaus.

«Du und Thorny solltet schon anfangen. Ich werde später eine Kleinigkeit essen.»

Bei diesen Worten blieb sie stehen und drehte sich um. «Du hast nicht gesagt, daß er zum Essen bleibt», flüsterte sie. «Warum kann er nicht gehen?»

Vero schaute sie auf eine Art an, die sie nicht mochte. «Es geht ihm nicht gut. Kannst du das nicht begreifen? Er sollte etwas essen und dann schlafen. Er übernachtet hier, im kleinen Zimmer.»

«Warum kann er nicht nach Hause gehen? Es ist doch nicht weit.»

«Weil ich ihn morgen früh hier haben will.»

Sie trat einen Schritt näher an die Couch heran. «Ich esse nicht mit ihm», erklärte sie, noch immer flüsternd.

Er sprang auf, packte sie am Handgelenk und zwang sie, einen Moment bewegungslos stehen zu bleiben. «Doch, das tust du.» Er sah sie starr an. «Und du wirst darauf achten, daß er danach ins Bett geht. Herrgott! Ist das zuviel verlangt? Einem Mann zu helfen, der gerade erfahren hat, daß seine Mutter gestorben ist?«

Luchita schloß die Augen und öffnete sie wieder. «Ich wollte nicht mit dir streiten. Tut mir leid. Leg dich hin, ich kümmere mich schon um ihn.»

«Komm wieder her, wenn er im Bett ist. Bis dahin bin ich zurück.»

«Du gehst aus?»

«Nur für ein paar Minuten. Zur Polizei.»

«Armer Vero», sagte sie und schüttelte den Kopf.

Manuel hatte den Tisch im Eßzimmer festlich gedeckt. Abgesehen von den Kerzen kam das einzige Licht aus dem Bambusdickicht, das eine Wand des Raumes verkleidete. Als sie ihre Suppe aßen, hörten sie Vero hinausgehen. Luchitas Stimmung sank. Armer, armer Vero, dachte sie. Die Vorstellung, mit der Polizei zu tun haben zu müssen, erfüllte sie mit Grauen. Es fiel ihr nicht ein, sich zu fragen, was er dort zu tun hatte.

Thorny wirkte deprimiert, obwohl er ein wenig betrunken war. Einerseits war das ein Glück, weil er so wahrscheinlich weniger reden würde. In jedem Fall war es ihre Pflicht, das Essen irgendwie zu überstehen. Als es vorbei war, fiel ihr auf, daß er nicht mehr über den Hund gesprochen hatte. Sie hoffte, daß das teilweise an ihr lag.

Sie wollte Vero helfen, so gut sie konnte; das Gefühl, es wenigstens einigermaßen geschafft zu haben, machte sie glücklich.

Sie standen noch neben dem Tisch. «Nun, dann gute Nacht», sagte sie. «Ich weiß, daß du müde bist. Ich muß nach Pepito sehen.»

Sie hörte keine Antwort, aber sie wandte sich ab und ging in die Küche. Als sie mit der Zigarettenmaschine zurückkam, war er in seinem Zimmer verschwunden.

Draußen auf der Terrasse erklang noch immer die Jazzmusik. Sie ließ sich auf eine Matratze neben dem Pool fallen und fing an, *grifas* zu drehen, um sich die Zeit zu vertreiben. Die jungen Frösche, die Vero in dem kleineren Pool auf der Westterrasse ausgesetzt hatte, versuchten zu quaken, gaben auf und versuchten es wieder. Als sie fünf *grifas* fertig hatte, hörte sie, wie die Bibliothekstür ins Schloß fiel.

«Vero?»

Er kam heraus, blieb neben ihr stehen und schaute auf sie herunter, die Hände in den Taschen. «So, das wäre erledigt, wenigstens das», sagte er.

Sie rutschte etwas zur Seite, klopfte auf die Matratze neben sich, und er nahm Platz. «Warte», sagte sie, hielt ein Streichholz an einen der Joints und reichte ihn hinüber. Dann zündete sie sich selbst einen an und wartete, daß Vero anfing zu sprechen. Die Minuten vergingen, die Musik spielte, und die Frösche quakten leise. Als sie zu Ende geraucht hatte, fragte sie: «Was wollte die Polizei?»

Er seufzte. «Es war wegen meiner Mutter. Sie wollten, daß ich hinkomme und sie anschaue. Ich mußte ein Papier unterschreiben.»

«Warum?»

«Sie ist hier gestorben. Darum.»

«Hier?» Luchitas Augen weiteten sich. Sie hatte viele Fotos von Veros schrecklicher Mutter gesehen, aber der Gedanke, daß sie ganz in der Nähe war, selbst im Tod, erfüllte sie mit Ehrfurcht. (Wenn sie wirklich überrascht war, dachte er flüchtig, war sie echt süß. Er wünschte, er hätte damit gewartet, bis sie im Bett lagen.)

«Na ja, nicht hier oben. In Puerto Farol. Ich bin hingefahren, um sie abzuholen.» Er schnippte den Stummel über die Brüstung; die Glut beschrieb einen leuchtenden Bogen und verschwand in der Dunkelheit. Eines Tages würde er jemanden damit treffen, und dann gäbe es Ärger, warnte sie ihn immer. Eine Weile sagte keiner von beiden etwas. Dann sprudelte Luchita nervös heraus: «Aber warum hast du dann gesagt, daß du zur Ranch fährst? Ich wußte, daß du nicht in San Felipe warst. Warum hast du mich belogen?»

Er zögerte. «Weil ich dich überraschen wollte», sagte er. «Ich wollte sie abholen und herbringen.»

Schon wieder gelogen, dachte sie. Er hätte seiner Mutter nichts von ihrer Existenz gesagt oder sie gar in die Wohnung gebracht, solange sie hier war.

«Und du hast sie nicht getroffen?»

«Nein», sagte er unglücklich.

Sie wartete etwas und fragte dann: «Aber was ist denn passiert?»

Mit einer krampfhaften Bewegung streckte er sich neben ihr aus und sah sie an. Sein Gesicht war verzerrt, er wirkte gequält.

«Herrgott noch mal! Es gab ein Feuer! Im Hotel! Sie

haben mir ihren goldenen Spiegel und ein bißchen Schmuck gezeigt, ich sollte sie identifizieren.» Er schwieg, drehte sich dann langsam auf den Rücken. «Es war eine Gefälligkeit.»

«Was war eine Gefälligkeit?»

«Daß ich es hier erledigen konnte. Sonst hätte ich bis hinunter nach Puerto Farol gemußt.»

«Verstehe», sagte sie und lächelte bitter. «Weil du du bist.»

«Es ist eine Gefälligkeit, die ich zu schätzen weiß», sagte er, wie um sich zu rechtfertigen.

«Ja. Jetzt beim zweiten Mal wäre es nicht mehr dasselbe dort unten.»

Er erwiderte ihren Blick.

«Ich meine, es war doch schon schlimm genug beim ersten Mal.»

«Schlimm genug, o Gott!» Er legte den Arm über die Augen und blieb so liegen. «Ich wachte auf, als es dämmerte, das ist alles, was ich noch weiß, und wir fuhren zurück in die Stadt. Ich kann mich erinnern, daß wir schwimmen gingen. Es war sogar schon zu spät, um sie noch im Independencia zu besuchen. Wenn ich sie doch bloß am Schiff abgeholt hätte, dann wäre sie gar nicht erst in dieses Hotel gegangen.»

«Aber was ist denn passiert?» fragte sie ungeduldig.

«Wir waren in einem von diesen Rattenlöchern, unten am Hafen, verstehst du, in einer von den *cantinas*. Da kommt ein *hacendero* rein, ich kannte ihn, hatte ihn schon öfter hier in der Stadt gesehen. Er sagt: *Hombre*, meine Finca ist nur sechs Minuten von hier weg und so weiter. Na schön, wir fahren also raus zu seiner Finca. Sie liegt mitten im Dschungel. Es dauert länger als sechs Minuten, natürlich, ungefähr eine halbe Stunde, und der Weg ist voller Schlamm und Gestrüpp, furchtbar! Na ja, wir kommen also an, seine Freunde von den anderen Fincas schauen vorbei, und plötzlich ist eine Riesenparty im Gange. Eine lange Party vor allem. Das Schiff lief am nächsten Morgen gegen sieben Uhr ein, aber ich habe den ganzen Tag verschlafen. Ich hatte es sowieso verpaßt, und sie war schon im Hotel. In dem Zustand konnte ich mich unmöglich bei ihr blicken lassen, also dachte ich einfach, ich fahre zurück und warte hier auf sie.»

«Ach Vero! Du hast sie verpaßt und bist einfach zurückgefahren, um hier auf sie zu warten. Das ist schrecklich!»

«Ah», sagte er beinahe mit Genugtuung. «Endlich verstehst du, was ich meine, und warum ich mich so schlecht fühle.»

«Ja, aber du mußt nicht denken, daß es deine Schuld ist, Baby, das stimmt nicht.»

Sie zündete eine weitere *grifa* an und schwieg, solange sie rauchte. «Zum Glück hast du dir nicht besonders viel aus ihr gemacht», sagte sie, nachdem sie eine Weile darüber nachgedacht hatte. «Denk nur, wieviel schlimmer es dann gewesen wäre.»

«Mein Gott! Deine Mutter ist deine Mutter. Verstehst du nicht, es ist ein Schock, egal wie du zu ihr stehst.»

Luchita schüttelte mit größter Selbstverständlichkeit den Kopf. «Nein. Es wäre schlimmer. Du weißt es nicht, du hast deine Mutter nie geliebt. Das hast du mir selbst gesagt.»

«Was hat das damit zu tun?» schrie er. «Es ist viel

schlimmer: sie ist in dir. Und wenn sie stirbt, verändert sich etwas. So ist das Leben, das ist alles.»

Luchita dachte an ihre Mutter in Paris. «Natürlich. Aber wenn du sie liebst, ist es schlimmer, wenn sie stirbt.»

«Du verstehst überhaupt nichts», sagte Vero, um die Diskussion zu beenden.

Der Plattenstapel war durchgelaufen, nur die Frösche quakten noch im Hintergrund.

«Thorny ist gleich nach dem Essen zu Bett gegangen», sagte sie.

«Hat er noch von dem Hund gesprochen?»

«Nein», antwortete sie. «Er hat nur gegessen.»

Er stand auf und reckte sich. «Er ist ziemlich erschöpft. Es ist ein weiter Weg bis hier herauf. Machst du mir ein Sandwich?»

«Bleib du hier», sagte sie, glücklich über das Gefühl, gebraucht zu werden. «Ich hole alles her.»

«Bring es ans Bett. Ich lege mich schon hin.»

15

Mit Luchita gab es weder Schmuserei noch sinnliche Verführungsszenen beim Ausziehen – sie hielt ihn auf Distanz, bis sie Seite an Seite im Bett lagen. Zärtlichkeiten akzeptierte sie nur als Begleiterscheinung des Geschlechtsaktes. Manchmal versuchte er sie über den Tisch hinweg oder vom anderen Ende des Zimmers aus anzusehen. Sie tat dann zwar, als bemerkte sie es nicht, aber schließlich zeigte sie doch immer irgendeine emotionale Reaktion, so daß er wenigstens teilweise erreicht hatte, was er wollte. Sie stellte klar, daß sie diese Taktiken als unfair empfand, als Einbruch in ihre Privatsphäre. Wenn aber der Augenblick gekommen war, konnte niemand gelöster und leidenschaftlicher sein als sie. Es war vollkommenes Glück, mit ihr zusammenzusein. So wog er unablässig die Vor- und Nachteile gegeneinander ab. Ihr die Möglichkeit zu verschaffen, nach Paris zurückzukehren, erschien ihm ziemlich ungefährlich: Sie würde dort einer Armut ausgesetzt sein, die sie bisher noch nicht kennengelernt hatte. Innerhalb kürzester Zeit würde sie um kurze Ferien bei ihm betteln. Und dann würde er entscheiden, ob er sie wirklich wieder bei sich haben wollte, ob der Mangel an Wärme im alltäglichen Zusammenleben mit ihr durch ihre ungewöhnlich hohen Qualitäten im Bett wettgemacht wurde.

Normalerweise gab es weder wichtige noch unwichtige Tage in Groves Kalender. Was ihm vorschwebte, als er die verschiedenen Möglichkeiten gegenüberstellte, die sein gegenwärtiges Leben bestimmten und aufrechterhielten, war ein ewig leerer Terminplan, der ihm ein Maximum an Entscheidungsfreiheit garantierte. Er wollte, daß das Grundschema jedes Tages so weit wie möglich dem des vorangegangenen glich. Freunde und Personal waren kein Problem, sein Vater und Luchita dagegen behinderten gelegentlich, ohne es zu wissen, den reibungslosen Ablauf seines Lebens. Dies war nicht anders zu erwarten: der eine versorgte ihn mit Geld, und die andere mit Lust; als Dauerzustand war es jedoch nicht akzeptabel. Um eine gewisse moralische Unterstützung zu haben, hatte er Thorny überredet, Kanada zu verlassen und hier in die Hauptstadt zu ziehen. Thorny war ein Wrack, aber das war er schon während ihrer gemeinsamen Studentenzeit gewesen. Er war gewitzt, begeisterungsfähig und empfänglich für jede Facette von Groves Persönlichkeit (ohne sich jedoch leicht manipulieren zu lassen), so daß es Grove ganz natürlich erschien, ihn in der Nähe zu wissen. Er wollte ihn um sich haben – im Hintergrund, aber jederzeit erreichbar. Immer wenn der alte Señor Soto drohte, einen Streit vom Zaun zu brechen, oder wenn die Auseinandersetzung mit Luchita sich allzusehr zuspitzte, holte er Thorny ab, und sie unternahmen irgend etwas zusammen. Da Thornys monatliches Einkommen kaum ausreichte, um sein schäbiges Apartment und das einfache Essen, das er sich leistete, zu bezahlen, war er stets bereit, eine Einladung anzunehmen. Je komplizierter die Expedition war und je länger sie dauerte, um so mehr Geld hatte er bis zum nächsten Scheck von zu Hause übrig. Obgleich Señor Soto und Luchita nur selten einer Meinung waren, hegten beide ein unüberwindliches Mißtrauen gegen Thorny, und das aus den gleichen Gründen. «Merkst du eigentlich nicht, wenn dich jemand ausnutzt?» fragte der alte Señor Soto. Ihm kam es vor, als hätte Thorny keinen guten Einfluß auf Groves Leben. Und Luchita: «Dieser Penner! Er glaubt wohl, das hier ist ein Hotel! Und du ermutigst ihn auch noch!»

Das gegenwärtige Projekt hatte sich ziemlich plötzlich ergeben und war nicht das Produkt irgendwelcher häuslicher Schwierigkeiten. Er war erst vor drei Wochen auf die Idee gekommen. Auf der Ranch in San Felipe waren

Arbeiten im Gang; er würde Luchita erzählen, daß er dort zu tun hätte, und statt dessen für ein, zwei Tage mit Thorny nach Puerto Farol fahren.

Der Trip konnte nur dann erfolgreich sein, wenn er ihn in absoluter Ruhe durchführte. Um diese innere Unbewegtheit zu erreichen, hatte er lange gebraucht. Doch jetzt war es ganz einfach: Er wandte ein durch lange Erfahrung entwickeltes System von Selbsthypnose an und redete sich ein, daß die Gegenwart in Wirklichkeit schon Vergangenheit war und daß er das, was er gerade tat, bereits getan habe, so daß sein aktuelles Handeln nur die Wiedergabe einer früheren Erfahrung war. Indem er jeden unmittelbaren emotionalen Bezug zu seiner Umgebung aufgab, wurde er unangreifbar.

Wenn dieser Beruhigungsmechanismus einmal in Gang gesetzt war, hörte er auf zu reden. Thorny kannte das, er hatte bemerkt, daß Grove schweigsam und verschlossen war, wenn es funktionierte. Es war eine belanglose Begleiterscheinung jenes Prozesses, mit dessen Hilfe Grove sich zu gewissen übermenschlichen Eigenschaften verhalf. In solchen Situationen stand seine Unfehlbarkeit außer Frage. Da er wußte, daß der Meister diesmal unter Druck arbeiten mußte, machte sich Thorny auf eine unerfreuliche Reise gefaßt.

Sie fuhren unter von Bäumen herabhängenden Orchideen den Highway entlang. Aus dem Autoradio wehte ihnen eine *mejorana* ins Gesicht. Der Tag war klar, die Luft kaum bewegt. Als sie die Ebene erreichten, färbte sich der unendliche Himmel grau. Es gab Abschnitte, wo die Straße schmal und kurvenreich verlief; dann schlug die Vegetation, die von beiden Seiten den Asphalt überwucherte, gegen den Wagen und kratzte an der Karosserie. Groves Hemdrücken war naßgeschwitzt und kalt; als er sich umdrehte, sah er, wie der Schweiß über den Plastikbezug des Sitzes rann. Die heißen, schmutzigen Dörfer flogen vorbei, der Wald dazwischen war schwarz und verrottet.

Und jetzt, da alles vorbei war, lag er unter der erstarrten Bedrohung der Pflanzen auf der Felldecke, die Hände unter dem Kopf verschränkt, und triumphierte, denn er hatte es geschafft, sich bislang an kein einziges Detail erinnern zu müssen. Als der Anruf von der Polizei kam, hatte er nur daran gedacht, wie er sich vor Luchita verhalten sollte. «Erzähl es ihr, aber halte sie mir eine Weile vom Leib, wenn es geht», hatte er Thorny gebeten. Er war nicht überrascht, daß sie sofort zu ihm kam, nachdem sie es gehört hatte. Er hatte kaum Zeit gehabt, sich vorzubereiten, mußte improvisieren. Trotzdem wußte er, daß er nicht schlecht gewesen war, und er beschloß auf dem Heimweg vom Kommissariat, genauso weiterzumachen wie bisher. Er hatte das Gefühl, daß dies eine ihrer besten Nächte werden könnte; ihr überraschender Ausbruch von Zärtlichkeit bei der Nachricht vom Tod seiner Mutter deutete darauf hin.

Während Luchita in der Küche nach etwas Eßbarem suchte, lag er im Halbdunkel des Zimmers auf dem Bett und betrachtete sein Spiegelbild. Er hatte elektrisch verstellbare Spiegel an Kopf- und Fußende des Bettes anbringen lassen – eine absurde Spielerei, die er manchmal betätigte, um Luchita während ihrer Liebesspiele zu amüsieren. Seit sie von Señor Guzman zurück war, hatte er klugerweise darauf verzichtet. Heute nacht?

Es war kein Geheimnis: Als er der Linie von Wangen und Kinn hinunter zu Nacken und Schultern folgte, war ihm sonnenklar, warum sich jedes Mädchen darum reißen würde, mit ihm ins Bett zu gehen. Er grinste lüstern in den Spiegel am Fußende. Aus der Küche drangen schwache Geräusche. Er hatte die Angewohnheit, sich von diesem Teil des Hauses fernzuhalten. Trotz des weißen Emails und der makellosen Sauberkeit hing dort immer der leicht säuerliche Geruch von Abfall in der Luft, als ob hinter den Türen Papayaschalen vor sich hin faulten. Und außerdem war der Junge da.

Nach dem Essen rauchten sie viele *grifas*, hinter den Bambuspflanzen spielten die Baluba-Trommler, die Spiegel neigten sich und schimmerten, die Nacht war verwandelt. Um ihn herum das Paradies und er im Mittelpunkt.

Obwohl er wußte, daß alles in Ordnung war – denn er lag in dem großen Bett und Luchita schmiegte sich eng an ihn, bis hinunter zu seinen weit entfernten Zehenspitzen –, träumte er, mit dem Gesicht nach unten auf einer schmalen Pritsche zu liegen. Die Glaswände zu beiden Seiten der Matratze trafen sich in einem Punkt nicht weit von dem Kissen, auf dem sein Kopf ruhte. Es kam ihm vor, als sei sein Bett genau in den Bug eines Schiffes eingepaßt, nur schwebte er über einer unermeßlich großen Stadt, deren Straßen so tief unter ihm lagen, daß der Verkehr nicht zu hören war.

Mit Hilfe einer komplizierten chromblitzenden Halterung war ein überdimensionales Osterei an die Pritsche angeschlossen, dessen funkelnde rosa und weißen Zukkerkristalle von innen erleuchtet wurden. Er blickte in die Optik an der Seite des Eies: Über eine Oberfläche, die sich dank der enormen Vergrößerungsleistung der winzigen Linse als riesige Leinwand in einem verdunkelten Saal erwies, der etwa zur Hälfte mit Zuschauern besetzt war, flimmerte ein Fernsehprogramm.

Er hatte den Anfang des Programms erwischt. Die Musik plärrte, und er richtete sich ein wenig von der Pritsche auf, um sich umzuschauen. Durch die Glaswände am Fußende sah er den wirklichen Saal, der etwas tiefer lag; sein Glaskäfig war eine von mehreren hundert gleichartigen Zellen, eine Bienenwabe von Nischen, die in die Wände des Zuschauerraums eingelassen waren. Er setzte sich auf, fühlte sich jedoch benommen. Er ließ sich zurücksinken und versuchte, eine bequeme Lage zu finden. Ehe er den Winkel des Eies seinem Auge anpaßte, untersuchte er die drei kleinen Schalter, die vertikal neben der Optik angeordnet waren. Er legte den Finger auf den obersten Schalter, verstellte den Winkel des Eies und spähte erneut durch die Optik. Noch immer lief der Vorspann über die Leinwand. Als das erste Bild auftauchte, betätigte er den Schalter.

Es war ihm sofort klar, daß das kleine Osterei eine unbezahlbare Einrichtung war. Zuerst ertönte ein leichtes Surren, wie von einem Generator, der in Gang gesetzt wird, und die ohnehin schwache Beleuchtung im Zuschauerraum schien für einen Moment zu verlöschen, ehe sie langsam ihre frühere Intensität zurückgewann. Das Entscheidende war, daß diese Vorrichtung ihm die Illusion vermittelte, selbst im Auditorium zu stehen. Er dachte daran, was für ein Triumph es wäre, wenn er das Ei aus seiner Halterung herausschrauben und beim Weggehen mitnehmen könnte.

Im selben Moment packte ihn blankes Entsetzen. Er fuhr hoch und hob den Arm über den Kopf. Seine Finger berührten das Glas, noch ehe er den Arm ganz ausgestreckt hatte. Es war eine Kiste, diese Kammer, in der er lag. Er war eingeschlossen, es gab keine Klimaanlage. Und schon war er überzeugt, daß die Luft schwer und drückend war; er bildete sich sogar ein, seinen eigenen Mundgeruch einzuatmen. Er ließ sich wieder zurückfallen, deprimiert, zugleich aber in jenem besonderen Zustand von Erstarrtheit, gegen den der Träumende nicht ankämpft. Ein schwacher, aber eindeutiger Hauch von Ozon kam wie ein feiner Sprühregen aus der Richtung des Eis. Er hielt den ersten Schalter noch immer niedergedrückt. Plötzlich ging ihm auf, daß die Schalter eine Fluchtmöglichkeit darstellten; sie waren so etwas wie ein Notausgang, den man nur in bestimmten Situationen benutzt. Als er in das Ei schaute, hatte er sofort wieder die Illusion, sich im Zuschauerraum zu befinden, ganz hinten im Dunkeln, am Anfang des endlosen Mittelgangs. Weiter vorn war die Leinwand. Als er nun zum ersten Mal auf das große, helle Rechteck starrte, entdeckte er das verblühte Gesicht einer bekannten Schauspielerin mittleren Alters; an ihren Namen konnte er sich nicht erinnern. Die zehn Meter hohe Figur stand mit zerzaustem Haar traurig da, in der pathetischen Haltung einer völlig verstörten älteren Hausfrau. Ihre Stimme klang vorwurfsvoll. Es fiel ihm auf, daß sie sogar das kleine Wort «ja» aussprach, als wäre es eine Anklage.

Abgestoßen von der Rolle, die sie verkörperte, zugleich jedoch angezogen von ihrer vollendeten Schauspielkunst, schritt er langsam den Gang hinunter. Ein Sitz am Rand war frei. Als er sich hinsetzte, bemerkte er eine gewisse Unruhe im Publikum. Die Frau auf der Leinwand streckte den Zeigefinger aus; dann sah er sie in Fleisch und Blut ganz klein unterhalb der Leinwand. Starke Scheinwerfer waren auf ihren Kopf gerichtet. Er sah, wie die erleuchtete kleine Gestalt die Arme hob, als wollte sie das Publikum begrüßen, und war im selben Augenblick unsinnigerweise davon überzeugt, daß von nun an alles schiefgehen würde. Verstohlen streckte er die Hand aus und tastete über die Armlehne. Der oberste Schalter war noch immer gedrückt; er wartete einen Augenblick und versuchte zu verstehen, was die Schauspielerin sagte. Es war eine Anklage; sie schluchzte, ihre Worte waren kaum verständlich, die Stimme hysterisch. Die Musik wurde immer lauter und dramatischer. Wenn das so weiterginge, würde er in kurzer Zeit so gelähmt sein, daß er nicht einmal mehr den Schalter betätigen konnte. Vorsichtig fuhr er mit dem Finger einen Zentimeter über die Armlehne, bis er zum zweiten Schalter kam. Er zögerte einen Moment und legte ihn dann mit leisem Klicken um.

Die Schauspielerin schrie auf und zuckte zusammen, als führe ein heftiger Stromstoß durch ihren Körper. Mit einemmal wußte er, daß etwas Schreckliches geschehen würde: Er hatte die falschen Kräfte in Gang gesetzt. Er hob den Kopf und starrte auf die Leinwand. Auf seinem Gesicht spiegelte sich nicht die geringste Überraschung, als er zusah, wie sich die Verwandlung vollzog – nur ein dumpfes Grauen bei dem Gedanken an ihre Unausweichlichkeit. Die Züge der Frau verblaßten, lösten sich auf, schmolzen immer schneller dahin und zeigten schließlich ihre wahre Identität, diejenige, die er, wie er jetzt wußte, die ganze Zeit erwartet hatte: die seiner Mutter.

Sogar hier, dachte er fassungslos. Was will sie hier? Nun, da er die Leinwand und darunter die puppenhafte Gestalt im fleischfarbenen Rund des Scheinwerferlichts betrachtete, schlug sein Herz schneller. Mit dem ihr eigenen «fidelen» Gesichtsausdruck, der ihn nicht einmal als kleiner Junge hätte täuschen können, fing sie an zu sprechen, als hielte sie eine Rede in einem ihrer Clubs, als bestünde das Publikum ausschließlich aus Frauen. Unter dem jovialen Äußeren verbarg sich ein überaus berechnender Charakter, ein dunkles, zerstörerisches Bewußtsein. Welche Rolle sie auch spielte (denn ihre Rolle hing stets von ihrem Publikum ab), für ihn war die Grundhaltung immer dieselbe: listig und allwissend, mit einem drohenden Unterton, als sei man sich allgemein darüber einig, daß die mit Unterdrückung und Leid verbundene Situation der Frau ihr das Recht verleihe, Rache zu nehmen.

«Ich bin hierhergekommen», sagte sie (und schon verkrampfte er), «... um meinen Sohn zu sehen. Ich dachte, sie arbeiteten heute abend vielleicht an ihm.» Ihr Lächeln war eine Entschuldigung für die Grenzenlosigkeit menschlicher Schwäche; er starrte genau in ihre auf der Leinwand vergrößerten Falten, als er sich erhob. Er spürte, wie das Grauen ihn langsam zersetzte. Wenn er den Mittelgang nähme, würde man ihn festhalten. Er überquerte ihn und quetschte sich durch eine Sitzreihe, an den Zuschauern vorbei, zu einem Ausgang ziemlich weit hinten. Um ihn herum erhob sich verhaltener Protest, doch er bahnte sich seinen Weg in dem sicheren Bewußtsein, nicht erkannt worden zu sein. Als er den Seitengang erreichte, riß er die Tür auf und drehte sich dann, ohne es eigentlich zu wollen, noch einmal um, um einen letzten Blick auf die Leinwand zu werfen. Sie starrte ihn an. Das heißt, sie schaute in die Kamera, erinnerte er sich.

«Grover!» Ihre Stimme klang kühl und majestätisch, beinahe verächtlich, als sie fragte: «Bist du fertig?»

Mit aller Macht schrie er «Nein!» Der Boden des Saals erzitterte unter diesem Schrei. Während er durch dunkle Korridore rannte, dachte er: Sie weiß von dem gläsernen Raum oben. Sie ist es, die mich eingewiesen hat.

Hinter der Bühne verwandelte sich die Welt in ein Gewirr von engen Treppen und schäbigen Lagerräumen. Es war niemand zu sehen, doch er hatte keine Ahnung, wo er hinwollte, und es kam ihm vor, als hörte er ein Murmeln der Entrüstung im Zuschauerraum. Er lief weiter, durch Korridore, Wendeltreppen hinauf, Feuerleitern hinunter, Galerien entlang, die über lichtlosen Abgründen hingen, mehr und mehr davon überzeugt, daß er um sein Leben rannte. Als er sich von seinem Platz im Theatersaal erhob, mußte er sich irgendwie in die inneren Angelegenheiten der Institution eingemischt haben. Man würde ihn festhalten und bestrafen. In diesem Moment hustete Luchita und streifte mit der Hand rauh über seinen Schenkel.

Von allen Seiten strömte die Süße der Nacht herein. Auf der Terrasse plätscherte der Brunnen, in den Blättern raschelte leise der Wind, und irgendwo hörte man, wie sich ein Motorrad den Berg heraufkämpfte. Luchita drehte sich um und atmete regelmäßig weiter. Er lag ganz still, ein wenig beschämt, weil sein Herz so heftig schlug.

Im Halbschlaf, noch immer ohne sich zu bewegen, versuchte er die Welt des kleinen Alptraums zu rekonstruieren; er wollte das, wovor er Angst hatte, wenigstens verstehen. Sollte er wirklich nicht in der Lage sein, das Schreckgespenst, das sie für ihn bedeutete, zu überwinden, obwohl er wußte, daß sie tot war? Er lauschte dem Brunnen, dem Wind, der unten durch die Pinien strich. Sein Herz schlug noch immer bis zum Hals. In der Hoffnung, sich zu beruhigen, versuchte er, tief und regelmäßig zu atmen.

Er saß am Steuer des Cadillac. Eben hatte er rückwärts aus der Garage gesetzt und wollte schon losfahren, als seine Mutter in der Einfahrt auftauchte, sich auf die Wagentür stützte, den Kopf zum Fenster hereinstreckte und anfing, auf ihn einzureden. «Wenn du draußen auf dem Highway bist, vergiß nicht: der Unterschied zwischen Bremse und Gas ist der Unterschied zwischen Leben und Tod. Wirst du bitte versuchen, dich daran zu erinnern – mir zuliebe?»

Bei diesen Worten zuckte er zusammen. «Um Himmels willen, Mutter!»

«Wenn du doch bloß nicht immer gleich so empfindlich wärst!» seufzte sie und setzte dann, wie zu sich selbst, hinzu: «Natürlich, ohne Vater...»

In gespieltem Ärger hatte er Gas gegeben, worauf sie um ein Haar das Gleichgewicht verloren hätte. Es dauerte Tage, bis diese Sache aus der Welt war, aber er wußte, daß es der einzig richtige Schritt gewesen war. Sein Leben hatte sich in unausweichlicher Wiederholung darum gedreht, die Feindseligkeit zwischen ihr und seinem Vater zu seinen Gunsten auszunutzen, obwohl er in der Gegenwart des einen stets eine scheinbar unverbrüchliche Loyalität zum anderen zu wahren schien. Wenn er nach einem Besuch in Montreal in die Hauptstadt zurückkehrte und die Wohltätigkeitskampagnen seiner Mutter oder die Bankette ihres Frauenvereins beschrieb, achtete er sorgfältig auf Details, von denen er wußte, daß sie Señor Soto zur Weißglut brachten, denn sein Vater hatte als echter Latino höchst eigenwillige Vorstellungen über das Verhalten von Frauen. Umgekehrt stellte er, ehe er nach Montreal fuhr, Listen mit nur scheinbar beruhigenden Bemerkungen auf, die er beiläufig in die Gespräche mit seiner Mutter einflocht. Es war notwendig, immer wieder darauf anzuspielen, daß Señor Sotos Haus alles andere als das Heim war, das eine Mutter sich für ihren Sohn erträumt. Wenn sie auf solche Bemerkungen jedoch mit offener Kritik reagierte, bat er sie mit leiser Stimme und verstörtem Gesicht: «Bitte, Mutter... bitte!»

In einem Winter – er war gerade sechzehn – hatte Señor Soto ihn zu überreden versucht, sonntags mit ihm in die Messe zu kommen. Aus heiterem Himmel hatte er dogmatisch erklärt, daß die einzige Möglichkeit, frei zu sein, darin bestünde, sich so streng an einen Glauben zu halten, daß das ganze Leben – mit Ausnahme des geistigen – nach dessen Gesetzen automatisiert ablaufe. Grove hatte sich gründlich mit dieser Auffassung auseinandergesetzt und war zu dem Schluß gekommen, daß es eine durchaus überlegenswerte Theorie war, vorausgesetzt, man fand den entsprechenden Glauben. Wenig später erwähnte er sie vor seiner Mutter.

«Ich hoffe, du wirst kein Fanatiker», sagte sie und fuhr dann düster fort: «Ich verstehe das nicht. Von meiner Seite der Familie hast du diesen Hang zur Maßlosigkeit jedenfalls nicht. So etwas kommt nur von der Kirche, man riecht es meilenweit gegen den Wind. Ich hätte dich für stabiler gehalten.»

«Es ist eine Frage der Disziplin», sagte er.

Sie schüttelte nachdenklich den Kopf. «Laß dich von ihm nicht in die Kirche locken, Grove, ich warne dich. Das wäre ein schwerer Fehler.»

«Du weißt doch, daß er Agnostiker ist», sagte er ruhig.

«Behauptet er das etwa?» Sie schaute überrascht auf. Das hatte das Faß zum Überlaufen gebracht; noch am gleichen Tag schlug sie vor, ein Motorboot zu kaufen und den Herbst in Perće zu verbringen. «Ich brauche kein Boot», sagte er, «spar dir das Geld.» Sie hatte das Boot gekauft, und sie waren zusammen nach Gaspé hinaufgefahren. Während der langen Ferien fing sie wieder mit ihrer Kampagne für das College an. Sie wollte, daß er sich für nächstes Jahr am McGill-College einschrieb. Grove, der wußte, daß er sich in derselben Position befand wie das Oberhaupt eines neutralen Staates, verbrachte statt dessen den Winter mit seinem Vater im Strandhaus von Puerto Pacífico, überzeugt, daß der nächste Sommer etwas Ansehnlicheres als ein Motorboot bringen würde. Señor Sotos Meinung über den Wert einer College-Ausbildung hielt sich in Grenzen, er wollte ihm mit der Leitung einer seiner Haciendas lieber praktische Erfahrung vermitteln. «Aber wenn du es unbedingt versuchen willst: Wir haben eine der ältesten Universitäten der Welt in unserer Stadt.»

«Ich will es gar nicht versuchen», antwortete Grove. «Ich will nur Frieden.»

«Laß dich nicht unter Druck setzen», riet ihm sein Vater.

Alle seine Züge waren richtig gewesen. Der Sommer hatte einen Cadillac gebracht – als Bonus für die Einwilligung, zu seiner Mutter zu ziehen und die Universität zu besuchen. Wie das Unglück es wollte, fuhr eines Nachts, als er vor einem Rasthaus geparkt hatte, ein Laster gegen seinen Wagen, und er brachte es nicht fertig, ihr diese Nachricht ins Gesicht zu sagen. Er hatte ein Flugticket nach Panama gekauft und war auf direktem Weg nach Puerto Pacífico geflogen. Das abrupte Ende seiner akademischen Karriere hatte seine Mutter weniger erschüttert als die Tatsache, daß er ohne ein Wort abgereist war und ihr nicht einmal die Möglichkeit gegeben hatte, sich von ihm zu verabschieden. Obwohl er sie seitdem oft gesehen hatte, ertappte er sich sogar jetzt im Dunkeln liegend dabei, wie er bei der Erinnerung daran die Stirn runzelte, doch das Gefühl der Schuld ließ sich nicht länger in Wut verwandeln, denn es gab nichts mehr zu fürchten. Es war lange vorbei, sagte er sich, und es war etwas, womit sie in jedem Fall hätte rechnen müssen. Als das Morgengrauen von der Terrasse her ins Zimmer sikkerte, schlief er wieder ein.

16

Das erste, was Luchita am Morgen hörte, war ein Plätschern im Swimming-pool. Sie suchte nach dem Laken und deckte damit ihren nackten Körper zu. Dann tastete sie auf der Matratze nach Vero. Sein Platz war leer. Sie schlief wieder ein. Als sie später aufwachte, sah sie, wie er sich anzog; er schien es sehr eilig zu haben. Plötzlich kam er ans Bett und sagte etwas zu ihr. Diesmal wachte sie endgültig auf. Er trug einen Anzug.

«Wieviel Uhr ist es?» fragte sie.

«Zehn vor acht.»

«Was ist los? Warum stehst du so früh auf?»

«Ich muß weg. Aber zum Mittagessen bin ich wieder da.»

«Du siehst ziemlich high aus.» Sie blinzelte zu ihm auf.

«Hast du noch nie gehört, daß man sich frühmorgens am besten fühlt?» Er zog ihr das Laken weg und fing an, sie zu kitzeln. Sie strampelte mit den Beinen, vergrub das Gesicht im Kopfkissen, um ihr Geschrei zu unterdrücken und versuchte ihn zu treten, ohne Erfolg. Gerade als sie glaubte, es nicht mehr aushalten zu können, ließ er von ihr ab und stand auf.

«Du bist aber zum Lunch hier», sagte er. «Du kannst mir helfen.»

Das Laken hatte sich um ihren Hals gewickelt. «Mein Gott, was werfen sie dir eigentlich vor?» rief sie.

«Schlaf weiter», sagte er.

Kurz vor dem Mittagessen kam er noch immer aufgedreht zurück und machte sich geräuschvoll in der Küche zu schaffen. Luchita kam aus Pepitos Zimmer. Vero füllte gerade Eiswürfel in eine Schüssel. Die Zigarette in der Hand, stand sie an den Kühlschrank gelehnt und hörte zu, wie er ihr von dem Besuch in der Buchhandlung erzählte. Nach einer Weile fragte sie unbeteiligt: «Magst du sie?»

«Ich habe nicht die Absicht, sie zu bumsen, falls du das meinst.»

Sie zuckte die Achseln und ging wieder in Pepitos Zimmer. Beim Mittagessen unterhielten sie sich über den morgendlichen Gast. «Es war besser, daß du nicht herausgekommen bist, so wie du aussiehst», sagte er. «Du wirst sie morgen abend kennenlernen. Ich wäre dir sehr dankbar, wenn du es schaffen könntest, etwas anderes als diese Jeans zu tragen.«

«Wie du willst», sagte sie sanft. Sie wollte versuchen, in dieser Zeit besonders freundlich zu ihm zu sein. Sie wartete einen Moment und fragte dann: «Wo ist Thorny?»

«Er ist nach Los Hermanos gefahren und kommt erst heute abend zurück.»

«Das ist der richtige Ort für ihn», erklärte sie. «Von mir aus kann er dort bleiben. Ich gehe mit Pepito ins Kino.»

Nach dem Mittagessen hielt er nicht wie üblich seine Siesta, sondern schloß sich mit einem Notizblock und einem Stapel Papieren in der Bibliothek ein. Etwa eine halbe Stunde nachdem Luchita gegangen war, schaltete er das Tonbandgerät ein und lauschte. Auf dem Band hatte er eine Diskussion mit Luchita vorbereitet. Er hatte die Angewohnheit, solche einseitigen Konversationen zu improvisieren, sie aufzunehmen und die überzeugendsten Passagen zu notieren. Mit deren Hilfe legte er dann eine verbale Strategie fest, von der er im Moment der tatsächlichen Auseinandersetzung kaum abwich.

«Na schön. Du kennst mich nicht. Du redest immer davon, daß du keine Ahnung davon hast, wie ich bin. Immerhin weißt du, wie ich *nicht* bin. Ich bin nicht wie die meisten anderen Leute. Ich will immer dasselbe. Ich mag keine Veränderungen. Das solltest du wissen. Du hast es selber herausgefunden. Du weißt, daß ich nie irgend jemand über Nacht mit hierhergenommen habe, ehe du da warst. Ich will dich hier bei mir haben, wenn ich wach werde, ist das so schwer zu verstehen?»

Er spulte das Band zum Anfang zurück, baute das Mikrofon auf dem Tisch auf und fing an, den Monolog, den er vor einem Monat aufgenommen hatte, noch einmal zu überarbeiten. Einen Moment lang stand er bewegungslos da und starrte auf die langsam kreisenden Spulen. «Day», sagte er wie zur Probe, als würde das Aussprechen ihres Namens eine greifbare Veränderung im Raum bewirken. «Warten Sie, ich hole Ihnen eine Zigarette.»

Als er von der Terrasse zurückkam, streckte er sich auf dem Diwan vor dem Tisch aus und sprach eine Zeitlang. Seine Stimme war sanft, der Tonfall der eines Mannes, der auf einer vernünftigen Ebene einen Konsens herzustellen sucht. Die Pausen für ihre hypothetischen Antworten waren kurz. Schließlich zündete er eine neue Zigarette an und legte sie auf die Kante des Aschenbechers. Der Rauch stieg in einer langen, geraden Linie nach oben. Es war noch zu früh für den Wind des Spätnachmittags. Er betrachtete den weißen Papierzylinder mit der dünnen blauen Rauchsäule darüber und dachte: ‹Wenn es jetzt wäre.› Dies war eine seiner Lieblingsvorstellungen, eine Besessenheit, der er sich in Streßzeiten gerne hingab. Wenn er in diesem Moment verschwände und sie kämen, um etwas über ihn zu erfahren, was würden sie finden? Eine britische Zigarette, die auf dem Rand des Aschenbechers balancierte, ein laufendes Tonbandgerät, das nur die Stille aufnahm. Sie konnten mit dem Personal sprechen oder mit einem leicht zurückgebliebenen kubanischen Mädchen (Luchita wußte nichts von ihm und wäre sowieso aggressiv), und sie würden nichts herausbekommen. Einen Augenblick lang versetzte er sich in einen von ihnen und billigte ihm großzügig den gleichen Intelligenzquotienten zu wie sich selbst, während sein Blick anerkennend über die Bücherreihe neben ihm glitt: *Ferien am Waldsee, Erinnerungen eines Überlebenden; L'Enfer Organisé; Netchaiev; Cybernation and the Corporate State; L'Univers Concentrationnaire; Auschwitz, Zeugnisse und Berichte.* Obgleich der Mann ein Feind war, denn es waren nur Feinde, die nach seinem Verschwinden hier auftauchen würden, um seinem Wesen auf die Spur zu kommen, wäre der Inspektor von der Summe der Beweise tief beeindruckt. Der Bericht könnte folgendermaßen enden: «Für eine solche Begabung, totale Perfektion zu erlangen, gibt es in einer Zeit kollektiven Bewußtseins keine Verwendung.» Die Vorstellung seines eigenen Nicht-Seins verfehlte niemals ihre stimulierende Wirkung; er setzte seinen Monolog, nun mit noch ruhigerer Stimme, fort:

«Wenn wir aber Freunde werden wollen, müssen Sie

mich von Grund auf kennen. Ist das nicht normal, wenn man sich verstehen will? Sie müssen wissen, wer ich bin und warum ich so bin, wie ich bin. Wenn wir wirklich miteinander sprechen wollen, müssen wir uns sozusagen im gleichen psychischen Raum befinden. Sie sagen, ich sei schwierig. Ich bin wie jeder andere. Aber ich nehme es sehr genau mit der Wahrheit. Sie ist schwer zu erlangen, und sie schafft Probleme, aber sie ist es wert. Oder finden Sie nicht?» Zweifelnd schaute er auf das Mikrofon in seinem verchromten Ständer; manchmal erinnerte es ihn an ein Maschinengewehr. *Ametralladora, modelo bolsillo*, dachte er und lächelte. Dann stand er auf und trat an die Bar beim Fenster. Er warf einen besitzergreifenden Blick auf die Stadt, wie sie da unvermittelt im goldenen Licht des Sonnenuntergangs unter den Sturmwolken aufglänzte. Er goß sich ein Glas Kirschlikör ein. Auf dem Weg zurück zum Tisch sprach er weiter. Er ging sehr langsam, hielt das Glas in Augenhöhe vor sich und starrte hindurch. «Wir sind Maschinen, entworfen, um das Unvorstellbare zu realisieren, und doch leben wir weiter wie die Tiere, sind subjektiv, haben individuelle Lebensweisen und Neigungen. In Indien, müssen Sie wissen, gibt es Menschen, die behaupten, die Liebe sei obszön, außer wenn beide Partner um ihr Handeln wissen – das heißt, wenn sie ihrer selbst und ihres Partners während des Liebesaktes so vollkommen bewußt sind, daß sie sich die ganze Zeit, bis zum Ende, auf Gott konzentrieren können. In Wirklichkeit bedeutet dies, daß man nicht nur intelligent, sondern auch schamlos sein muß. Aber die Hindu waren schon immer sehr praktische Leute.»

Er nahm einen Schluck. «Ich glaube, sie haben recht. Sex wird so lange unvollkommen sein, bis wir frei sind. Frei genug jedenfalls, um uns dabei auf Gott konzentrieren zu können.» Er lachte verlegen. «Sie sehen, das Ganze könnte sich bestens dazu eignen, eine qualitative Verbesserung der Erfahrung zu bewirken. Schließlich kommt es doch nur darauf an, daß Sex so gut wie möglich sein sollte.»

Er stellte sich vor, wie sie ihn an dieser Stelle unterbrechen würde: «Haben wir über Sex gesprochen?» Sie hatte diese spröde, dominierende Art, ein Gespräch zu beenden; niemals durfte man von den von ihr akzeptierten Gesprächsbahnen abweichen. Dies war ein Nachteil, aber dumme Frauen waren schwieriger zu beeinflussen als kluge. Und dann fiel ihm ein, daß dieses Beherrschende an ihr ein Zeichen dafür sein könnte, daß sie für die schamlose Liebe schon verdorben war.

Es würde wahrscheinlich unmöglich sein, jedenfalls ohne deutlich zu werden, ihr die Notwendigkeit einer schnellen Entscheidung vor Augen zu führen; darauf konnte er nicht hoffen. Wenn er nach diesem Gespräch nicht sicher sein konnte, gewonnen zu haben, würde er die Sache mit dem Sex ganz aufgeben. Er wußte schon jetzt, in welchem Teil des Gartens von Los Hermanos es stattfinden würde. Unweit eines kreisförmigen Teichs gab es eine breite Balustrade, von der aus man über das terrassierte Land bis zum dichten Urwald dahinter schauen konnte. Eine beruhigende Landschaft, die im Mondschein besonders aufreizend war.

Während Luchita und Pepito im Kino waren, brach ein heftiger Regenguß los. Als sie hereinkamen, war schon alles vorbei, doch die Straßen hatten sich in reißende Bäche verwandelt. Noch ehe sie ein Taxi anhalten konnte, war Pepito in eine Pfütze getreten und bis zur Hüfte pitschnaß.

«Ach Pepito! Du bist wirklich dumm!»

«Ich bin gerne naß», gab er zur Antwort. «Es fühlt sich gut an!»

Als sie ihm trockene Sachen angezogen hatte, war es schon beinahe Zeit für das Abendessen. Sie ging auf die Terrasse und spähte durch die Tür in die Bibliothek. Vero saß im Schein seiner Lampe am Schreibtisch und schrieb. «Du hast noch zu tun?» fragte sie und trat ein.

Er schaute auf. «Ganz recht.» Er gähnte und streckte sich. «Aber ich mache es später fertig, vor dem Schlafengehen.»

Nach dem Abendessen kehrte er in die Bibliothek zurück, schloß die Tür hinter sich und widmete sich wieder seinen Papieren. Luchita wechselte ein paarmal von der Terrasse ins Schlafzimmer und wieder zurück. Es war eine dieser Nächte gegen Ende der Trockenzeit, Nächte, in denen man kaum atmen konnte. Aus der Bibliothek drang noch immer das gedämpfte Klappern der Schreibmaschine. Sie ging ins Schlafzimmer und stellte sich vor den Spiegel. Was immer er tat, es war besser, als wenn er an seine Mutter dachte, überlegte sie. Außerdem hatte sie das absurde Gefühl, daß seine Arbeit auf irgendeine verborgene Weise in Verbindung mit dem Kauf ihres Tickets nach Paris stand. Sie zündete eine *grifa* an und inhalierte ein paarmal. Dann ging sie plötzlich zur Bibliothek, zögerte einen Moment und riß die Tür auf.

«Ich brauche Musik!» rief sie. «Ich kann einfach nicht den ganzen Abend ganz alleine hier rumhocken!»

Er sah nicht auf. «Mach sie dir auf der Terrasse an, aber stell sie leise.»

Sie stand da, den Blick auf den erleuchteten Schreibtisch geheftet, als ob ihr das helfen könnte, herauszubekommen, was in den Papieren stand, die vor ihm lagen. Ganz langsam zog sie die Tür zu und schaute noch einen Augenblick durch den Spalt, ehe sie sie endgültig schloß. Dabei achtete sie sorgfältig darauf, daß der Griff kein Geräusch verursachte, als sie die Hand von ihm löste.

17

Der Motor dröhnte, als sie den Berg hinauffuhren. Das Tal unter ihnen war jetzt fast im Schatten versunken. Dr. Slade sog hörbar die Luft ein. «Wenn man ein Parfum mit einem solchen Duft kreieren könnte!» rief er. Bei jeder Haarnadelkurve setzte er sich kerzengerade auf und spähte hinunter. Sie hatten den Tag mit diversen Besuchen in Parks und Palästen verbracht; jetzt fühlte er sich erschöpft, vielleicht auch ein wenig gereizt. Jedenfalls war er froh, als sie oben angekommen waren und den Wagen auf ebener Erde vor dem Apartmenthaus abgestellt hatten.

Als sie aus dem Aufzug traten, befanden sie sich in einem Patio mit einem Springbrunnen, dessen Wasserfontäne auf und ab tanzte. In dem runden Torbogen lehnte ein Mädchen, sehr jung und außergewöhnlich hübsch. Auf Mrs. Slade wirkte sie in ihrem weißen Kleid gerade alt genug für ihren ersten Liebesbrief.

«Luchita!» rief Señor Soto. «Das ist Luchita. Mrs. Slade. Dr. Slade.»

«Kommen Sie», sagte Luchita. «Bitte treten Sie doch ein.»

«Was für ein Raum! Ein wahres Kunstwerk!» Als Mrs. Slade die Wohnung betrat, erhob sie die Arme und wandte sich zu ihrem Mann um.

«Ja, in der Tat», stimmte dieser zu. Einen Augenblick blieb er stehen, um sich umzuschauen. Dann folgte er Señor Soto auf die Terrasse hinaus. Die Luft im Raum war stickig; es kam ihm vor, als hinge ein schwacher, tierischer Geruch darin – oder wenigstens einer, den er vage mit dem Leben von «Eingeborenen» in Verbindung brachte. Er konnte ihn nicht identifizieren, aber er fand es erstaunlich, in dieser Wohnung einen solchen Geruch zu entdecken.

«Ja, wirklich ungewöhnlich haben Sie es hier, Señor Soto. Äußerst ungewöhnlich.» Er war nicht ganz aufrichtig, als er das sagte; auf ihn wirkte die Umgebung eher wie ein überwältigend elegantes Hotel als wie ein Zuhause. Ein Hotel oder ein Warenhaus. «Sehr schön, sehr schön.» Er wandte sich dem Sonnenuntergang jenseits des Tales zu. «Und was für ein Blick!»

Señor Soto lächelte. «Ja, die Sonnenuntergänge hier sind einmalig. Warten Sie, ich hole Ihnen einen Drink. Was möchten Sie?»

«Scotch mit Soda.»

Dr. Slade schaute dem jungen Mann nach, wie er über die Terrasse ging und verschwand. Er runzelte die Stirn.

Der unwiderstehliche Charme seines Gastgebers machte ihn stutzig; instinktiv mißtraute er ihm. Es konnte einfach nicht sein, daß er echt war. Und ärgerlich sagte er sich, daß dies wieder einmal typisch für Day war. Sich von einem solchen Pärchen einwickeln zu lassen! Sie konnte tatsächlich alles Falsche oder Gewöhnliche übersehen, Hauptsache, sie hatte ihren «Spaß». Er ging zur Terrassentür. Day und das Mädchen thronten, jede mit einem Cocktailglas in der Hand, auf Bergen von fellbezogenen Kissen. Señor Soto erschien mit den Drinks. Er kam auf Mr. Slade zu und blieb neben ihm in der Tür stehen, wo sie ihre Unterhaltung fortsetzten.

Mrs. Slade spielte den Gast. «Also, wenn Sie mich fragen, diese Wohnung schlägt alles, was ich je gesehen habe.»

«Ich bin nur zu Besuch hier», antwortete Luchita und starrte zu Boden. «Ich wohne in Paris.»

Mrs. Slade preßte die Lippen zusammen und strich sich den Rock über den Knien glatt. «Paris. Ich glaube, dort könnte ich nicht leben. Was für ein Verkehr!»

«Ich finde es abscheulich hier», sagte Luchita.

«Wirklich?» Sie lachte gezwungen, und mit einem flüchtigen Blick musterte sie den Raum. Das Ganze war ihr unangenehm. «Aber hören Sie! Finden Sie es hier nicht traumhaft?»

«Ich gehe bald zurück nach Paris. Die Menschen in diesen Nestern sind einfach zum Kotzen.»

«Hm, ja, verstehe», begann sie unsicher und sah im Geiste die herausgeputzte Menge im Speisesaal ihres Hotels vor sich. «Aber wirklich, es ist so ein netter kleiner Ort! Wir haben gerade die Stadt besichtigt, meine Eindrücke sind also noch ganz frisch.»

«Ja, ich nehme an, Touristen finden es sehr malerisch hier», meinte Luchita gedankenverloren.

«Ich glaube nicht, daß man uns mit normalen Touristen vergleichen kann», entgegnete Mrs. Slade. «Wir lassen uns einfach treiben, verstehen Sie: wie es uns gefällt und wann es uns gefällt. Anders geht es nicht. Gruppenreisen haben so etwas... Entwürdigendes. Uns kommt es darauf an, unabhängig zu bleiben. Nicht gezwungen zu sein, im voraus zu reservieren.»

Luchita hörte nicht zu, hatte aber den letzten Satz aufgeschnappt, der bei ihr nicht gerade auf Verständnis stieß. «Ich reserviere lieber so lange wie möglich im voraus, das sage ich Ihnen!»

Mrs. Slade geriet ein wenig außer Fassung. «O ja, sicher...» Sie lachte, wußte nicht mehr, was sie hatte sagen wollen und lächelte dann, um ihren plötzlichen Meinungsumschwung zu verbergen. Sie starrte Luchita neugierig und mit dem eigenartigen Gefühl an, eine fremdartige Spezies zu studieren. Señor Soto und Taylor standen noch immer in der Tür und redeten. Hinter ihnen ging die Sonne unter.

«Es wird von Minute zu Minute heller!» rief sie.

Señor Soto kam herüber und hockte sich vor sie auf den Boden.

«Ich habe heute Gedichte aus Java gelesen», erzählte er. «Dabei bin ich auf eine Zeile gestoßen, die mir nicht mehr aus dem Kopf geht.»

«Gedichte aus Java?»

«Genau. Hören Sie: *Der Mond ist herrlicher als ein*

junges Mädchen, das sein Gesicht abwendet. Gefällt es Ihnen?»

«Ich bin nicht ganz sicher, ob ich es verstehe», sagte sie entschieden, als ob sie ihn daran hindern könnte weiterzusprechen.

Er lachte, nahm ihren Arm und zog sie hoch. »Kommen Sie mit und schauen Sie sich den Sonnenuntergang an. Ich erkläre es Ihnen.» Sie traten an Dr. Slade vorbei auf die Terrasse.

«Wollen Sie sich den Sonnenuntergang auch noch einmal anschauen?» fragte Luchita und lächelte Dr. Slade zu.

«Nein, ich glaube nicht.»

«Dann kommen Sie und setzen Sie sich ein wenig zu mir.»

Sie erzählte ihm vom Orchester ihres Vaters, wie sie alle zusammen Havanna verlassen hatten und nach Paris gegangen waren, wo sie großen Erfolg hatten, so daß sie viele schöne Kleider bekam. Doch dann war ihr Vater gestorben, und das Orchester mußte aufgelöst werden. Ihre Mutter war gezwungen gewesen, den Musikern Geld zu leihen, damit sie nach Havanna zurückkehren konnten. Schließlich waren sie völlig verarmt, und das war auch der Grund, warum sie so schnell wie möglich nach Paris zurückkehren mußte. «Wie soll ich wissen, ob meine Mutter überhaupt noch am Leben ist?» seufzte sie.

«Ich kann gut verstehen, daß Sie zurück wollen», sagte er mitfühlend. «Wahrscheinlich werden Sie sich hier kaum erholen, solange Sie solche Sorgen haben. Im Gegenteil, es macht alles nur noch schlimmer.»

«Ich weiß.»

«Dann sollten Sie so bald wie möglich aufbrechen», sagte er und versuchte seiner Stimme einen väterlichen Tonfall zu geben. Er hatte den leisen Verdacht, daß sie ihn für senil hielt.

Am späten Nachmittag hatte Luchita ziemlich viel geraucht. Jetzt war sie vom Klang ihrer eigenen Geschichte so gefesselt, daß sie ihn nur noch in seiner Eigenschaft als Zuhörer wahrnahm. Sie hatte ihren Drink nicht angerührt, seit Day auf die Terrasse gegangen war. Plötzlich verstummte sie und stand auf. «Ich muß jetzt gehen, mein Sohn braucht sein Essen», sagte sie und verschwand.

Mrs. Slade stand neben ihrem Gastgeber und schaute zu, wie das Tal sich immer mehr in der Dunkelheit verlor, während er ihr die möglichen Bedeutungen der Gedichtzeile erläuterte. Sie hatte keine Ahnung, wovon er sprach, denn sie hörte nicht zu. Als sie den Eindruck gewann, daß er fertig war, sagte sie: «Dieses Mädchen, Ihr Gast. Ein verrücktes kleines Ding, nicht?»

Er zog die Augenbrauen hoch. «Es ist gar nicht so einfach dahinterzukommen, wie sie ist», sagte er nachdenklich.

«Aber hören Sie auf! Das dürfte Ihnen doch nicht schwerfallen!»

«Es ist nicht so, wie Sie denken», protestierte er.

«Gott behüte», gab sie lachend zurück.

Er blickte sie an, ohne etwas zu sagen. Sie fühlte sich zurückgewiesen. Nach einer Weile fuhr er fort: «Zum einen raucht sie ziemlich viel. *Marijuana*, verstehen Sie?» Er sprach das Wort spanisch aus.

«Können Sie das nicht verhindern? Haben Sie denn

keinen Einfluß auf sie? Sie ist doch noch viel zu jung, um ihr Leben zu ruinieren.»

«Es hält sie einigermaßen ruhig», sagte er lachend. «Und außerdem ist es mir zuwider, andere Menschen ändern zu wollen.»

Mrs. Slade warf ihm einen vorwurfsvollen Blick zu. «Ich fürchte, ich könnte nicht ruhig danebensitzen und mitansehen, wie ein Mensch, an dem mir etwas liegt, oder auch einer, an dem mir *nichts* liegt, sich zugrunde richtet – ohne auch nur den Versuch zu unternehmen, ihn davon abzuhalten.»

«Wissen Sie», sagte er mit ernsthaftem Gesicht, «bisher habe ich keinerlei Anzeichen für selbstzerstörerische Tendenzen an Luchita bemerkt, von daher ist es schwierig, etwas dazu zu sagen.»

Das brachte Mrs. Slade zur Besinnung. «Natürlich. Außerdem geht es mich ja nichts an», sagte sie steif.

«Warten Sie, ich hole Ihnen einen neuen Drink», meinte er und wollte nach ihrem Glas greifen. Doch sie hielt es fest und schüttelte den Kopf. «Ich glaube, ich möchte jetzt lieber hineingehen. Es wird plötzlich kühl.»

Drinnen saß Dr. Slade allein da und strich mit der Hand geistesabwesend über das Chinchilla-Fell, auf dem er saß. «Oh, ich dachte, du würdest dich mit–», sie zögerte, «–mit der jungen Dame unterhalten.»

«Sie mußte sich um das Kind kümmern», sagte er betont. Sie warf ihm einen schnellen Blick zu, um zu sehen, was für ein Gesicht er machte. Im gleichen Augenblick schaute er auf, und sie erkannte in seinen Augen das vorwurfsvolle Glitzern – jenen Ausdruck, mit dem er sie daran zu erinnern pflegte, daß er ihretwegen Höllenqualen ausstand. Das Mädchen ging ihm auf die Nerven und Señor Soto ebenfalls, und alles war nur ihre Schuld. Sie ging hinüber und setzte sich neben ihn.

«Es ist hübsch, nicht wahr?» sagte sie und beobachtete, wie seine Hand über das Fell strich.

«Hübsch?» wiederholte er ausdruckslos.

Das Telefon läutete. Sie hörten, wie Señor Soto den Hörer abnahm und sich meldete. *«Diga. Quién habla?»* Dann wechselte er ins Englische und lachte. «Ich denke schon, daß er das tun würde. Am besten frage ich ihn einfach mal. Aber hol mir Dirk an den Apparat.» Er wandte sich um und rief: «Dr. Slade! Würden Sie kurz mit einem kranken Freund von mir sprechen? Er kommt gerade ans Telefon. Ich hatte ihm von Ihrem Besuch erzählt.»

Dr. Slade erhob sich und war schon auf dem Weg zum Telefon, wo Soto ihn mit dem Hörer in der Hand erwartete. «Aber natürlich, gern.»

Und so kam es, daß er fünf Minuten später spürbar erleichtert wieder neben Señor Soto im Wagen saß und tief die würzige Abendluft einsog, während sie um den Berg herum auf ein hochgelegenes Tal zusteuerten.

«Es geht nur bis Los Hermanos, falls Ihnen das etwas sagt. Ein kleiner Ort, etwa zwanzig Minuten von hier. Sie können sich nicht vorstellen, was es für ihn bedeutet, daß Sie ihn besuchen.»

«Ich werde im Grunde nicht viel für ihn tun können, verstehen Sie. Ich habe schon jahrelang nicht mehr praktiziert.»

«Sicher, aber es wird ihn moralisch aufrichten. Schließlich ist er Amerikaner und vertraut nur amerikanischen Ärzten.»

«Natürlich», antwortete Dr. Slade.

Sie erreichten den Paß. Unversehens wurde es eiskalt. Die Sterne, die am stillen, dämmerigen Himmel aufgingen, erschienen ungewöhnlich groß und hell. Dann schoß die Straße plötzlich spiralförmig abwärts, durch dunkle Wälder in ein windstilles Tal, das unter der üppigen Vegetation zu ersticken drohte. «Das ist Los Hermanos», sagte Señor Soto. Er wandte den Kopf, um zu erkennen, wie sein Gast auf die ärmliche Ansammlung von strohgedeckten Hütten und kastenförmigen Lehmhäusern reagierte, die zu beiden Seiten der Straße vorbeiglitten. Seit sie das Tal erreicht hatten, begleitete sie das Quaken der Frösche, das nicht einmal hier, im Zentrum der Ortschaft, verstummen wollte.

Dr. Slade ließ sich nicht anmerken, ob er ihn verstanden hatte. Er schaute in die grasüberwucherten Straßen, die sie kreuzten. In jeder gab es zwei oder drei Bogenlampen, unter denen ein paar Kinder herumlungerten. Dahinter war nur noch die dunkle Mauer des Waldes. Er konnte sich des Eindrucks nicht erwehren, daß jede einzelne dieser Straßen, auf die sie zukamen und deren wechselnde Licht- und Schattenbilder er in sich aufnahm, zu einem Teil seiner selbst gehörte, ja, daß er hier womöglich schon einige Zeit gelebt hatte. Er dachte, daß diese schäbige kleine Stadt wahrscheinlich ein Modelldorf in den Augen des Schöpfers war: In solchen Orten sollten wohl alle Menschen leben. Der Singsang der Frösche hätte seit Anbeginn dazugehören können. Und noch etwas: Er begann, sich eines immer stärker werdenden

Unwohlseins bewußt zu werden; eine immense Schwere erfüllte ihn. Er schloß die Augen. Ich habe mich erkältet, dachte er. In diesem Moment verließ der Wagen die Straße und bog in einen schmutzigen Feldweg ein. Zu beiden Seiten wölbte sich der Dschungel über ihnen. Señor Soto fuhr langsam, wandte nur ab und zu den Kopf, um einen Blick auf den Doktor zu werfen. Der Lärm der Frösche und Insekten war ohrenbetäubend.

Dr. Slade starrte auf die Schlingpflanzen und das Gewirr der Äste über ihm. Dann schloß er wieder die Augen. Was er gesehen hatte, war zu schrecklich. Einen Augenblick zuvor hatte er entdeckt, daß die Frösche einen Chor bildeten, der einem bestimmten Rhythmus folgte. Und dann, im Bruchteil einer Sekunde, als er die chaotisch wuchernde Vegetation über sich betrachtete, sah er deutlich, wie jedes Blatt, jeder Zweig und jeder Ast im gleichen Rhythmus pulsierte und exakt der Vorgabe der Frösche folgte. Er legte die Hände auf die Brust und stöhnte.

«Für so etwas hier bräuchte man einen Jeep», bemerkte Señor Soto.

«Ja», antwortete er mechanisch. Einen Moment schien es ihm besser zu gehen. In solchen Höhen ist Alkohol gefährlich, dachte er und nahm sich vor, in Zukunft vorsichtiger zu sein, wenn er trank.

Der Wagen stoppte. Ein Indianer im Overall, der in einer Hand ein Gewehr hielt, schwang das große Tor nach innen auf. *«Si, Señor»*, nickte er und ließ sie passieren. Sie fuhren durch einen Garten. Niedrige Palmen säumten die Einfahrt. Weiter vorn, im Schutz einer dunklen Masse von Büschen stand ein Wagen. Señor Soto parkte daneben und machte den Motor aus. Selbst hier war der Gesang der Frösche nicht zu überhören. Der Lärm, den sie veranstalteten, unterschied sich in nichts von dem im Dschungel. Die Scheinwerfer erloschen, im schwachen Licht der Sterne glühte der Garten in unwirklichen Farben.

Also schön, bringen wir es hinter uns, sagte sich Dr. Slade. Er tastete nach dem Türgriff, stieg aus, machte zwei, drei Schritte auf dem federnden Rasen und hob dann den Kopf. Genau vor ihm, keinen Meter entfernt, entdeckte er ein Gesicht – eine Schnauze vielmehr, denn sie gehörte sicherlich zu einem Tier –, das ihn mit schrecklicher Eindringlichkeit anstarrte. Es rührte sich nicht und bestand aus einer geheimnisvollen, stetig tropfenden Substanz. Rührte sich nicht und mußte sich doch irgendwie bewegt haben, denn jetzt stand das Maul noch weiter offen. Lange verkrümmte Sehnen erschienen auf beiden Wangen. Gebannt und ungläubig beobachtete Slade, wie mit einemmal der gesamte Kiefer schmolz und abfiel, während der obere Teil der Schnauze unbewegt blieb. Nur die Augen loderten noch wilder als zuvor, fast als wollten sie ihm bedeuten, daß er früher oder später dafür würde zahlen müssen, daß er in diesem Augenblick Zeuge ihrer Qualen gewesen war. Slade trat einen Schritt zurück und blickte noch einmal in Richtung des Gesichts. Er sah nur Blätter und Schatten von Blättern – kein Gesicht, keine Augen, nichts. Die Blätter pulsierten vor Energie. Jeden Moment konnten sie anschwellen und zu etwas ganz anderem werden.

«Der Eingang ist gleich hier drüben», sagte die

Stimme eines Mannes. Er schaute auf, konnte jedoch niemanden sehen. Langsam sackte er in die Knie, hockte sich ins Gras, umfaßte mit beiden Armen seine Beine und ließ den Kopf darauf sinken, bis er nur noch die Erde unter sich sah.

«Ist Ihnen nicht gut?» fragte die Stimme.

«Ich bin–» Er brachte nichts heraus. Der Gesang der Frösche stieg stetig an, höher und höher. Wenn es überhaupt ein menschliches Wesen in seiner Nähe gab, konnte es nur ein Fremder sein.

Der Fremde half ihm auf die Beine. Eigentlich war es nicht schwieriger, einen Fuß vor den anderen zu setzen, als zusammengekauert den Fröschen zu lauschen. Ein Teil seiner selbst war ausgesperrt und versuchte verzweifelt, sich mit dem anderen, eingesperrten, zu vereinen, aber er war nicht imstande, darüber nachzudenken. An beiden Seiten seines Halses klafften kiemenartige Öffnungen; er spürte, wie sie sich gleichmäßig öffneten und schlossen.

«Sie waren draußen an der Sonne, *no*?»

Ein roter Dschungel. Flurlampen und Läufer in den Lichtungen, dahinter Reihen von Büchern im Schatten. Eine bewohnte Wildnis, doch die Menschen waren ihm fremd. Man hielt eine Tasse mit heißer Flüssigkeit an seine Lippen. «Können Sie trinken?»

«Alles in Ordnung.» Das war wohl die Antwort, die man von ihm erwartete, und deshalb gab er sie, doch zugleich war er sich bewußt, daß die Außenwelt in einem rasenden Wirbel von ihm wegrauschte, daß sie sich zurückzog vor der unerträglichen Übelkeit, die in ihm aufstieg. Und er erkannte, daß es bald nichts anderes mehr geben würde als die ekelerregende Realität seiner selbst, gefangen in den einsamen Räumen der Existenz.

18

Als Vero und der alte Amerikaner gegangen waren, lief Luchita durch die Wohnung und knipste alle Lampen an. «Manchmal mag ich viel Licht», erklärte sie, «es gibt mir das Gefühl, daß etwas passiert, wissen Sie.» Sie kehrte zur Couch zurück und streckte sich auf den Kissen aus, die Hände unter dem Kopf.

«Ja, das kann ich verstehen.»

«Haben Sie je das Gefühl, daß überhaupt nichts passiert?»

Mrs. Slade musterte sie mißbilligend. «Ich glaube nicht, nein.»

Luchita richtete sich halb auf. «Sie meinen, das ist Ihnen *noch nie* passiert?»

Mrs. Slade schien keine Lust zu haben, sich darüber zu unterhalten. «Wie alt ist Ihr Kind?» fragte sie.

«Wollen Sie es sehen?»

Jetzt wirkte sie munterer. «O ja.»

Luchita führte sie in das kleine Zimmer, wo Pepito vor seinem Abendessen saß.

«Pepito, das ist Mrs. Slade.»

Er lächelte und löffelte weiter seinen Brei.

Sie kehrten in die Bibliothek zurück. Am Himmel war kein Licht mehr zu sehen. «Wie lange werden sie wegbleiben?» fragte Mrs. Slade. Sie fand es nicht gerade angenehm, mit diesem seltsamen Mädchen allein bleiben zu müssen.

«Sie werden bald zurück sein. Es ist nicht weit», sagte Luchita. Ein Teil ihrer Hilfe für Vero bestand darin, diese nicht sehr freundliche junge Frau zu unterhalten, solange er fort war. Sie sprach noch einmal von Paris.

Plötzlich fiel Mrs. Slade ihr ins Wort. «Ihr Mann», sagte sie und schüttelte nervös den Kopf, «wo ist er?»

«Ich war noch nie verheiratet», antwortete Luchita ernst, als wäre sie überrascht, daß man so etwas vermuten könnte. «Und *er* wird mich bestimmt nicht heiraten!» Sie lachte, um zu zeigen, daß sie sich keinerlei Illusionen hingab.

Mrs. Slade blieb stumm. Nach einer Weile fragte sie: «Und wer ist der Vater des Kleinen?»

«Ach, ein Engländer», sagte Luchita teilnahmslos.

«Unterstützt er Sie nicht?»

«Es war irgend jemand in England. Ich weiß nicht, wer», erklärte Luchita. «Pepito sieht ein bißchen englisch aus, finden Sie nicht?»

Das konnte nur Absicht sein. Das Mädchen versuchte, eine Reaktion zu provozieren, aber diesen Gefallen würde sie ihm nicht tun. «Es gibt so viele verschiedene englische Typen», sagte sie gleichgültig, «daß man eigentlich nicht sagen kann, jemand sehe englisch aus oder sonstwie. Jeder ist eben anders.»

«Das ist verrückt», sagte Luchita, an Havanna denkend. Doch dann fuhr sie hastig fort: «Als ich jung war, habe ich eine Zeitlang in England gelebt.»

Mrs. Slade lachte auf, als sie sich daran erinnerte,

was sie beim ersten Anblick des Mädchens im Patio gedacht hatte.

«Ich bin dort auf die Kunstschule gegangen. Und dann habe ich beschlossen, Künstlerin zu werden.»

«Oh, Sie malen?» Das klang interessiert, obwohl sie ganz und gar nicht so aussah.

«Ich zeichne, mit Pastellfarben.»

«Pastelle sind hübsch», sagte Mrs. Slade obenhin.

«Wenn Sie sie sehen möchten, zeige ich sie Ihnen.» Unbewußt gab sich Luchita in diesem Augenblick einen professionellen Anstrich: Sie warf ihr einen langen Blick zu, der kindlich-unschuldig und sexy zugleich wirkte. Mrs. Slade ließ sich nicht anmerken, ob sie ihn bemerkt hatte und sagte: «Holen Sie sie doch. Ich würde mir sehr gern einige anschauen.»

Luchita sprang auf wie ein kleines Mädchen im neuen Ballkleid seiner Mutter, rauschte durch das Zimmer zu einer Truhe und nahm eine Mappe heraus.

Die Zeichnungen hatten alle das gleiche Format. Sorgfältig legte sie sie in der Mitte des Fußbodens in vier Reihen aus, wie Spielkarten. Sie waren das Werk eines aufgeweckten Kindes, das sich bestimmte, immer wiederkehrende Muster aus Comic-Heften zu eigen gemacht hatte. Es gab Sonnenuntergänge am Meer, stark geschminkte Filmstars und ein paar nicht identifizierbare Tiere. Luchita stand auf und betrachtete sie mit einem Ausdruck liebevoller Aufmerksamkeit, die Arme auf dem Rücken verschränkt.

«Was ist das hier?» fragte Mrs. Slade ausdruckslos und deutete auf eine orangerote Kreatur mit vielen Zähnen, die unter einer kaktusähnlichen Pflanze lag.

«Oh, das ist ein Löwe. Ich hätte ihn um ein Haar unten im Embassy Club verkauft. Aber dann traf der Mann einen alten Freund, und sie gingen zusammen weg. Wahrscheinlich war er hinterher zu betrunken.»

«Ach, Sie verkaufen sie?» Day versuchte sich ihre Ungläubigkeit nicht anmerken zu lassen.

«Natürlich! Deshalb mache ich sie doch! Ich versuche das Fahrgeld für Paris zusammenzukriegen.»

«Das verstehe ich nicht ganz», sagte Day. «Wohnen Sie denn nicht hier? Ich meine, in diesem Apartment?»

«Manchmal bleibe ich», sagte Luchita ausweichend, «manchmal gehe ich nach Hause.»

«Ah, ich verstehe.» Mrs. Slade schwieg. «Und Sie verkaufen Ihre Bilder in Bars und Kneipen.»

«Vor ein paar Wochen hat mir ein Mann einmal zwanzig auf einmal abgekauft. Aber das ist nicht immer so.»

«Zwanzig!»

«Vero meint, ich sollte unterschiedliche Preise verlangen. Aber ich nehme fünf Dollar pro Stück.»

«Das scheint mir ein vernünftiger Preis zu sein», sagte Mrs. Slade vorsichtig. «Sie sind wahnsinnig gut. Ich hoffe, Sie verkaufen sie alle.»

«Welches finden Sie am besten?»

Aha, jetzt kommt es, dachte Mrs. Slade. «Oh, sie gefallen mir alle», sagte sie unbestimmt, «aber ich habe noch nie in meinem Leben ein Bild gekauft. Ich habe keinen Platz in meinem Haus.»

«Paris war schön. Ich habe ungefähr achttausend Francs am Tag verdient.»

«Sie meinen, mit Ihren Bildern?»

«Ich habe mit Kreide auf den Bürgersteig gemalt.

Immer stand eine riesige Menschenmenge um mich herum.»

«Auf den Bürgersteig!» rief sie. «Haben Sie das hier auch versucht?»

«Vero sagt, es ist verboten. Aber ich könnte es.»

«Lassen Sie es lieber bleiben!»

Luchita kniete hin und betrachtete einen Moment lang schweigend die Zeichnungen, ehe sie sie wieder einsammelte.

Die Kleine ist nicht ganz beieinander, dachte Mrs. Slade, während sie sie beobachtete.

Als Luchita gerade versuchte, die Mappe wieder in der Truhe zu verstauen, öffnete sich plötzlich die Tür, und Señor Soto kam herein. «Tut mir leid, daß es so lange gedauert hat», sagte er lächelnd.

Mrs. Slade sah ihn an. «Wo ist Taylor?» Als er nicht antwortete, wiederholte sie: «Wo ist Dr. Slade?»

Mit dem gleichen trägen Lächeln, als hätte er ihre Frage nicht gehört, trat er auf sie zu und schaute nachdenklich auf sie herunter. «Es geht ihm gut. Er fühlte sich nicht ganz wohl; ich habe ihn deshalb gedrängt, sich hinzulegen.»

Mrs. Slades Augen weiteten sich. «Fühlte sich nicht ganz wohl? Was ist los mit ihm?»

Luchita sank auf ein Sitzkissen. Sie war überzeugt, daß Vero wieder einmal log, und das beunruhigte sie, denn sie konnte keinen Grund dafür finden. Er klopfte Mrs. Slade beruhigend auf die Schulter. «Wenn Sie wollen, fahre ich Sie auf der Stelle hin, und wir kommen alle zusammen zurück. Wenn nicht, fahre ich etwas später allein und hole ihn ab. Mir ist es gleich.»

«Was soll sie denn in Los Hermanos?» fragte Luchita plötzlich.

Er wandte den Blick nicht von Mrs. Slades Gesicht. «Es liegt ganz bei Ihnen.»

Mrs. Slade blieb einen Augenblick sitzen, ohne sich zu rühren, und sprang dann auf. «Kann ich einen Wodka mit Eis haben?»

Er trat einen Schritt zurück; auf seinem Gesicht spiegelte sich Bestürzung. «Wie wäre es mit einem Sandwich und Salat? Es ist schon nach neun.»

«Nein, nein», protestierte sie, aber er schien sie nicht zu beachten und schickte Luchita in die Küche.

«Ich möchte nur einen Drink», beharrte Mrs. Slade, aber er sprach schon weiter. «Sie haben diesen Balkon hier draußen noch nicht gesehen. Dort gibt es einen Teich mit Fröschen.»

Sie hielt den Mund und ging verärgert neben ihm her. Offensichtlich wandte er dieselbe Taktik an, die er schon gestern bei ihr ausprobiert hatte. Als sie durch die Tür traten, nahm er sie am Arm. Draußen blieben sie einen Augenblick stehen und schauten zu den Sternen hinauf. Er hielt sie noch immer am Arm.

«Hier ist es etwas ruhiger und geschützter», sagte er. «Der Wind dringt nicht bis hierher. Dafür hat man natürlich auch keinen Ausblick, außer auf die Bäume.»

Er führte sie zum Geländer. Sie beugten sich darüber und schauten auf die Straße hinab und auf die hohen Palmen, die sich schwarz vor dem nachtblauen Himmel abzeichneten.

Er seufzte auf. «Ich dachte, wir würden heute abend ausgehen. Ich wollte Ihnen und dem Doktor ein paar

Sachen hier zeigen, zwei oder drei kleine Restaurants, wo Touristen sonst nicht hinkommen.» Er machte eine Pause. «Vielleicht verschieben wir es auf morgen. Er schläft heute nacht einmal richtig aus und ist morgen früh wieder auf dem Damm. Wie alt ist er?»

«Siebenundsechzig, glaube ich», sagte sie. Die Frage ärgerte sie. Irgendwie hatte sie das Gefühl, sie hätte lügen sollen.

«Tatsächlich? Ich hätte ihn für bedeutend jünger gehalten.» Er zögerte einen Augenblick. «Wollen Sie mit mir nach Los Hermanos kommen? Die Hacienda ist einen Besuch wert. Siebzehntes Jahrhundert.»

«Ich will einen Drink.» Trotz der Dunkelheit konnte er erkennen, daß sie ihn böse anstarrte, und sie wußte es.

«Es ist ein herrliches altes Gebäude», fuhr er fort und erwiderte ihren Blick, lockerte jedoch zugleich den Druck seiner Finger auf ihrem Arm.

«Einen Drink», sagte sie noch einmal, langsam und deutlich, mit vor Wut brüchiger Stimme. Sie spürte, wie er ihren Arm losließ.

«O ja, natürlich.» Er wandte sich ab und ging hinein.

Du mußt dich beruhigen, sagte sie sich. Sie schlenderte zu dem Teich und teilte die großen, glatten Blätter einer Schlingpflanze, die vom Spalier herabhing. Ein Frosch sprang ins Bassin; das Wasser machte ein Geräusch, das wie *blip* klang. Sie hörte, wie Señor Soto die Paneele beiseite schob und Schranktüren zuschnappen ließ. Sie stand regungslos da.

Als er zurückkam, war er bedrückt, fast bekümmert. «So, hier ist Ihr Drink», sagte er und reichte ihr vorsichtig das Glas. Sie bildete sich ein, einen nachdenklichen

Ausdruck in seinen Augen zu entdecken, als er ihr beim Trinken zusah. Kurz darauf erschien Manuel mit einem Tablett voller Sandwiches und einem Teller für sie.

«Ich bin froh, daß Sie doch noch etwas zu sich nehmen wollen», sagte er, «in den Bergen wird es kühl sein.»

Sie drehte sich um. «Ich komme nicht mit. Ich würde lieber hier warten, wenn Sie nichts dagegen haben.»

«Natürlich, ganz wie Sie wollen.» Er versuchte nicht, sein Mißfallen zu verbergen.

«Schauen Sie», sagte sie. «Ich will mich einfach nicht anstrengen, nur um entspannt zu bleiben – denn Autofahren bei Nacht macht mich nervös. Sie sagen, er ist nicht in Gefahr, und ich verlasse mich auf Ihr Wort.»

«Natürlich ist er nicht in Gefahr.»

Luchita erschien in der Tür. «Braucht Ihr noch irgendwas?»

«Wenn Sie wirklich nicht mitkommen wollen, fahre ich am besten gleich los. Ich bin in etwa einer Stunde wieder da.»

«Tut mir leid, daß wir Ihnen so viele Umstände machen», sagte sie ein wenig fröstelnd.

Er drehte sich schon auf der Türschwelle um und blickte sie einen Augenblick an, als sei er überrascht. Drinnen besprach er noch etwas mit Luchita. Sie hörte, wie ihre Stimmen leiser wurden, als sie ein anderes Zimmer betraten. Es dauerte noch zehn Minuten, bis er ging.

19

Selbst auf dem geschützten, kleinen Balkon war es zu kühl; sie ging wieder hinein. Luchita lag auf ein paar Kissen und beschäftigte sich mit Zigarettenpapierchen. Ein Rauch, der nach Gräsern und entfernt nach Katzenfell roch, trieb durch den Raum.

«Es ist kühl draußen», erklärte sie.

Luchita sah auf. «Wie heißen Sie?» sagte sie wie ein kleines Kind zum andern.

Mrs. Slade blieb stehen. «Warum –»

«Ich meine, ich habe gehört, wie der Doktor Sie Day nannte. Ich frage mich, wie Sie in Wirklichkeit heißen.»

Sie fühlte sich unbehaglich. «Nun, ich hieß – ich meine, ich heiße immer noch –», sie lachte, «– Désirée. Dr. Slade hat diesen Namen nie gemocht, deshalb fing er an, mich Day zu nennen. Sie wissen schon. Jedenfalls kann ich Désirée nicht ausstehen.»

Sie hatte das Gefühl, daß ihre Erklärung zu unbeholfen war, denn die Kleine schien nicht zu verstehen. «Sie sollten ihn zwingen, Sie Désirée zu nennen», murmelte sie vor sich hin.

«Das würde er nie tun», sagte Mrs. Slade gleichgültig. Er hatte gesagt, daß Day zu ihr paßte, und er war es schließlich, der diesen Namen gebrauchen mußte. Plötzlich spürte sie eine körperliche Bedrohung; irgend etwas zog sie auf beiden Seiten nach unten, und sie hatte den Eindruck, daß der Fußboden sich leicht bewegte. Das Herz schlug ihr bis zum Hals, aber sie blieb regungslos stehen.

«Gibt es hier Erdbeben?» fragte sie plötzlich und dachte an den Abgrund unter dem Balkon.

Luchita war etwas direkter. «Ich habe nichts gemerkt», sagte sie, rollte sich zusammen, zog die Knie an die Brust und umschlang sie mit den Armen. «Sie?»

«Ich weiß nicht.» Unentschlossen stand sie mitten im Zimmer und registrierte eine Welle von Angst, die über ihr zusammenzuschlagen drohte. Luchita beobachtete sie mißtrauisch. «Warum legen Sie sich nicht etwas hin?»

Gehorsam streckte Day sich auf dem Chinchilla-Fell aus. Vielleicht war es möglich, den Brechreiz auf diese Weise zu vertreiben. «Ich bin ziemlich unruhig», erklärte sie.

«Entspannen Sie sich», sagte Luchita. Dann stand sie auf und dämpfte das Licht.

Wenig später sagte Mrs. Slade: «Ich fühle mich wirklich nicht besonders gut. Aber ich glaube nicht, daß ich mich übergeben muß.»

Irgendwo hinter ihrem Blickfeld glühte jetzt ein gasförmiges blaues Licht auf, und sie hatte den Eindruck, daß da auch eine endlose Musik erklang, Musik, die stumm war und doch gegenwärtig, ähnlich den pfeifenden tiefen Tönen eines Harmoniums. Wenn sie sich räusperte, hörte sie nur dieses Geräusch und dahinter die Musik.

«Sie haben eine Menge hinter sich. Sie haben die ganze Stadt besichtigt. Und Sie sind es nicht gewöhnt, in solcher Höhe zu leben. Es ist schrecklich, ich hasse es!» sagte Luchita. Sie füllte die zerhackten Blätter in die Maschine und drehte eine neue Zigarette.

Mit einemmal fuhr Mrs. Slade hoch und starrte vor

sich hin. «Malaria. Glauben Sie, daß ich Malaria habe? Ich fühle mich wirklich elend. Schrecklich.» Die Furcht hatte sie von neuem erfaßt, zuckte durch ihre Eingeweide.

«Malaria ist nicht schlimm», sagte Luchita teilnahmslos. «Man nimmt nur ein paar Pillen.»

Mrs. Slade ließ sich wieder zurückfallen. «Es ist so stark», hörte sie sich sagen, während sie die Augen schloß. Dann versank sie, beinahe wollüstig, in einer Welt undifferenzierter, flatternder Dinge, wo die Worte stumm waren und Farben zu Strukturen wurden. Dinge blühten auf und explodierten. Von weit unten, von den Grenzen ihres Bewußtseins, an die sie getrieben war, schrie sie auf.

«Mir ist kalt!»

Luchita kam herbeigeeilt. Sie legte ihre Hand auf Mrs. Slades Stirn.

«Sie haben keine Malaria», stellte sie fest. Dann warf sie noch eine leichte Felldecke über Mrs. Slade. Sie hatte Angst, daß sie die Krankheit auf Pepito übertragen könnte, wenn sie der Frau zu nahe kam.

«Sie brauchen einen Arzt», sagte sie unsicher. «Sie müssen nur warten, bis Vero zurückkommt. Er kennt einen Arzt.» Dann lachte sie. «Ich bin ja verrückt! Ihr Mann – er ist Ihr Arzt.»

Mrs. Slade hörte die Worte, aber sie hörte jedes einzeln, und jedes bildete den Ausgangspunkt für eine neue Idee, etwas völlig anderes. Ein unendlicher Roman entfaltete sich vor ihr; den Hintergrund erkannte sie als düstere Verzerrung der tatsächlichen Landschaft vor dem Apartment. Die Gegend war bevölkert, aber die

Gesichter konnte sie nicht sehen. Dann und wann, regelmäßig wie ein schmerzender Nerv, flackerte die Überzeugung auf, daß die Gesichter einer unbekannten, monströsen Rasse angehörten. Sie wurde auf eine Zeit zugetrieben, in der diese Gesichter nicht länger verborgen sein würden.

Sie stöhnte. Luchita sah besorgt auf: «Ich mache etwas Musik», schlug sie vor. Vero hatte gesagt: «Bitte, spiel nicht mit dem Kassettenrecorder oder dem Plattenspieler herum. Ich will, daß beides genau so bleibt, wie ich es eingestellt habe.» Trotzdem schaltete sie jetzt den Kassettenrecorder ein: afrikanische Trommeln, durchdringend, perfekt im Rhythmus, endlose Wiederholungen. Sie machte sich wieder an ihre Arbeit. Das präzise rhythmische Motiv lief weiter, Minute um Minute. Er hatte noch etwas gesagt, das ihr jetzt merkwürdig erschien: «Wenn ich nicht vor Mitternacht wieder zurück bin, sorge dafür, daß Mrs. Slade hier übernachtet. Bring sie in deinem alten Zimmer unter.» Sie hoffte, er würde früh kommen. Schlimm genug, daß ihr das Zimmer verwehrt wurde; sie wollte nicht auch noch gezwungen sein, es einer Fremden anbieten zu müssen.

Die Landschaft zerbröckelte, blätterte ab. Day saß wieder aufrecht und sah sich starr im Zimmer um. Luchita bemerkte die Bewegung und schaute auf:

«Soll ich Ihnen etwas zu trinken holen? Heißen Tee? Eine kalte Cola?»

Mrs. Slade sah, wie der Raum gallertartig wurde. Vor ihren Augen bebte die Wand und glänzte wie die Oberfläche von Aspik. «Kalte Cola», wiederholte sie mit belegter Stimme und ohne jede Betonung. «Kalte Cola.»

Als Luchita kurz darauf aus der Küche zurückkam, lag Mrs. Slade wieder auf dem Rücken. Sie sprach sie an, erhielt jedoch keine Antwort. Sie stellte das Glas hin. «Es steht hier auf dem Tisch, wenn Sie möchten», sagte sie. Dann fiel ihr ein, wenn Mrs. Slade wirklich krank war, wäre es vielleicht besser, sie gleich jetzt ins Bett zu bringen, ehe sie einschlief oder zu delirieren begann.

Endlich kam sie auf die Beine, aber sie weigerte sich zu gehen. «Weiter kann ich nicht!» rief sie verzweifelt und blickte Luchita an, als sähe sie sie zum ersten Mal; ihre Augen traten dabei stark hervor. «Wo ist mein Mann?»

Sie tut nur so, dachte Luchita, als sie den verzweifelten, gequälten Gesichtsausdruck sah. Sie nahm sie am Arm, sagte: «Wir müssen durch den Patio» und führte sie auf Zickzackkurs in diese Richtung. Als sie in das Schlafzimmer kamen, bauschte der Wind die langen Seidenvorhänge. «Hier ist das Badezimmer.» Mit einer Hand griff Luchita durch die dunkle Türöffnung und knipste das Licht an. Aus dem Augenwinkel sah sie, daß Mrs. Slade jeden Augenblick auf das Bett sinken würde. «Nein, nein», rief sie und lief zurück, um sie daran zu hindern. «Setzen Sie sich hierhin.» Sie drängte sie in einen Sessel und drückte heftig auf einen Schalter an der Wand. Während sie auf das Mädchen wartete, nahm sie eine Felldecke vom Bett, schlug die Laken zurück und schüttelte das Kissen auf. Dann klopfte es an der Tür. Sie öffnete und sagte mit leiser Stimme etwas zu Paloma. Schließlich wandte sie sich wieder an Mrs. Slade, die zusammengesunken im Sessel kauerte und die Hände rang. «Paloma wird Ihnen helfen. Legen Sie sich hin und ruhen Sie sich ein wenig aus.»

Da Mrs. Slade nicht so aussah, als hätte sie verstanden, ging Luchita aus dem Zimmer und zog die Tür hinter sich zu.

Paloma beäugte die fremde Dame mißtrauisch; sie hatte genug *gringas* gesehen, um zu wissen, daß diese hier betrunken war. Sie half ihr aufstehen und streifte ihr das Kleid und den Slip ab. Dann nahm sie einen Musselin-Morgenmantel aus dem Schrank. Der Wind blies durch die Tür, die auf den Balkon führte, und die Vorhänge flatterten unregelmäßig in den Raum. Die Dame zitterte vor Kälte, und sie zitterte noch immer und schüttelte sich heftig, als sie, den Gürtel des Morgenrocks endlich um die Taille geknotet, ins Bett schlüpfte. Paloma beobachtete sie einen Augenblick und kam dann zu einem anderen Schluß: Die Dame nahm Drogen. Sie hatte Filme gesehen, die Süchtigen hatten sich fast genauso verhalten wie sie jetzt. Und sie fuhr fort, auf sie herunterzustarren, während sich langsam ein Ausdruck von Abscheu auf ihrem Gesicht ausbreitete. Mrs. Slades zitternde Hände klammerten sich verzweifelt an das Bettlaken; sie versuchte sich zuzudecken. Paloma beobachtete sie nur. Sie beugte sich nicht hinunter, um ihr zu helfen. Diese *gringa* war kein Mensch. So endeten sie also.

Die weichen Leinenlaken waren schrecklich kalt. Wo immer sie die Haut berührten, schmerzten sie – auf den hohen Gipfeln, wo der Schnee funkelte, und in den Tälern, wo die Gletscher knirschten. Es war eine einzige Qual, und der Schmerz der Kälte durchbohrte ihren Körper wie das Zucken eines verborgenen Nervs.

Selbst als sie am Rand des Abgrunds balancierte, ertappte sie sich bei der Frage, wie es möglich war, sich in einem derart aufgelösten Zustand all dessen bewußt zu sein, was in ihrem Innern und in ihrer Umgebung vor sich ging, und gleichzeitig zu wissen, daß der Zersetzungsprozeß noch weiterging.

Natürlich war der Abgrund bodenlos, in den sie nun hineingezogen worden war. Auch dies war nur eine Stufe des langsamen Zerfalls: die Unfähigkeit, dem Gesetz der Schwerkraft zu gehorchen. Der Sturz verlief langsam, fast bequem. Als es dann schneller ging und ihr schwindlig wurde, schlug sie die Augen auf. Eine fremde Frau stand über sie gebeugt; ihr Gesicht war aus glänzendem, weißem Wachs. Haßerfüllt starrten ihre Augen auf sie herunter. Sie fuhr schreiend hoch und streckte den Arm aus, um den Dämon zu vertreiben. Im selben Moment wandte dieser sich ab und löschte das Licht. Dann ging er hinaus und schloß die Tür.

Das ferne Geräusch des Windes, der durch die Pinien fuhr, war ein wenig wie das Rauschen des Meeres; es erhob sich unten und drang gelegentlich durch die Tür ins Zimmer.

In der dunklen Höhle ihres Bewußtseins spielte sich derweil ein endloser Einzug in die Hölle ab: Städte gerieten ins Wanken und begruben sie unter ihren Trümmern, und jedesmal starb sie langsam, gefangen am Grund des Untergangs, und am feurigen Horizont türmten sich immer neue Städte auf, die ihren unmittelbar bevorstehenden Zusammenbruch hinauszögerten, bis sie in Reichweite war.

20

Ein kalter Wind fegt über den Gang, so war es bisher in jedem dieser Räume. Er kommt vom Patio. Die Türen sind geschlossen, aber er bläst unter ihnen hindurch. Man spürt ihn an den Knöcheln. Er geht barfuß, hat nichts am Leib als einen Bademantel, aber darüber denkt er nicht nach. Bis jetzt hat er noch in jedem Zimmer eine Tür gefunden, die ins nächste führte, so daß er nicht in den Patio hinaus mußte. Draußen zwischen den Büschen hängen ein paar trübe Lampen. Die Räume liegen alle im Dunkeln. Das ist gut, denn es ist sicherer im Dunkeln, auch wenn er beim Vorantasten manchmal gegen irgendwelche Gegenstände stößt.

Er horcht und hört das Geschrei der Frösche, doch sie scheinen weit entfernt. In den Räumen hängt der Geruch vieler Jahre; sie strahlen jene innere Stille aus, die man nur in sehr alten Gebäuden findet. Als er an einer offenen Tür zum Patio vorbeikommt, sieht er einen Augenblick hinaus und erkennt steinerne Säulen und Bogengänge. Er bewegt sich weiter vorwärts, aber mit solcher Vorsicht, daß er, selbst als er über ein Möbelstück stolpert, kein Geräusch verursacht.

Er weiß nicht, wo er hingeht; er will nur so weit wie möglich vom Bett fort. Der Traum, den er dort zurückgelassen hat, war so schlimm, daß er sich nicht einmal daran zu erinnern vermag. Andererseits könnte auch das noch Teil dieses Traumes sein: Jenes unveränderliche, schweigende Haus mit den Männern im Innern, die nur darauf warten, ihn zu schnappen. Doch was macht das schon – im

Traum? Losschlagen, die Möbel zertrümmern, schreien. Laß sie kommen, durch das Haus rennen.

Er lauscht mit angehaltenem Atem. Frösche. In der Ferne kläfft ein Hund. Nun ist ihm klar, daß er das Haus verlassen muß. Als er sich wieder bewegt, ist er weniger vorsichtig und stößt gegen einen Stuhl. Um dem Patio so fern wie möglich zu bleiben, tappt er zur gegenüberliegenden Wand. Am anderen Ende eines dieser Zimmer könnte er eine Tür finden, und vielleicht führt diese in den Garten. Als seine ausgestreckte Hand einen Vorhang berührt, tastet er sich die Falten entlang bis zum Ende, zieht den Stoff ein wenig vor und tritt dahinter. Das Fenster ist hoch und mit eisernen Gittern versehen. Aber das Leuchten der Sterne fasziniert ihn. Sie sind noch da, denkt er. Im gleichen Augenblick durchzuckt ihn die Angst, und er späht hinter sich ins Zimmer. Er hatte die Angst eine Weile vergessen; er war einfach nur gegangen. Dann erinnert er sich wieder: Es hat als Alptraum begonnen. Und verwandelt sich von neuem in einen Alptraum. Er wartet auf die Zeichen des Übergangs, und weil es keine Veränderung in der Stille und in der Dunkelheit gibt, fällt ihm mit einemmal auf, daß weder die Stille noch die Dunkelheit vollkommen sind. Da ist das Geräusch von raschelnden Blättern, die eine leichte Brise durch den Patio treibt. Der schwache Schein der Sterne, der durch eine Tür oder ein Fenster hereinfällt, hilft ihm gelegentlich, die Größe oder sogar die Form eines Tisches oder Stuhles zu bestimmen. Jetzt ist er sicher, daß er wach ist, daß seine nackten Fußsohlen tatsächlich weiche Teppiche und eisige Fliesen berühren: Das sind Oberflächen, die unterschiedliche Empfindungen auslösen. Aber die Welt drumherum? denkt er. Wie viele Zimmer mag es darin noch geben?

Die verputzte Wand, an der er sich entlanggetastet hat, endet an einem glatten, hölzernen Pfeiler. Aus dem Patio dringt etwas mehr Licht in den nächsten Raum; er hört eine Grille dort draußen. Eine Veränderung in der allgemeinen Akustik, und er schaut nach oben. Der Raum ist höher als die anderen; er bildet sich ein, im Schatten am anderen Ende des Raums einen Balkon zu erkennen.

Es stellt sich heraus, daß der große Raum keine Tür zu einem weiteren Zimmer hat. Seine Augen folgen dem Schwung eines Torbogens, der zum Patio führt. Als er näher kommt, treibt sacht der süße, nächtliche Duft pflanzlichen Lebens herein, und der Geruch verstört ihn. Um ihm zu entfliehen, zwingt er sich, einen Schritt vorwärts zu machen, durch den Torbogen hindurch, und sich umzuschauen. In einiger Entfernung hängt eine kleine Laterne zwischen den Büschen hinter der Arkade, versteckt im unruhigen Blätterwerk. Zur Linken führt eine breite Treppe nach oben. Noch immer ist nichts zu hören, bis auf den Chor der Frösche in der Ferne und das heisere Zirpen einiger Grillen im Patio. Er huscht hastig durch den nächstgelegenen Teil des Bogengangs und steigt die Treppe hinauf. Die Stufen bestehen aus glattem Stein und neigen sich leicht zur Mitte, wo sie von vielen Füßen ausgetreten sind.

Jetzt hört er eine Stimme. Sie scheint von einem Zimmer in ein anderes zu rufen, weit entfernt, am anderen Ende des Gebäudes. «Ja», ruft sie. Dann hört er nichts mehr und setzt leise seinen Weg fort. Von hier oben sieht der Patio genauso aus wie von unten; die Arkade führt nach links und geradeaus. Nur die Sterne sind deutlicher: keine Zweige verbergen sie.

Er eilt hastig zur nächsten offenstehenden Tür und tritt in das Zimmer. Im Patio würde man ihn entdecken können. Er ist ziemlich sicher, daß er aus einem dieser oberen Zimmer einen Weg nach draußen finden kann. Diesmal ist es viel schwieriger. Die Zimmer sind nur teilweise möbliert, und entlang der Wände häufen sich Stapel von Kisten. In den ersten Räumen hängt der muffige Geruch alten Staubs. Im dritten bleibt er plötzlich stehen: dieses riecht bewohnt. Unsicher bewegt er sich weiter vorwärts. Und dann ist da etwas vor ihm, ein Gegenstand, direkt an seinem rechten Auge. Er zuckt zurück und sieht auf. Es ist eine Skulptur, die sich düster über ihm erhebt. Er spürt, wie er das Gleichgewicht verliert, und macht einen Schritt zur Seite, in dem Bestreben, der Skulptur auszuweichen. Seine Hände greifen ins Leere und stoßen dann gegen etwas Kaltes, sehr Glattes. Im gleichen Augenblick ist das Zimmer von lautem Krachen erfüllt.

Er horcht in die sich ausbreitende Stille, hört jedoch nichts. Er fragt sich nicht, was passiert ist und was diesen Krach verursacht hat. Er lauscht angestrengt, hört immer noch nichts. Allmählich gewöhnt er sich an seine Umgebung. Er steht mit gebeugtem Kopf vor einem großen Flügel und schaut nach unten. Doch jetzt bemerkt er etwas. Zuerst spürt er es mehr unter seinen Füßen, als daß er es tatsächlich hört: etwas wie einen Stoß. Dann gesellt sich im Patio das Geräusch einer leisen Bewegung zu dem Zirpen der Grillen und dem Wind, der durch die Blätter streicht.

Sie kommen die Treppe herauf, ohne auf den Lärm zu achten, den ihre Schuhe auf den Stufen verursachen. Er steht da und wartet. Urplötzlich wird der Raum in Licht getaucht, und wie aus großer Höhe starrt er hinunter auf die geometrische schwarz-weiße Landschaft der Tastatur.

Sie sind sehr höflich. Machen vorsichtige Scherze mit ihm, während sie ihn sachte durch die Tür bugsieren und durch den überdachten Gang zur Treppe geleiten. Einer von ihnen sagt immer wieder, daß er Fieber habe und im Bett bleiben solle. Er antwortet, das sei nicht wahr, aber er habe sie sowieso erwartet. Sie scheinen ihn ein wenig zu fürchten, und er hat das Gefühl, daß dieser Respekt auf seinem vollkommenen Gehorsam beruht – ließe er Anzeichen von Divergenz in Meinung oder Verhalten erkennen, würde sich ihre Haltung ändern. Er hat schon immer geahnt, daß die Welt so ist. Es gibt keine Möglichkeit, ihr zu entfliehen. Sie kriegen dich und führen dich in aller Stille ab. Als sie die steinernen Stufen hinuntergehen, sagen sie, daß er eine Lungenentzündung riskiere. Er solle doch einsehen, daß er krank sei und im Bett bleiben müsse.

Sie sind wieder in der anderen Hälfte der Welt angelangt. Er hat den Eindruck, sie gut zu kennen: die Laterne hinter den Blättern, als sie durch die Arkade gehen, das Zirpen der Grillen, offene Türen, die in dunkle Räume führen, und andere Türen, die verschlossen sind und durch deren Ritzen es zieht.

Als sie wieder in seinem Zimmer stehen und er das Bett sieht, schaut er zu ihnen auf, als erwarte er, daß sie ihm befehlen, sich hinzulegen. Einer von ihnen sagt, er werde ihm einen heißen Tee kochen, vielleicht habe er sich erkältet. Wenn das Fieber nicht wäre, fährt er fort, würde er ihm auch einen Brandy geben.

«Fieber?» wiederholt er mit belegter Stimme und klettert ins Bett. «Fieber?» Er dreht den Kopf zur Seite, schließt die Augen und liegt still. In einer Hinsicht haben sie recht, diese beiden jungen Fremden: Er fühlt sich sehr krank.

Viel später, als jemand ins Zimmer kommt, schlägt er die Augen auf. Die einzige Lichtquelle befindet sich hinter einem hohen Wandschirm, das Bett liegt im Schatten. Einer der jungen Männer kommt mit einer Tasse auf ihn zu. Er starrt aus seinen Kissen zu ihm auf und ist nicht überrascht, das Gesicht seines Bewachers mit blauen und schwarzen Streifen bemalt zu sehen. Um die Schnauze herum bilden die Streifen ein feines Muster; dieser Teil des Gesichts ist weißglühend. Wahrscheinlich hat er ihm ein Zeichen gegeben, die Tasse auf den Tisch zu stellen. Er redet sich ein, daß er nichts anderes erwartet habe, doch die gestreifte Maske verwirrt ihn, und er wünscht nicht den geringsten Kontakt mit ihrem Besitzer.

Er hat kein Zeichen gegeben, er hat sich nicht im geringsten bewegt. Das Wesen zwingt ihn, sich aufzusetzen und den Tee zu trinken, der so heiß ist, daß er sich den Mund verbrennt. Es scheint sehr lange zu dauern, bis er fertig ist und man ihm gestattet, sich wieder hinzulegen. Er hat das Gesicht nicht mehr angesehen. Der junge Mann geht hinaus. Ehe er die Tür schließt, bleibt er einen Augenblick in der Öffnung stehen und bemerkt, daß Mr. Soto bald zurück sein werde. Er sagt es, als wäre es ein Versprechen auf etwas Angenehmes, als freue auch er sich auf dessen Ankunft.

Dann liegt er wieder allein im dunklen Zimmer. Nach einer Weile kommt er auf die absurde Idee, diese Leute könnten Eindringlinge aus dem Weltraum sein. Nie hat ein Mensch ein solches Gesicht gehabt, da ist er ganz sicher – er hat direkt hineingeschaut und die feinen Muster um die Schnauze gesehen.

Als der Besucher kommt, erweist er sich als ein Mann wie die beiden anderen, nur größer und aufdringlicher – er ist eindeutig ihr Anführer. Er hat keine Streifen im Gesicht. Im Gegenteil, es sieht so aus, als habe man keine Mühe gescheut, ihn so realistisch wie möglich zu machen. Er ist eine mit peinlichem Sinn für Genauigkeit hergestellte Kopie, die perfekte Imitation eines menschlichen Wesens. Jetzt, da die Lampen angeknipst sind, sieht er, daß der andere keine Streifen mehr auf der Schnauze hat. Weggebrannt, denkt er.

Die Hände in den Taschen, kommt der Anführer an sein Bett. «Wie geht es Ihnen, Doktor? Fühlen Sie sich schon besser?» Er neigt den Kopf ein wenig zur Seite.

«Es geht mir gut.»

«Die Tabletten haben geholfen.» Der Anführer spricht diese Worte aus wie eine Frage, mit einem leicht erstaunten Unterton.

Er grunzt nur und bewegt sich ein wenig im Bett. Ist sich der Tatsache bewußt, daß der Anführer näher gekommen ist. Daß er jetzt über ihm steht und Gegenstände auf dem Tisch neben seinem Kopfkissen hin und her schiebt.

«Könnte es gesenkt haben», hörte er ihn sagen und

spürt, wie die Spitze eines Thermometers zwischen seine Lippen gesteckt wird.

Ja, er ist wirklich krank, aber dieser künstliche Mensch hat keine Ahnung, was mit ihm los ist; heute abend spielt er den Arzt. Er rollt die Zunge über das Thermometer und schaut mißtrauisch zu ihm auf. Später nimmt der Anführer es ihm aus dem Mund und hält es unter die Lampe, um die Temperatur abzulesen. Er dreht solange den Kopf zur Wand und hält die Augen geschlossen.

«Sehr gut», sagt der andere einen Augenblick später. «Runter auf 39,5.»

Spontan entscheidet er, die Anstrengung zu unternehmen, sich hinzusetzen. Der Anführer beobachtet überrascht, wie er mühsam beginnt, sich aufzurichten.

«Darf ich mal sehen?» hört er sich sagen. Schnell reicht der andere ihm das Thermometer und sagt: «Sie sollten sich nicht überanstrengen.»

«Ein Thermometer kann ich lesen», antwortet er mit ausdrucksloser Stimme. Es dauert ziemlich lange; er versucht angespannt, sich auf die Farbmarkierungen zu konzentrieren und den vergrößerten hellen Streifen des Quecksilbers in dem Glasröhrchen zu erkennen. Er hält es ganz dicht vor die Augen. Der silberne Strich ist da, aber dann verliert er ihn, und die Anstrengung, ihn wiederzufinden, übersteigt seine Kräfte. Er grunzt und gibt das Thermometer zurück. Als er den Kopf auf das Kissen sinken läßt, ist er sicher, daß er kein Fieber hat. «Warum versuchen Sie nicht einfach, mich in Ruhe zu lassen?» ruft er aus.

Der Anführer lacht nachsichtig. «Sie müssen essen. Es ist wichtig, daß Sie etwas in den Magen bekommen.»

Als er die klare Brühe getrunken und das Sandwich gegessen hat, legt er sich so hin, daß der Schein der Lampe sein Gesicht nicht erreicht. Kurz darauf betritt jemand leise das Zimmer und löscht alle Lichter.

Da ist ein Riß in der Zeit. Er befindet sich in einem Haus, gefangen im Körper eines Mannes, dem man nicht erlauben will aufzustehen. Leute kommen und belästigen ihn, gehen wieder fort. Türen öffnen und schließen sich. Es ist Tag, es ist Nacht. Manchmal durchbohrt ihn der Wind, während er durch die Leere treibt. Lange Zeit wird er in einer schlammigen Unterwasserwelt festgehalten, obwohl er sich des Zimmers um das Bett herum bewußt ist, wissend, daß unablässig Zeit verstreicht, und doch nur fähig, regungslos dazuliegen und sich molluskenartig an die Unterseite des Bewußtseins zu klammern, bis jemand kommt und ihn berührt und wieder alles verändert.

21

Es kam eine Zeit, in der sie wußte, daß Tag war, nicht Nacht, in der sie sich der Stunden bewußt war, die aufeinanderfolgten. Sie lag unter freiem Himmel. Das Bett stand auf einem Balkon. Vögel zwitscherten von der Brüstung, der Wind roch nach Gardenien und Pinien. Aber das ist wirklich, wurde ihr plötzlich klar. In der verzweifelten Hoffnung, an dieser Wirklichkeit festhalten zu können, beschloß sie, keinerlei Anstrengung zu unternehmen, sondern einfach abzuwarten, was geschehen würde.

Mehrmals im Laufe des Morgens brachte die Schwester ihr etwas zu essen und kalte Getränke. Es war logisch, daß noch jemand in der Nähe sein mußte, doch sie konnte sich nur an die Schwester erinnern. Häufig kam ihr der Verdacht, daß es gar keine Krankenschwester war; die schlechte Laune der Frau erinnerte mehr an ein mürrisches Hausmädchen. Sie fand, daß es ein schweres Versehen war, sie der Obhut einer solchen Person anzuvertrauen, und beschloß, sich darüber zu beschweren, wenn der Moment gekommen war. Sie versuchte, keine allzu starke Abneigung gegen die Frau zu entwickeln, da sie fürchtete, daß diese es merken und sich auf die eine oder andere Art rächen würde. Die Frau war immer sehr in Eile. Sie klapperte mit ihren spitzen Absätzen auf den Fliesen, erledigte, was auf dem Balkon zu tun war, mit sichtlichem Widerwillen und schrecklichem Lärm und ging dann wieder, ohne sie auch nur anzusehen. Wenn nach ihrem Verschwinden wieder Ruhe eingekehrt war, lag sie vollkommen glücklich da, dankbar, daß man sie wieder in die äußere Welt zurückgeholt hatte. Genesung, sagte sie sich wohlig, ohne sich den Kopf zu zerbrechen, wovon.

Als die Sonne unterging, hörte sie gedämpfte Stimmen im Raum nebenan. Sie schlug die Augen auf und starrte vor sich hin. Sie lauschte und hatte das Gefühl, eine der Stimmen zu erkennen. «Doktor», rief sie mit schwacher Stimme. Das Murmeln brach ab, alles war still. Eine Weile wartete sie darauf, daß sich die Unterhaltung fortsetzte, und als dies nicht geschah, versuchte sie, wenigstens das Geräusch sich entfernender Schritte zu vernehmen. Nach einer Weile rief sie: «Schwester!» Das

Wort schien aus einem fernen Tal aufzusteigen; es war schwer zu glauben, daß sie es war, die gerufen hatte. Noch immer drang kein Laut aus dem Zimmer. Sie wartete lange, niemand kam, und die Stimmen waren verstummt. Auch die Vögel waren verschwunden, und es wurde dunkel. Verletzt und voller Groll nickte sie ein.

Jemand hatte eine Stehlampe neben das Bett gerückt. Das Licht schien ihr ins Gesicht, und vor ihr stand ein Mann und sah auf sie herunter. Sie vermutete, daß er der Arzt war. Hinter ihm stand ein anderer, viel jüngerer Mann; diesen kannte sie, ohne ihn jedoch mit irgendeinem spezifischen Ort oder einer bestimmten Zeit ihres Lebens in Verbindung zu bringen.

Sie versuchte dem Doktor zuzulächeln, aber sie hätte nicht sagen können, ob sich die Muskeln in ihrem Gesicht bewegt hatten oder nicht. «Es geht mir besser», sagte sie.

Der Arzt warf dem anderen Mann ein paar spanische Worte zu, ohne sie aus den Augen zu lassen. Dann beugte er sich über sie, hob ihre Hand zu seinen Lippen und ließ sie sanft wieder auf das Laken sinken. Schließlich richtete er sich auf, wandte sich ab und ging hinein, gefolgt von dem jüngeren Mann. Sie wollte sie zurückrufen; statt dessen lag sie reglos unter dem gleißenden Licht und hörte, wie ihre Stimmen leiser wurden, als sie durch die Zimmer gingen, und schließlich ganz erstarben.

Etwas später hörte sie Schritte. Der junge Mann trat lächelnd, die Hände in den Hosentaschen, auf den Balkon hinaus. «Tut mir leid, wenn das Licht Sie geblendet hat», sagte er und knipste die Lampe aus. Der Balkon lag halb im Licht und halb im Schatten.

«Es geht Ihnen schon viel besser, nicht wahr?» Es war eine Bemerkung, auf die er eine positive Antwort erwartete, aber sie sagte nichts. «Sind Sie jetzt wirklich aus dem Tunnel heraus?»

Sie antwortete immer noch nicht; sie stellte sich vor, wie sie durch einen Tunnel ging und vor sich den Ausgang sah. Zuerst war er ziemlich nah, aber dann wurde es immer kleiner. Sie öffnete schnell wieder die Augen. Er beobachtete sie mit unverhohlenem Interesse.

«Das ist der erste Tag», sagte sie und fragte sich, ob er verstand, was sie meinte. Hier lag sie, auf dem Grund ihrer weichen Welt, während er von Symptomen, von Behandlung und Reaktionen sprach, und fragte sich ab und zu träge, welche Funktion er in diesem Hospital hatte. Alles war eine einzige, immer gleiche Szene; irgendwann brach er sie ab – ziemlich abrupt, fand sie –, indem er «Gute Nacht» sagte und wegging. Später mußte die Schwester noch einmal dagewesen sein, denn als sie aufwachte, lag der Balkon im Dunkeln, und sie erkannte am Himmel unter der Brüstung die Sterne.

Am nächsten Tag fühlte sie sich schon stabiler. Als der junge Mann kam, sagte sie: «Ich bin aus dem Tunnel heraus.»

«Das sieht man.» Er trug ein Hemd mit grauen und roten Streifen und Shorts. Leicht verwundert betrachtete sie seine nackten Beine.

«Sie sind nicht der Arzt, wie?»

Er lächelte herablassend. «Der Arzt war gestern hier. Sie brauchen ihn nicht mehr. Heute kümmert er sich um Dr. Slade. Ebenfalls zum letzten Mal. Sie haben es jetzt beide geschafft.»

Er sprach weiter, aber einen Moment lang hörte sie nicht, was er sagte. Da hatte sie die ganze Zeit hier gelegen und nicht ein einziges Mal an Taylor gedacht. Wenn er mich gefragt hätte, ob ich verheiratet bin, hätte ich nein gesagt, dachte sie. Nach einiger Zeit, als die Bedeutung seiner Worte in ihr Bewußtsein sickerte, fiel sie ihm ins Wort: «Ist Dr. Slade krank?»

«Es geht ihm gut, es geht ihm gut.» Der junge Mann tätschelte ihr beruhigend die Hand. «Sie waren beide krank, aber jetzt sind Sie beide wieder in Ordnung.» Er beobachtete sie genau.

Sie gab keine Antwort. Wenn sie gewußt hätte, wer der junge Mann war und in welcher Eigenschaft er hier tätig war, wäre es ihr leichter gefallen, sich mit ihm zu unterhalten. Sie wollte sich noch über den Service beschweren und die Schwester, die man ihr zugeteilt hatte. Aber sie wurde das Gefühl nicht los, daß der junge Mann die Antworten auf alle möglichen Fragen schon fertig ausgearbeitet in sicherem Gewahrsam hatte und sie unter keinen Umständen mehr als einen winzigen Bruchteil der Wahrheit aus ihm herauslocken würde. Es schien kaum der Mühe wert, zu fragen, trotzdem tat sie es: «Wo ist er? Wo ist Taylor?»

«Noch immer in Los Hermanos, wo er die ganze Zeit war.» Wenn er gesagt hätte: «Er unterzieht sich noch immer einer Schwerkrafttherapie auf der Venus», hätte sie genausoviel verstanden. Aber sie antwortete: «Verstehe», als könnte sie sich nun eine Vorstellung vom Leben an diesem Ort machen, der «Die Brüder» hieß, und als wäre es völlig normal, daß ihr Mann dieses Leben führte. Schon während er die Worte aussprach, wurde ihr Denken vom Schatten einer anderen Frage gestreift, die sie nicht einmal formulieren konnte. Die Eindringlichkeit in den Augen des jungen Mannes hatte die gespielte Gleichgültigkeit seiner Antwort Lügen gestraft.

Da sie nichts weiter sagte, hörte er auf, sie anzustarren, und zündete eine Zigarette an. «Ich glaube, Sie können damit rechnen, ihn morgen abend zu sehen», sagte er unvermittelt. «Möchten Sie Musik hören?»

«Ich glaube nicht. Nicht unbedingt.»

Es war, als enthielte die Welt keine Gewißheit mehr. Es gab nur instabile Elemente, alles war abgeschnitten, schwebte im leeren Raum. Ihr Kopf war klar; sie merkte, daß sie ihren Gedanken folgen und sie ordnen konnte. Ohne es genau benennen zu können, wußte sie doch, daß irgend etwas an dieser Situation nicht in Ordnung war – irgend etwas außerhalb und jenseits ihrer Mattigkeit. Je mehr sie zu Kräften kam, um so wahrscheinlicher wurde es, daß sie diese Gewißheit verlieren würde, und deshalb faßte sie insgeheim den Vorsatz, sich morgen daran zu erinnern.

Er sprach eine Zeitlang. Sie tat so, als nickte sie dann und wann ein. Irgendwann ging er fort.

Sie schwang die Beine über die Bettkante und machte probehalber mit bloßen Füßen ein paar Schritte auf den kalten Fliesen. Da sie sich überraschend kräftig fühlte, ging sie neben der Brüstung auf und ab und beobachtete die Muster, die vereinzelte Straßenlaternen eines abgelegenen Vororts auf der anderen Seite des Tals bildeten.

Am Ende des Balkons gab es eine kleine Toilette; über dem Waschbecken hing ein Spiegel, in dem sie sich betrachtete. Sie suchte nach Zeichen von Krankheit oder

Müdigkeit und war ein wenig erstaunt, keine zu finden. Doch dann wirbelte ihr eine ganze Reihe von unbeantworteten Fragen auf einmal durch den Kopf. Wo war ihre Handtasche? Wo hatten sie ihre Kleider hingelegt? Welches Krankenhaus war das? Im Spiegel sah sie, wie ihre Augen sich vor Schreck weiteten, als ihr klar wurde, daß sie sich an nichts erinnern konnte, weder an ihre Ankunft in diesem Krankenhaus noch in der Stadt, deren Lichter sie gerade gesehen hatte.

Sie blickte ins Waschbecken, beugte sich darüber und spritzte sich kaltes Wasser ins Gesicht. Sie merkte, daß sie noch nicht ganz wiederhergestellt war; möglicherweise war es nicht klug gewesen, aufzustehen und auch nur die paar Schritte zu gehen. Auf jeden Fall, sagte sie mit großem Nachdruck zu sich selbst, ist es wichtig, keine Angst zu haben. Genüßlich trocknete sie sich mit einem großen Badetuch das Gesicht ab; das Beste wäre es, wieder ins Bett zu gehen und zu schlafen.

Als sie im Morgengrauen erwachte, war das Problem direkt wieder da, ein unsichtbarer, dichter Vorhang zwischen ihr und der Außenwelt. Der Nachhall des Hahnenschreis, der durch die unbewegte Luft drang, wurde von diesem Vorhang gefiltert und erreichte ihre Ohren bar jeder Bedeutung. Sie wußte, daß irgendwo Hähne krähten, da sie sich aber nicht erinnern konnte, wie sie auf diesen hohen Balkon in dieser ihr völlig unbekannten Stadt gekommen war, war schon die bloße Existenz dieses Hahns unannehmbar. Sie spürte, daß ihr Herz heftig zu schlagen begann, wie etwas, das nichts mit ihr zu tun hatte. Sie hustete nervös und dachte an Adrenalin, das Produkt der Angst. Sie mußte auf jeden Fall ausharren, bis Taylor kam. Sie richtete sich auf und betrachtete den riesigen Mond, der immer noch teilnahmslos Licht spendete, wie eine Straßenlaterne, die weiterbrennt, obgleich schon Tag ist. Über der Brüstung zeichneten sich die schwarzen, scharf umrissenen Wipfel einiger Pinien ab. Ansonsten gab es nur den unnützen Mond zum Betrachten, und während sie ihn noch ansah, fing das Leben wieder an sich zu bewegen, denn ganz plötzlich hatte sie sich an etwas erinnert. Die Tatsache, daß sie etwa eine Stunde später noch ein paar weiße Flecken in der Landschaft der Vergangenheit entdeckte, machte ihr nicht viel aus; sie hatte das Gefühl, das Wichtigste wiedergefunden zu haben.

Die Schwester brachte ihr ein wunderbares Frühstück. Sie aß alles auf. Dann lag sie einfach nur da und schaute den Spatzen im Vogelbecken zu, die Wassertropfen verspritzten. Es war auf dem Schiff: Hier begann die Geschichte zu verschwimmen, wurden die Einzelheiten unklar. Sie konnte sich nicht an ihre Kajüte erinnern, hatte sie backbord oder steuerbord gelegen? Und im Speisesaal. Sie glaubte sich an eine Mahlzeit zu erinnern, bei der sie Taylor gegenübergesessen und Reis gegessen hatte, aber war das auf dem Schiff gewesen?

Als sie gegen halb elf den jungen Mann kommen sah, drängte sich ihr die unwillkommene Vorstellung auf, er könne der leitende Psychiater sein: Er war so verdammt selbstsicher, führte so deutlich das Kommando.

«Paloma meinte, Sie seien wieder ‹bei sich›», sagte er und strahlte vor Zufriedenheit. «Ja, Sie sehen ganz so aus, als seien Sie bereit zum Aufbruch.»

«Aufbruch?»

«Ja.» Sein Lächeln verstärkte sich, er beugte sich vor und stützte sich auf die Bettpfosten. «Aufs Land.»

«Ich weiß nicht, wovon Sie reden», rief sie erregt. «Aufs Land? Wozu? Haben Sie nicht gesagt, Dr. Slade wäre heute abend wieder hier?»

Er schüttelte, noch immer lächelnd, den Kopf. «Nicht hier. Sie haben mich mißverstanden. In San Felipe.»

Sie saß stocksteif da, überzeugt, daß sich eine Spur von Ärger in ihrer Stimme bemerkbar machen mußte. «Hören Sie», sagte sie, «ich gehöre nicht zu der Sorte Menschen, die Befehle entgegennehmen. Mein Mechanismus springt darauf nicht an. Es kommt keine Reaktion.» Sie hielt einen Augenblick inne und fuhr dann, als er nicht antwortete, fort: «Warum kann mein Mann nicht herkommen und mich hier besuchen? Ist das verboten oder was?»

Der junge Mann richtete sich auf und musterte sie überrascht.

«Na los, sagen Sie es schon», drängte sie. «Zugegeben, ich bin ein bißchen langsam, aber gibt es tatsächlich einen Grund, warum Dr. Slade mich nicht hier im Krankenhaus besuchen kann?»

«Krankenhaus! Erkennen Sie das Apartment denn nicht wieder?»

Ohne den Blick von ihr zu wenden, sank er langsam in einen Sessel. Nach einem Augenblick sagte er ruhig: «Das kann passieren, nach diesem Fieber. Es ist nichts. Es wird wieder vergehen.» Er beugte sich vor. «Sie hatten eine Zeitlang extrem hohes Fieber – für den Fall, daß Sie es nicht wissen.»

«Ich will nichts darüber hören.» Apartment, dachte sie.

Er lachte. «Da haben Sie ganz recht.»

Die Schwester kam mit klappernden Absätzen auf den Balkon, sah den jungen Mann und blieb stehen. Dann verbeugte sie sich respektvoll und sagte: *«Muy buenos días, señora.»*

«Ich überlasse Sie Paloma.» Er ging ein paar Schritte, drehte sich dann auf der Türschwelle um und sagte: «Ihre Sachen sind hier, in diesem Zimmer. Ich denke, Sie werden alles wiederfinden. Wenn Sie angekleidet sind, rufen Sie doch Luchita an. Wählen Sie einfach die Vier. Ich bin zum Lunch zurück.» Er lachte in sich hinein. «Und Sie haben geglaubt, dies sei ein Krankenhaus!»

Der Raum war groß und angenehm kühl. Alle Koffer, sowohl ihre wie auch Taylors, standen in einer Ecke. Sie ging ins Badezimmer und ließ heißes Wasser einlaufen. Es war gut, sich in die Badewanne zu legen und nachzudenken. Ihr Gefühlsausbruch war bedauerlich, aber er hatte ihn gut hingenommen. Sie lächelte ihren Zehen zu, die aus dem Wasser ragten. Trotzdem war es peinlich, bei Leuten zu Gast zu sein, von denen sie nicht einmal den Namen kannte.

Als sie ins Zimmer zurückkam, wartete Paloma darauf, daß sie die Koffer aufschloß. Schließlich war sie angezogen, und obgleich sie keine große Lust verspürte, ihre Gastgeberin zu sehen, griff sie zum Telefon und wählte die Vier. Glücklicherweise war es der junge Mann, der sich meldete. Wenig später stand er vor der Tür und geleitete sie durch einen Patio und mehrere Räume auf eine geräumige Terrasse. Wahrscheinlich habe ich das alles schon gesehen, sagte sie sich; es kam ihr sogar so vor, als erinnere sie sich an bestimmte Dinge, aber mehr so, als habe sie es irgendwo gelesen oder in einem Film gesehen.

Sie standen plaudernd im Schatten einiger herabhängender Lianen neben einem Pool; er hatte ihr noch immer keinen Anhaltspunkt gegeben. Plötzlich sah sie weit unten im Dunst die Stadt aufblitzen, und als sie sich der großen Höhe bewußt wurde, trat sie ein paar Schritte zurück auf die Hauswand zu.

«Sie erinnern sich an diese Terrasse?» fragte er.

«Ich kann es Ihnen nicht sagen. Das heißt wahrscheinlich nein, vermute ich.»

«Wir standen hier draußen. Und wir haben über ein Gebäude gesprochen. Dieses Gebäude am Ende des Docks. Wie es einzustürzen schien, erinnern Sie sich, als Sie fielen?»

Während er sprach, senkte sie den Kopf ein wenig und strich sich mit der Hand über das Gesicht. Sie hatte ein stets gleichbleibendes Bild vor Augen: Taylor und sie in einer riesigen, verstaubten, fensterlosen Wellblechhütte – ein Inferno aus Hitze und Lärm. Sie waren beide krank, und weil sie krank waren, hatten sie Angst. Sich jetzt daran zu erinnern, war, als träte sie noch einmal an den Rand der schwarzen Flammen eines mittäglichen Alptraums. Taylor hatte gerade gesagt, daß es ihm besser ginge, wenn er nur bis zur Tür käme und ein wenig frische Luft schnappen könnte. Und dann war er gestürzt, und sie mußte zur Tür gelaufen sein, um Hilfe zu holen. Jetzt sah sie etwas, das aussah wie ein buntes Werbefoto: Ein hübsches junges Paar in attraktiver Strandkleidung, das neben einem Sportwagen unter einer Kokospalme stand. Plötzlich war die Welt seitlich weggekippt wie ein Flugzeug, das sich in die Kurve legt, und während sie fiel, hatte sie am Ende des nächsten Piers ein Holzgebäude in sich zusammensinken sehen, als hätte es ein riesiger Fuß eingetreten.

«Es ist heiß in der Sonne», sagte sie. «Können wir hineingehen?»

«Sie haben mir erzählt, wie das Gebäude zu schwanken schien und dann einstürzte.»

«Ja», sagte sie mit schwacher Stimme und ging zur Tür. «In Puerto Farol. Wir können Ihnen gar nicht genug danken für alles, was Sie für uns getan haben.»

«Sie waren ein ziemlich krankes Paar.»

Als sie im Zimmer waren, ließ sie sich auf ein paar Kissen nieder und legte eine Hand über die Augen. «Die Sonne macht mich ganz schwindlig», sagte sie. Sie erinnerte sich an das Fell und das Glas und die großen Pflanzen, an das seltsame Kind mit seinen Bildern auf dem Fußboden, an den Augenblick, in dem ihr kalt geworden war, und an die lange Reise in dieses sumpfige Grauen, das ihre Krankheit gewesen war. Sie schwieg.

«Ich hole Ihnen einen Drink», schlug er vor.

Als das Mädchen hereinkam und er «Ah, Luchita!» rief, war es dasselbe Kind wie das, das ihr seine Zeichnungen gezeigt, dasselbe Mädchen, das auf der Hochglanzpostkarte neben dem Auto unter den Palmen gestanden hatte.

«Hallo!» sagte es. «Geht es Ihnen besser?»

«Ja. Es geht mir gut.»

Er stand am anderen Ende des Raums. «Um sieben

spätestens sollten wir dann alle in San Felipe sein. Luchita kann Sie im Kombi hinunterfahren.»

«Ich möchte eine Flasche Seven-Up», verkündete Luchita.

«Du mußt dir eine aus der Küche holen», sagte er.

Einen Augenblick waren Mrs. Slade und ihr Gastgeber allein. «Wie nennt sie Sie?» fragte Day, «Vero?»

«Kommt von Grover, über Grovero. Eine Art Witz, wie *pocho*-Sprache, nur umgekehrt.« Er musterte sie scharf. «Ich dachte, es wäre schön, wenn Sie und Dr. Slade noch etwas vom Land sehen könnten, ehe Sie weiterreisen. Ein paar Berge, ein bißchen Dschungel. Es ist eine herrliche Fahrt hinunter nach San Felipe.» Mit seinem Zeigefinger beschrieb er eine Reihe von Haarnadelkurven. «Wenn Sie sich etwas aus Landschaft machen.»

«O ja, ich kann mich nie sattsehen.»

Luchita war mit einem großen Glas in der Hand zurückgekommen, die Eiswürfel klirrten fröhlich. «Es ist *tierra caliente*», sagte sie und warf Mrs. Slade einen bedeutungsvollen Blick zu. Er schaute sie böse an.

«Ist es sehr heiß dort?» fragte Mrs. Slade.

Doch Luchita hatte die Warnung verstanden. «Ach, halb so schlimm», sagte sie.

«Ich denke, es wäre nicht gut, sich allzu lange an einem Ort aufzuhalten, wo es sehr heiß ist, nicht wahr?»

«Es ist nicht heiß», erklärte er. «Das hat Luchita nicht gemeint. *Tierra caliente* heißt nicht unbedingt heiß. Sie mag die *tierra caliente* nicht, das ist alles. Die Ranch liegt nicht im Urwald, sondern auf offenem Feld, direkt oberhalb des Dschungels.»

Der Drink tat ihr wohl. Nach einem Augenblick meinte sie: «Ich wollte nur sagen, daß ich von so viel Aufmerksamkeit überwältigt bin. Man muß tatsächlich erst hierherkommen, um zu erfahren, was Gastfreundschaft ist.»

Es war besser, bei der Annahme der Einladung kein Zögern zu zeigen; wenn Taylor und sie erst wieder zusammen waren, könnten sie ihre eigenen Pläne machen.

Zum Lunch gab es ein reichhaltiges Curry; der Tisch war mit den vielen Beilagen vollkommen bedeckt. Als sie den Kaffee getrunken hatten, fühlte sie sich schon lebendiger.

«Ihr Gepäck... ich nehme an, Sie wollen alles mitnehmen, oder?» sagte er. «Vielleicht wollen Sie direkt von dort aus weiterreisen.»

Er half dem Portier, alles ins Auto zu packen, und winkte, als Luchita wendete und losfuhr. Als sie das Geschäftsviertel der Stadt hinter sich hatten, erhielt Luchita ein Strafmandat, weil sie in der Mitte der Straße, links vom Mittelstreifen, gefahren war. «Vero wird toben, wenn ich ihm das sage», seufzte sie.

«Sie müssen den richtigen Moment abpassen.»

Luchita steuerte den Wagen vorsichtig zwischen Ochsenkarren und Trauben von barfüßigen Fußgängern hindurch und lachte spöttisch. Bald waren sie auf dem Land.

22

Da war der Himmel und dann flogen die Bäume vorbei, zuerst ganz nah, über seinem Kopf, mit riesigen, glänzenden Blättern. Der Himmel kam wieder und weitere Bäume in einiger Entfernung auf einem steinigen Hügel: grau, blattlos, dornig, Hunderte davon. Dann rückte auch der Hügel selbst weiter ins Blickfeld. Der Zug schwankte; sein Kopf rollte von einer Seite auf die andere. Die Luft, die durch das Fenster über seinem Kopf hereinwehte, stank nach Kohlengas. Hin und wieder flog ihm ein Aschestäubchen ins Gesicht. Gerade als er die Hand heben wollte, um seine Stirn zu schützen, regte sich sein Bewußtsein. Die Augen fielen zu, er lag still. Er würde warten, bis er mehr wußte, ehe er sich aus seinem Versteck wagte. Dann fiel ihm ein, daß es vielleicht besser wäre, wieder zurückzugehen; wenn er hier draußen überrascht würde, wäre er hilflos. Wenn er anfing nachzudenken, würden sie etwas merken. Er wollte sie lieber aus dem Schutz der Dunkelheit beobachten.

Als er das nächste Mal zurückkam, waren seine Augen wieder offen, und er sah den Himmel und die Bäume wie zuvor. Er schaute einmal an seinem Körper hinunter und schloß die Augen. Er war unverletzt, er trug seine graue Hose und Sandalen an den Füßen. Das Herz klopfte zu schnell und zu heftig, doch sein Geist war klar.

Er nickte ein wenig ein, war sich zwischendurch aber stets bewußt, daß der Zug weiterrollte, über Schwellen ratterte, und daß das Geräusch der Räder von den Berghängen widerhallte.

Er schlug die Augen auf und schaute sich im Abteil um. Nur ein einzelner Mann saß da; er war jung, sorgfältig gekleidet und sehr braungebrannt. Ja, dachte er. Ich kenne ihn. Es war erstaunlich, daß nur dieser eine da war; er war sicher gewesen, daß es mehrere waren. Schließlich hatte er das Gefühl, daß der junge Mann etwas zu ihm sagte und darauf wartete, daß er antwortete. Er richtete sich ein wenig auf und schüttelte zweifelnd den Kopf. Nun war das Gefühl der Hilflosigkeit wirklich geworden; es war wie frühmorgens in einem fremden Hotelzimmer, wenn man beim Aufwachen einen Moment lang keine Ahnung hat, wo man sich befindet. Doch vergeht solche Ortlosigkeit nach wenigen Augenblicken der Orientierung, während diese hier anhielt.

Er musterte den jungen Mann genauer. Er sah aus wie ein Filmstar, und er sprach auch beinahe so überzeugend wie ein Schauspieler; bei jedem Satz veränderte sich sein Gesichtsausdruck ein wenig. Es war wichtig zu erfahren, worüber er sprach.

«Ich weiß nicht», sagte er zweifelnd; nun war auch er eine Figur in diesem Film. Er betrachtete die Augen in dem hübschen, ausdrucksvollen Gesicht.

Der junge Mann lächelte beruhigend. Im Gepäcknetz über seinem Kopf lag ein großer, schweinslederner Koffer, darüber ein zusammengefalteter Regenmantel.

Sie fuhren im gleichen Zug. Er machte einen Ausflug mit einem jungen Mann, dessen Name ihm nicht einfallen wollte; er wurde alt. Das war die einzig mögliche Erklärung. Aber wenn der andere genug redete, würde er sich wahrscheinlich erinnern. Irgendein Wort würde die Verbindung wieder herstellen und ihn gänzlich wachrütteln.

Der junge Mann schaute auf die Uhr. «Die Frauen dürften jetzt in Escobar sein. Dort gibt es eine Art Rasthaus, wo sie vermutlich anhalten und etwas essen werden.»

Was er sagte, enthielt keinerlei Bedeutung. «Sie müssen entschuldigen», sagte er und versuchte sich aufzurichten. «Ich bin ein wenig benommen. Wie lange habe ich geschlafen?»

«Ich weiß nicht. Eine ganze Weile.»

Sie rasten in einen dunklen Tunnel und waren im nächsten Moment schon wieder draußen; der Zug legte sich in eine lange Kurve. «Was haben Sie gerade gesagt?» fragte er.

Der junge Mann lachte auf. «Was auch immer es war, es war nur ein Eröffnungsgambit. Ich wollte Sie nicht beunruhigen.»

«Beunruhigen?»

«Sehen Sie, ich war ganz sicher, daß Sie irgendwann wieder bei Verstand sein würden, wenn Sie aufwachten, und genauso ist es auch.»

Aus irgendeinem Grund spürte er, wie ihn der Ärger übermannte. «Warum rücken Sie nicht endlich damit raus, was Sie sagen wollen? War ich etwa nicht bei Verstand?»

Der andere beugte sich auf dem Sitz vor und musterte ihn eindringlich. «Mittlerweile geht es Ihnen besser. Aber vor ein paar Tagen sah es nicht so gut aus für Sie. Es ist gefährlich, wenn das Gehirn in Mitleidenschaft gezogen wird. Ebensogut hätten Sie aufwachen können, ohne die geringste Ahnung zu haben, wer zum Teufel Sie sind.»

Das Wort «Gehirn» hatte einen dunklen Nachhall. «Ich weiß, wer ich bin», sagte er gereizt und schloß die Augen. Aber es stimmte: Er war noch immer benommen. Ein kleines Stückchen unbekannten Territoriums hatte er erobert, aber auf allen Seiten breitete sich die Wildnis aus. Und genau das hatte der junge Mann gemeint: Amnesie.

«Was war es? Was habe ich da gefangen?»

Der junge Mann lehnte sich zurück. «Das gibt es hier sehr oft», sagte er. «Man weiß noch nicht genau, wie es funktioniert. Ein Mann namens Newbold hat vor ein paar Jahren den Virus isoliert, der dann nach ihm benannt wurde. Schlägt ein wie ein Blitz und ist genauso schnell wieder vorbei, ohne sichtbaren Schaden anzurichten. Abgesehen von einem gelegentlichen vorübergehenden Gedächtnisverlust – wie ich schon sagte.»

«Hmm.» Er beschäftigte sich mit dem Muster des Spitzendeckchens auf der Armlehne. Es sah aus wie im Erste-Klasse-Abteil eines europäischen Zuges. Das verstörte ihn: Er wollte nicht in Europa sein.

«Wie vorübergehend ist es?» fragte er schließlich. «Ich frage nur, weil ich es habe. Ich weiß überhaupt nichts mehr.» Er schüttelte nachdenklich den Kopf.

«Nein, das ist nicht wahr. Passen Sie auf. Erinnern Sie sich daran, wie Sie mit Day in Puerto Farol gelandet sind?»

Die Namen waren genug; der Kontakt war hergestellt. Er schloß erneut die Augen. Als er die Dunkelheit in seinem Innern verscheucht hatte, erinnerte er sich an den Meeresgeruch der Stadt, die grün und dampfend war nach dem Regen. Der Zug ratterte schwankend und pfeifend am Rand einer Klippe entlang. «Wo ist sie?» fragte er.

«Irgendwo da unten auf dem Highway, gleich hinter diesen Bergen, in einem weißen Kombi.» Der junge Mann streckte den Arm aus dem Fenster und zeigte hinaus.

Er legte sich wieder hin, nachdem er beschlossen hatte, all die anderen Fragen beiseite zu lassen. Wenn er wartete, bis sein Kopf klarer war, würde er sie vielleicht nicht mehr zu stellen brauchen.

«Wir befinden uns übrigens in diesem seltsamen Gefährt, weil ich wollte, daß Sie sich ausstrecken können. Los Hermanos liegt auf der Strecke nach San Felipe. Es ist der einfachste Weg.»

Er grunzte eine Antwort und merkte, daß er schon wieder halb eingeschlafen war. Dann sagte der junge Mann nichts mehr, und die Geräusche und Bewegungen des Zuges wurden stärker.

Er spürte, wie etwas seine Schulter berührte; das heisere Zischen der Bremsen erfüllte das Abteil. Er setzte sich auf und stellte die Füße auf den Boden. Der Zug schlängelte sich durch eine enge Schlucht mit kahlen Felswänden auf beiden Seiten. «Ist es das?» fragte er, und der andere nickte. Die Schlucht weitete sich, der Zug bremste noch immer, und er entdeckte eine kleine, staubfarbene Stadt.

«Ich nehme an, das Gepäck ist im Wagen», sagte er zu dem jungen Mann.

«Ganz recht.»

Der Zug hielt, und sie standen auf. Der junge Mann griff nach seinem Koffer und dem Regenmantel und schob ihn in den Gang. «Sie gehen voraus, und ich bleibe direkt hinter Ihnen», sagte er.

«Das ist wirklich ein Ding», murmelte er, während er sich mit Mühe den Gang entlangschleppte. «Da kommt man her, um Ferien zu machen, und ...»

«Sie machen das sehr gut. Gehen Sie nur weiter.»

Sie fuhren alle drei in einem Laster hinunter in wärmeres Land: der Fahrer, ein Mestize, der junge Mann und er. Die Landschaft war von blattlosen Dornenbäumen mit breiten Kronen bedeckt. Vor ihnen glühte ein orangeroter Himmel, der allmählich verblaßte und die dornige Landschaft in gespenstisches Grau tauchte.

«Day hat es übrigens auch gehabt», sagte der junge Mann plötzlich und setzte dann hinzu: «Aber Sie sehen es ihr nicht an. Ich schwöre, sie sieht besser aus als vorher. Ich wußte nicht, ob es klüger wäre, es Ihnen zu sagen oder sie selbst erzählen zu lassen.»

«Zum Teufel, fangen Sie ja nicht an, Geheimnisse vor mir zu haben. Ist sie okay?»

«Es geht ihr blendend. Letztes Jahr hatte ich hier auf der Ranch schon einmal einen Fall von Newbold. Es war ein Freund von mir, und er war wirklich krank. Aber Sie werden es nicht glauben: Nach fünf Tagen war er wieder auf den Beinen und lief umher, als wäre nie etwas gewesen. Und mit wirklich krank meine ich, daß ich Angst hatte, er würde es nicht überleben. Photismen, Krämpfe und alles, was dazugehört.»

«Lieber Himmel!»

Der Lastwagen bremste, und sie stiegen aus. Trotz der fast vollständigen Dunkelheit konnte man eine lange, fensterlose Mauer erkennen. In der warmen, trockenen

Luft hing der süße Duft eines Holzfeuers. Ein halbes Dutzend Dienstboten kam mit Taschenlampen herbeigeeilt. Es gab Händeschütteln und Begrüßungen, die sich fortsetzten, als sie das Haus betraten und weitere Angestellte erschienen.

«Wenn Sie bitte hier entlangkommen würden», sagte der junge Mann. «Dann haben Sie beide diesen Flügel für sich und sind völlig ungestört. Das Haus ist ziemlich weitläufig. Es war früher ein Kloster.» Er deutete auf die dicken Balken an der Decke. Aus einer Tür weiter hinten trat ein barfüßiges indianisches Mädchen mit einer Thermosflasche in der Hand. Als es an ihnen vorbeikam, lächelte es schüchtern.

«Sie werden vermutlich eine Kleinigkeit in Ihrem Zimmer essen wollen und dann gleich zu Bett gehen.»

«Ganz recht», sagte er mit einem Gefühl der Erleichterung.

Der junge Mann klopfte an die Tür, durch die das Mädchen gerade gekommen war, und Day öffnete.

DREI

23

Dr. Slade hatte sein Frühstück beendet. Man hatte den Tisch unter einem khakifarbenen Sonnenschirm im kleinen Patio vor dem Schlafzimmer gedeckt. Er drehte seinen Sessel so, daß er den Garten sehen konnte. «Sie haben für uns getan, was Sie konnten», sagte er.

«Natürlich, sie waren ganz reizend. Ich frage mich manchmal, wie wir wohl ausgesehen haben, als wir aus dieser Zollbaracke wankten!» Das Zusammensein mit Taylor hatte sie wieder ganz in die Welt zurückgeholt; sie saß da und genoß die Kraft der Morgensonne und die Gerüche der ländlichen Umgebung. «Keine Frage! Ich meinte nur – du willst doch nicht mehr allzu lange bleiben, oder? Natürlich sind sie sehr gastfreundlich und großzügig.» Sie zögerte und nahm noch einen Schluck Kaffee. «Aber was haben wir mit ihnen zu tun?» Das war genau die Haltung, die ursprünglich er ihren Gastgebern gegenüber eingenommen hatte, aber im Moment war er einfach zu gut gelaunt. Er lehnte sich im Sessel zurück und gähnte: «Du urteilst zu früh, Day. Man kann nie wissen. Vielleicht gefällt es dir hier besser, als du denkst.»

«Du tust immer so, als gefiele es mir hier nicht. Ich bin wunschlos glücklich. Ich möchte nirgendwo anders sein. Aber ich entnahm deinen Worten, daß du gern einige Zeit hierbleiben willst, und versuche nur herauszukriegen, wie lange.»

«Da wir nun schon mal hier sind, warum genießen wir

es nicht einfach? Wir können abreisen, wann immer du möchtest.» Sie seufzte. Es war sonst nicht seine Art, gelassen oder gleichmütig zu reagieren, wenn es um die Reisepläne ging. Das konnte ein Zeichen von Erschöpfung sein. In seinem Alter und in Anbetracht der Schwere seiner Krankheit konnte er froh sein, sich so schnell erholt zu haben.

«Wahrscheinlich hast du recht», sagte sie mit einem plötzlich aufwallenden Gefühl von Fürsorglichkeit. Selbstverständlich brauchte er eine Ruhepause, und hier bot sich die ideale Gelegenheit. Sie streckte die Beine aus und betrachtete ihre Sandalen. «Außerdem könnten wir Geld sparen», sagte sie spitzbübisch.

Er grunzte. «Was das angeht, so läuft es gewöhnlich auf dasselbe hinaus wie im Hotel, wenn man endlich abreist.» Ihr abrupter Stimmungswechsel war ihm nicht entgangen; da er jedoch die Gründe nicht kannte, wartete er ab.

Am späten Nachmittag, als die Schatten schon schräg fielen, machten sie sich unter Führung von Señor Soto auf einen Inspektionsrundgang. Luchita war mürrisch und schweigsam; jedesmal, wenn sie stehenblieben, um einen Ausblick zu bewundern oder eine Pflanze zu untersuchen, starrte sie demonstrativ in den Himmel oder zu Boden. Sie trug ein zerrissenes Hemd, unglaublich drekkige Jeans und sonst nichts, soweit Day dies beurteilen konnte. Sie erreichten einen Punkt auf der Hochebene, von dem aus man einen Blick auf das Flußtal und den Wald hatte. «Es ist trockener Dschungel», erklärte ihr Gastgeber. «Wie Sie sehen, ist es in Wirklichkeit nur ein Streifen, der dem Flußlauf folgt. Wir haben etwa zehntausend Morgen gutes Weideland dort drüben. Und hier, etwas weiter unten, gibt es ein wenig Kaffee. Viel ist es noch nicht. Bisher kostet er mehr, als er einbringt.»

Day schaute sich nach Luchita um und sah sie in einiger Entfernung auf einem Felsblock sitzen und eine Zigarette rauchen. Sie inhalierte sehr bewußt, behielt den Rauch einen Moment in den Lungen und stieß ihn dann wieder aus. Sie kann nicht einmal rauchen wie andere Leute, dachte sie. Dann merkte sie, daß auch Grove sie beobachtete. Sein Gesicht verdüsterte sich vor Ärger. «Komm schon!» rief er. «In die *fábrica*, ehe es dunkel wird.»

Er führte sie abwärts, einen schmalen Pfad zwischen Felsen und großen Kapokbäumen mit dicken grauen Wurzeln entlang.

Die *fábrica* war eine weitläufige Holzkonstruktion, in mehreren Etagen in den Hang des Hügels hineingebaut, teilweise mit Dach, teilweise offen, ein Chaos von Rutschen und Behältern. Mit Grove an der Spitze schlängelten sie sich im Gänsemarsch zwischen aufgeschütteten Halden von Kaffeebohnen hindurch und kamen schließlich auf der halbdunklen anderen Seite des Schuppens zu einem kleinen Büro. Ein hagerer, dunkelhäutiger junger Mann saß hinter dem Schreibtisch. «Das ist mein Vormann, Enrique Quiroga», sagte Grove. Sie schüttelten ihm die Hand. Mehrere Arbeiter hielten mitten in der Bewegung inne, um durch die offene Tür ins Büro zu spähen. Grove griff nach einem der großen Sombreros, die an Nägeln an der Wand hingen, und stülpte ihn schräg auf den Kopf. «Ich komme mir vor, als wären wir auf dem Weg zum Kapitänsdinner», sagte Day.

«Nicht ganz. Passen Sie auf.»

Ein paar dünne Strahlen der Abendsonne drangen durch die behelfsmäßigen Bretterwände und zerteilten das Dunkel über ihren Köpfen. «Piranesi», sagte Grove und ging voraus.

Niemand antwortete. «Kommen Sie her und schauen Sie sich das an», sagte er.

Luchita unterhielt sich mit dem Vormann. *«Hombre»*, rief sie.

In einer Ecke des Raums hingen Dutzende von Spinnennetzen, wie Hängematten achtlos zwischen zwei Wände gespannt. In jedem saß eine riesige schwarzgelbe Spinne.

«Mein Gott, die sind ja so groß wie Pflaumen», sagte Dr. Slade.

Grove packte den Sombrero an der Spitze und ließ ihn in einer blitzschnellen Bewegung von oben nach unten durch die Spinnennetze gleiten. Die klebrigen Fäden rissen. Dann hielt er den Hut umgedreht den anderen hin, so daß sie hineinsehen konnten. Dr. Slade rückte seine Brille gerade und starrte in den Hut.

«Wie viele habe ich erwischt?»

«Sieben oder acht.»

Als Luchita näher kam, drückte Grove den Hut wieder zusammen. «Halt ihn mir einen Augenblick, bitte.»

Pflichtschuldig nahm sie ihn und ging ein paar Schritte weiter. Dann berührte eines der Insekten, das herausgekrochen war, um zu fliehen, ihre Hand. Sie blickte flüchtig darauf, schrie laut und schleuderte den Hut von sich.

«Oh, ich bringe dich um, du verdammter Hurensohn», rief sie, stürzte sich auf Grove und bearbeitete ihn mit ihren Fäusten.

«Sie haßt sie», erklärte er Day über die Schulter und hielt ihre Hände fest, um sein Gesicht zu schützen.

Hinter der *fábrica* erstreckten sich mehrere Reihen von strohgedeckten Hütten, in denen Frauen schwatzten und Kinder kreischten. Sie blieben vor einer der Behausungen stehen und schauten hinein, auf die Lehmwände und den schmutzigen Boden. Eine alte Frau lag auf einem Stapel Leinensäcke in der Ecke.

«Ziemlich primitiv», sagte Dr. Slade. Day war die Kritik in seiner Stimme nicht entgangen. Vielleicht hatte auch Grove sie bemerkt. «Es sind primitive Menschen», erklärte er. «Gibt man ihnen ein Bett, stellen sie es als Hühnerleiter in den Stall. Gibt man ihnen Geld, sind sie zwei Tage lang betrunken.»

«Trotzdem brauchen sie ab und zu Geld», widersprach Dr. Slade.

«Sie sehen nur einmal im Jahr welches. Sie werden in Coupons bezahlt und kaufen ihre Lebensmittel im gesellschaftseigenen Laden auf Kredit.»

«Ich habe von diesem System gehört», sagte Dr. Slade trocken.

«Sie machen jedenfalls einen zufriedenen Eindruck», sagte Day unsicher. Sie war bereit, alles zu tun, um eine Diskussion über das Thema zu verhindern, denn sie kannte Taylor.

Auf einer Seite der *fábrica* stand ein Lastwagen unter einem großen Baum. «Enrique fährt uns nach Hause», sagte Grove.

Der holprige Pfad führte die meiste Zeit durch Gestrüpp; als sie zu Hause ankamen, war es fast dunkel. Luchita unterhielt sich betont angeregt mit dem Vormann, als sie im Lastwagen saßen. Kaum hatte er angehalten, sprang sie herunter und verschwand.

Der große Klosterhof, terrassenförmig angelegt und nach einer Seite hin offen, war nicht verändert worden. Bei Tag hatte man einen Blick hinunter über den Garten inmitten des Kreuzgangs und das hügelige Land bis zu dem gewundenen Fluß mit seinem Dschungelsaum. In einer Ecke der höchstgelegenen Terrasse waren Glaswände errichtet worden; dort aßen sie zu Abend. Die Kerzen flackerten im Luftzug. Luchita sah elegant aus in ihrem enganliegenden schwarzen Kleid. Beim Essen starrte sie mürrisch auf den unsichtbaren Fluß, und wenn sie sprach, war ihre Stimme schneidend vor Erregung, mal entrüstet, mal unverschämt.

«Das arme Kind ist noch ganz durcheinander», sagte Day, an Grove gewandt. «Diese Spinnen! Warum haben Sie das getan?»

«Was getan?» fragte er verstimmt. «Es ist genau diese kindische Art, gegen die sie ankämpfen sollte.»

Im Prinzip stimmte Day ihm zu; trotzdem zog sie mißbilligend die Augenbrauen hoch. Während sie ihn betrachtete, vom Kerzenlicht leicht rötlich und warm strahlend, dachte sie mit unbestimmtem Widerwillen, daß Männer immer brutal zu jungen Mädchen waren. Selbst Taylor. Er war auch sadistisch zu einem kleinen Mädchen gewesen, aber wo? Und war das tatsächlich passiert, oder war es nur ein Trugbild, das sie von ihrer Krankheit zurückbehalten hatte?

Den ganzen Tag lang, bei den unmöglichsten Gelegenheiten, hatte sie etwas bedrückt, und sie hatte es immer wieder weggeschoben, statt sich Zeit zu nehmen und der

Sache auf den Grund zu gehen. Und jetzt war es plötzlich da: Gerade als Luchita den Salat, den der Diener ihr anbot, ablehnte, erkannte sie blitzartig, daß es noch immer einen weißen Fleck in ihrer Erinnerung gab.

Sie sah den Mann mit der Salatschüssel auf sich zukommen. Nichts von dem, was hier vor sich ging, war verständlich; es hätte auch etwas ganz anderes sein können. Solange sie nicht wußte, was zuvor passiert war, konnte sie nicht akzeptieren, was gegenwärtig geschah.

Zum einen fand sie es äußerst merkwürdig, daß sie das Gefühl hatte, Grove sehr gut zu kennen. Seine Stimme vor allem – sie war wie ein Geräusch, das sie ihr ganzes Leben um sich gehabt hatte. Es lag etwas Anormales in ihrer schrecklichen Vertrautheit mit dem Klang und dem Tonfall seiner Stimme. Und dann – was hatte er gegen sie? Warum strahlte er eine derartige Feindseligkeit aus? Mehrmals an diesem Tag hatte sie sich über den unverschämten Triumph, mit dem er sie betrachtete, geärgert.

Mit einemmal merkte sie, daß Grove und Taylor in die Diskussion verstrickt waren, die sie vor den Arbeiterhütten der *fábrica* hatte verhindern wollen.

«Nur – was will der Begriff Menschenrechte besagen? Die amerikanische Vorstellung davon basiert einzig und allein auf der Tatsache, daß Amerikaner immer etwas mehr hatten als die anderen.» Grove zeigte mit dem Finger auf Dr. Slade. «Wenn man sie in dieselbe Lage versetzt wie den Rest der Menschheit, werden sie ziemlich schnell einsehen, daß das, was sie bisher hatten, Privilegien waren, nicht Rechte.»

«Aber in einem Land wie diesem», führte Dr. Slade ungerührt seinen Gedankengang fort, «scheint es mir schon zu Ihrem eigenen Schutz angebracht, die Unzufriedenheit so niedrig wie möglich zu halten, finden Sie nicht?»

Grove lachte. «Sollen wir den Kaffee im Haus nehmen?» Sie erhoben sich; die Kerzen tropften im aufkommenden Wind.

In der *sala* baute sich Grove vor Dr. Slade auf. «Ich weiß», sagte er ungeduldig. «Ein Liberaler kann nicht nein sagen, weil er nichts hat, wozu er ja sagen kann. Aber Doktor, auch in politischer Theorie sollte man auf dem neuesten Stand der Forschung bleiben.»

Dr. Slade hielt sich zurück. «Ich fürchte, ich sehe da keine Parallele.»

Sie gingen zum Tisch und nahmen Platz. Luchita war verstummt, als sie Grove hereinkommen sah, und hatte eine unterwürfige Haltung eingenommen.

«Taylor! Hör dir an, was Pepito gesagt hat. Erzählen Sie es ihm, Luchita, es ist herrlich!»

Luchita warf Grove einen ängstlichen Blick zu; er schien sich über ihre plötzliche Schüchternheit zu amüsieren.

«Ich weiß nicht, was über sie gekommen ist», sagte er. «Normalerweise erwähnt sie das Produkt ihrer jugendlichen Unbesonnenheit nicht.»

«Wer ist Pepito?» fragte Dr. Slade, noch immer verstört von Groves scheinbar ungerechtfertigter Attacke. Doch Luchita war schweigend und mit wutverzerrtem Gesicht aufgestanden und schon halb zur Tür hinaus. Als sich das Geräusch ihrer Absätze, die über die Fliesen im Patio klapperten, verloren hatte, war einen Moment lang alles still.

Schließlich sagte Day: «Nun...». Grove fuhr fort, von den indianischen Gebräuchen zu erzählen, und der ärgerliche Zwischenfall wurde nicht weiter erwähnt. Nach einer halben Stunde stand auch er auf, sagte, er habe noch zu tun, und wünschte ihnen eine gute Nacht.

Ein paar Minuten blieben sie noch sitzen und blätterten schweigend in einigen Illustrierten. Dann verständigten sie sich, mehr durch Gesten als durch Worte, darauf, zu Bett zu gehen. Day nahm jeweils eine Ausgabe von *Country Life* und *Réalités* mit. In ihrem Zimmer schlug ein barfüßiges Indianermädchen ihnen die Bettdecken zurück und legte Morgenmäntel und Hausschuhe zurecht. Dann lächelte es und ging hinaus.

Dr. Slade stand am Fenster und blickte auf den schwach erleuchteten Patio. Day war im Badezimmer und ließ Wasser ins Waschbecken laufen. Er versuchte erfolglos, sich an das letzte Mal zu erinnern, als er und Day zusammen im Bett waren. Es war unwichtig, und doch – es verstörte ihn, nicht zu wissen, wann und wo es gewesen war.

Schließlich kam sie in einem strahlend weißen Frisierumhang zurück ins Schlafzimmer. Sie trat zu ihm und schob ihren Arm unter den seinen. «Liebling», sagte er, drehte sich um und nahm sie in die Arme. Der Duft ihres Haares erinnerte ihn stets an Sonne und Wind. Sie hob ihr Gesicht nicht zu seinem.

Er faßte sie am Kinn. «Was ist los?»

«Nicht viel», sagte sie lächelnd. Sie löste sich sanft von ihm und setzte sich an den Toilettentisch.

Als er im Pyjama aus dem Badezimmer kam, saß sie bis zum Hals zugedeckt im Bett und las in *Réalités*. Die

Ausgabe von *Country Life* hatte sie auf sein Bett geworfen. Er legte sich hin und starrte eine Minute lang auf Fotos von Eiben und englischen Wohnzimmern; dann knipste er die Lampe auf seinem Nachttisch aus und ließ die Illustrierte zu Boden fallen. Kurz darauf löschte auch Day ihr Licht; das Zimmer lag im Dunkeln. Er hörte sie leise gähnen. Dann war es still, bis sie zögernd sagte: «Taylor?»

«Ja», murmelte er und zwang sich, wieder wach zu werden. «Was ist?»

«Ich wollte dich etwas fragen. Hast du irgendwelche Schwierigkeiten, dich an bestimmte Dinge zu erinnern, seit du krank warst? Hast du etwas bemerkt?»

«Ein bißchen.» Er war hellwach.

«Ich habe ein großes Loch in meinem Gedächtnis. Die ganze Reise ist weg. Es ist schrecklich.»

«Er hat die Möglichkeit erwähnt. Er sagte, alles würde wiederkommen.»

«Es ist, als wäre ein ganzer Abschnitt einfach gelöscht.»

«Ich weiß. Ich habe das gestern durchgemacht», sagte er zögernd. «Man muß Geduld haben.»

«Du hast keine Lücken mehr?» bohrte sie.

«Ich glaube, sie sind jetzt alle verschwunden.» Er simulierte ein Gähnen, in der Hoffnung, daß sie den Wink verstehen und einschlafen würde. Er war mit seinem Zustand ganz und gar nicht so zufrieden, wie er behauptet hatte. Es gab tatsächlich einen weißen Fleck in seiner Erinnerung; er konnte sich an nichts erinnern, was später als zwei oder drei Tage nach Ablegen ihres Schiffes von San Francisco geschehen war. Aber er hatte nicht vor,

Day davon zu erzählen; es würde sie der Zuversicht berauben, die sie momentan dringend brauchte. Außerdem war er überzeugt, daß sie es gemeinsam schaffen würden, die durcheinandergeworfenen Teile zu ordnen. Jeden Tag würden er oder sie mehr Einzelheiten beisteuern, bis das Bild für beide komplett war.

Er lauschte. Sie war still; wahrscheinlich schlief sie.

Worte konnten trügen, die kurzen am meisten. Sie dachte an die entscheidende Bedeutung der zwei kleinen Worte, die Taylor gerade benutzt hatte: *Er sagte.* Er sagte, ihr Erinnerungsvermögen würde rasch wiederkehren. Er sagte, es wäre die Folge von etwas, das Newboldsche Krankheit hieß. Er sagte, die besten Ärzte der Hauptstadt hätten sich um sie gekümmert. Doch würde das Erinnerungsvermögen unbeschadet zurückkehren? Taylor hatte noch nie von der Newboldschen Krankheit gehört. Es war denkbar, daß ein anderer Arzt eine Behandlung verordnet hätte, die die Nachwirkungen, an denen sie jetzt litt, verhindert hätte. Es war entmutigend zu wissen, daß alles auf dem Wort eines einzigen jungen Mannes beruhte. Sie mißtraute ihm mehr denn je und ärgerte sich, weil ihr nichts Greifbares einfiel, das ihr Gefühl hätte rechtfertigen können. Es kam ihr vor, als sei allein die Tatsache, daß er sie bei sich aufgenommen und sich die Mühe gemacht hatte, sie hier heraus auf die Ranch zu bringen, verdächtig. Es gab einen grundlegenden Widerspruch in seinem Verhalten: Er hatte alles getan, um gastfreundlich und hilfsbereit zu sein; war sie aber mit ihm zusammen, konnte sie keinen Funken von Freundlichkeit an ihm entdecken. Er setzte seinen Charme und seine Höflichkeit mechanisch ein, als wären sie und Taylor zahlende Gäste und er ein professioneller Gastgeber. Sie war überzeugt, daß er einen Seufzer der Erleichterung ausgestoßen hatte, als er sich vor einer Stunde verabschiedete – weil er sie endlich los war und sich wieder seinem eigenen Leben zuwenden konnte. Wie dieses aussehen mochte, konnte sie nur vermuten, aber mit Sicherheit gab es darin weder für sie noch für Taylor Platz. In diesem Reich zählten sie als Objekte, nicht als Menschen.

Irgendwann in dieser Nacht hatte sie einen Traum. Oder war es möglich, daß sie halbwach war und sich nur an einen Traum erinnerte? Sie war allein zwischen dunklen, vorgeschobenen Felsen am Meer. Das Wasser wogte gegen die Klippen und fiel zurück; in der Ferne hörte sie, wie sich die Brandung träge am Sandstrand brach. Es war beruhigend, der Meeresoberfläche so nah zu sein, den feinsten Einzelheiten des nächtlichen Anschwellens und Verebbens der Wassermassen zuzuschauen. Und während sie noch den entfernten Brechern lauschte, die über den Strand rollten, wurde ihr ein anderes Geräusch bewußt, das mit dem unaufhörlichen Krachen der Wellen gekoppelt war: ein unermeßliches, horizontales Flüstern über dem Wasser, eine ständig wiederholte Phrase, so regelmäßig wie der Strahl eines Leuchtturms. *«Bald wird es dämmern.»* Sie lauschte eine lange Zeit. Wieder und wieder glitten die kaum vernehmbaren Worte über das unruhige Wasser. Eine große Last fiel langsam von ihr ab; Stück für Stück wuchs ihr Glücksgefühl und sie wachte auf. Ein paar Minuten dachte sie über den Traum nach, dann nickte sie wieder ein.

24

Am nächsten Morgen, gleich nachdem sie ihr Frühstück beendet hatten, klopfte Grove an ihre Tür. Day, die sich gesonnt hatte, legte sich den Bademantel um.

«Ich möchte nicht stören», sagte er und kam mit großen Schritten in den Patio, wo sie saßen. «Ist alles in Ordnung? Brauchen Sie irgend etwas?» Als sie versicherten, daß alles bis ins kleinste zu ihrer Zufriedenheit sei, streckte er sich auf einem Liegestuhl aus und zündete eine Zigarette an. Nach ein paar Minuten wurde ihnen der Zweck seines Besuches klar: Er war gekommen, um Dr. Slade zur Besichtigung einer nahegelegenen Silbermine einzuladen.

«Eine Silbermine! Tatsächlich?» rief Dr. Slade interessiert. «Nun, ich glaube, das könnte mir gefallen.»

«Werden Sie in die Mine hineingehen?» erkundigte sich Day und musterte Grove eindringlich.

Er lächelte. «Es wäre nicht ganz einfach, sie von außen zu besichtigen.»

«Ich hasse es, im Innern der Erde zu sein!» sagte sie leidenschaftlich, ohne den Blick von ihm zu wenden.

«Das hört man oft», sagte er und verstärkte sein sanftes Lächeln. Plötzlich merkte sie, daß er sie ermunterte, sich so lächerlich zu machen, daß ein würdevoller Rückzug unmöglich wurde, daher sagte sie eine Weile nichts, während die Unterhaltung sich um andere Themen drehte. Doch dann fiel sie ihm ohne Vorwarnung ins Wort: «Ist es eine moderne Mine?»

«Sie ist nicht gefährlich, wenn es das ist, was Sie

meinen. Sie ist mindestens zweihundert Jahre alt. Äußerst solide.»

Als Dr. Slade aufstand, um Grove durch die Tür zu folgen, sagte sie leise, doch so, daß er es hören konnte: «Ich wünschte, du würdest nicht mitgehen, Taylor!»

Er blieb stehen und wandte sich um. «Das hättest du mir auch früher sagen können! Ich werde keine gewagten Kletterpartien mitmachen und bin gegen zwölf zurück!»

«Ja», sagte sie tonlos und winkte in seine Richtung. Er faßte es als Abschiedsgeste auf und ging weiter.

Als sie durch den Säulengang am Haupthof schlenderten, warf Grove ihm einen Blick zu. «Day steckt voller Ängste, nicht wahr?»

«Ganz im Gegenteil. Sie ist außergewöhnlich ausgeglichen», sagte Dr. Slade. «Ihre Nerven sind etwas strapaziert, seit sie krank war, das ist alles.»

Grove lächelte nachsichtig, schüttelte den Kopf. «Nun, Doktor, sie ist *Ihre* Frau, Sie müssen es wissen. Auf der anderen Seite macht die Nähe zwischen Ihnen beiden es vielleicht unmöglich, zu erkennen, was einem Fremden auf den ersten Blick auffällt. Man weiß nie.»

«Das bezweifle ich allerdings», äußerte Dr. Slade entschieden. Grove sah ein, daß er so nicht weiterkam.

«Warum sollte sie nervös sein?» fragte er. «Sie hat sich völlig erholt, das sieht man.»

Dr. Slade blieb stehen. «Meinen Sie wirklich? Sie hat dasselbe wie ich.» Er tippte sich an die Stirn. «Es gibt eine Menge Dinge, an die sie sich nicht erinnern kann.»

Grove schnaubte verächtlich. «Das ist wahrscheinlich Einbildung. Sie weiß, daß sie ein paar Tage nicht ganz beieinander war, also hat sie das Gefühl, der Faden sei gerissen. Ich glaube, wenn Sie ihr die richtigen Fragen stellen, kann sie sich auch erinnern.»

Sie gingen langsam weiter. «Ich weiß nicht», sagte Dr. Slade zweifelnd, «in meinem Fall ist es bestimmt keine Einbildung. Da ist ein ganzer Abschnitt, der einfach verschwunden ist.»

«Noch nicht zurückgekehrt ist!» verbesserte Grove.

Da er sich von Grove ermuntert sah, darüber zu sprechen, beschrieb er ihm während der Fahrt das ganze Ausmaß seiner Gedächtnislücken. Dabei stützte er sich auf bestimmte wegweisende Daten und zählte die Tage davor und danach an den Fingern ab. Gemeinsam rechneten sie aus, daß ein Zeitabschnitt von dreizehn bis fünfzehn Tagen fehlte.

«Im Augenblick interessiert mich nichts auf der Welt so sehr, wie diese Tage wiederzufinden», sagte Dr. Slade und versuchte zu lächeln. Der heiße Wind blies ihm heftig ins Gesicht; er bekam kaum Luft.

«Sie werden schon kommen, einer nach dem anderen.» Grove fuhr viel zu schnell über den holprigen Pfad; er wandte den Blick nicht von der Spur vor ihm.

Day setzte ihr Sonnenbad in dem immer heißeren Patio fort und versuchte, Schlüsselszenen zu rekonstruieren, deren Details möglicherweise ein Bruchstück aus dem fehlenden Teil ihres Lebens zurückholten. Aber es war, als wollte sie am Strand die Fußspuren von gestern wiederfinden. Sie warf Taylor vor, daß er gegangen war, obwohl sie ihn gebeten hatte, es nicht zu tun. Jetzt war sie mit ihrer Grübelei allein. Dabei hätten sie gemeinsam sicher bessere Chancen, ihre Probleme zu lösen.

Als die Mädchen kamen, um das Zimmer aufzuräumen,

streifte sie ein Hemd und eine Hose über und wanderte durch das Haus zum vorderen Eingang. Hier draußen auf der Straße schien es ein wenig kühler. Es gab mehrere staubige Fußpfade, die in verschiedene Richtungen abzweigten. Der, für den sie sich entschied, lief eine Weile neben der Hauswand und der Gartenmauer her. Bald bog er nach links ab und führte dann abwärts. Trotz der Hitze trottete sie langsam weiter und wirbelte mit ihren Sandalen den Staub auf. Schließlich machte sie kehrt und ging, schneller als sie gekommen war, zur Ranch zurück. Vom Hof aus hörte sie Stimmen in der *sala* und schaute hinein.

«Das hättest du sehen sollen», sagte Taylor, «überall gab es Rinnsale von Zyanid.»

Sie lachte und griff nach dem Cocktail, den Grove ihr reichte. »Genau das brauche ich: ein bißchen gutes Zyanid.»

Das Speisezimmer war ein kleines Museum präkolumbianischer Kunst, die Wände übersät mit Nischen, die Masken und Skulpturen enthielten. Grove wollte hier essen; er bestand darauf, daß es draußen zu heiß war. Das führte zu einer Auseinandersetzung mit Luchita, die einwandte, wegen der Klimaanlage sei es im Speisezimmer zu kalt. Als sie sich zu Tisch setzten, brachte sie es erneut zur Sprache. «Und obendrein servierst du uns Vichyssoise mit Eisklümpchen», nörgelte sie.

«Ach was, du frierst nur, weil du so viel Gras rauchst. Es ist ziemlich warm hier drin.» Grove schaute Day an, um sich ihrer Zustimmung zu versichern.

«Ich finde es angenehm», sagte diese obenhin, schlug aber gleichzeitig die Beine übereinander, denn es schien unangenehm kühl im Raum.

«Wunderbar», sagte Dr. Slade.

«Du hast ein Jackett an», sagte Day und hielt inne. «Welcher Gott ist das?» fragte sie unvermittelt und zeigte auf eine riesige Steinfigur, die an der anderen Seite des Zimmers stand.

Grove warf einen respektvollen Blick auf die Statue. «Das ist Xiuloc, der Gott der Lebenskraft. Sie nannten ihn ‹Beulenvater›. Er wiegt dreizehn Tonnen.»

«Ich hätte wesentlich mehr geschätzt», sagte Dr. Slade düster; er fand es exzentrisch, einen Eßtisch mit verzerrten Gesichtern und angsteinflößenden Masken zu umgeben.

«Das ist der Punkt», sagte Grove. «Der Stein ist porös. Sie haben ihre Beulen an ihm wundgescheuert, und der Stein hat den Eiter herausgesogen.»

«Oh», sagte Day und schaute auf ihre Vichyssoise.

«Der Gott der Lebenskraft», sagte Dr. Slade, als dächte er über diese Vorstellung nach.

«Wo haben Sie diese Dinge bloß alle gesammelt?» fragte Day Grove.

«Sie stammen durchweg von unserem eigenen Land. Die Regierung hat die größeren Stücke bekommen. Aber es gibt noch ein riesiges im Studio, das müssen Sie sehen.»

«Sie werden zwei Wochen nicht schlafen, wenn Sie es anschauen, ich warne Sie», mischte sich Luchita in ernstem Ton ein.

«Ich kann es kaum erwarten», sagte Day zu Grove. «Was ist es?»

«Nur eine Gottheit. Aber voller Schlangen und Spinnen; das ist es, was ihr Angst macht.»

Was tue ich hier? fragte sie sich. Es war absurd, mit diesen beiden jungen Leuten, die sich offenkundig einander entfremdet hatten, in einem eiskalten Raum zu sitzen. Den Besuch weiter auszudehnen, wäre verrückt. Sie hatte den Verdacht, daß es schwierig sein könnte, Taylor zum Handeln zu bewegen. Vielleicht war eine Szene nicht nötig, aber sie war entschlossen, ihm eine zu machen, falls er weiter zögerte. Wenigstens verschaffte ihr das Gefühl, sich endlich entschieden zu haben, eine gewisse Befriedigung.

Gleich nach dem Essen, während Luchita und Dr. Slade im Kreuzgang ihren Kaffee nahmen, führte Grove sie in den Raum mit der Statue. Der Raum erhielt Licht durch Fenster, die sich hinter der Statue knapp unter der Decke befanden; sie hatte intensiv den Eindruck, daß das Objekt lebendig war und über ein Bewußtsein verfügte. Ein gigantisches Stück Stein, das wartete. Ob es mit Schlangen und Spinnen oder mit Herzen und Schädeln geschmückt war, spielte keine Rolle. Es war der Stein selbst, er war lebendig.

Von irgendwo über ihnen kam das verzweifelte Summen einer einsamen Fliege, die immer wieder gegen eine Fensterscheibe prallte. Die Luft im Raum war heiß und stickig. Je länger sie schweigend hier saßen, um so mehr Bedeutung würde die Statue erhalten.

«Ich glaube, Luchita und ich sehen sie auf dieselbe Art», sagte sie schließlich. «Diese indianischen Sachen hier jagen mir einfach Angst ein.»

«Finden Sie sie nicht wunderschön?» fragte Grove.

«Sie ist großartig. Aber ich würde nicht in ihrer Nähe leben wollen. Ich mag so etwas nicht einmal berühren.»

Es klang fast wie eine Entschuldigung, dann fiel sie wieder in ihren alten Tonfall zurück. «Ich finde, es waren ziemlich schreckliche Kulturen, Sie nicht?»

«Schrecklich im Vergleich wozu? Setzen Sie sich hier auf die Couch, dann können Sie besser zu ihr aufblicken. Sie hat eine ganz eigene Art von innerem Gleichgewicht.»

Sie lachte und setzte sich gehorsam hin. «Es ist schlimmer von hier aus. Sie fragten, im Vergleich wozu? Zu unserer christlichen Zivilisation zum Beispiel.»

Unvermittelt setzte er sich neben sie. «Das einzige, was die Welt dem Christentum verdankt, ist eine Lektion in Mitgefühl. Die Worte Christi sind ein Lehrstück darin, sich in jemand anderen hineinzuversetzen.»

«Tatsächlich?» Wenn er hoffte, sie provozieren zu können, hatte er sich getäuscht.

«Ihr Mann macht sich große Sorgen um sie», sagte er, als setzte er damit ihre Unterhaltung fort.

«Sorgen um mich?» rief sie erstaunt.

«Ich vermute, wegen der Nachwirkungen Ihres Gedächtnisverlustes und Ihren letzten Erinnerungslükken.»

«Das ist lächerlich», sagte sie, wütend, daß sie hinter ihrem Rücken über sie gesprochen hatten. «Es ist doch nicht chronisch, oder?»

«Nein, nein.» Mehr sagte er nicht, und dann hörte man wieder den verzweifelten Versuch der Fliege, zu entkommen. Sie saßen einfach nur da.

Schließlich sagte er: «Sie müssen daran arbeiten, wissen Sie. Als wir auf der Terrasse standen, oben in der Stadt, sprachen Sie zum Beispiel davon, wie es war, als Sie aus dem Zollgebäude in Puerto Farol kamen. Nach der Art Ihrer Beschreibung zu urteilen, schien es eine sehr deutliche und detaillierte Erinnerung zu sein.»

«Ja», sagte sie unsicher. Das Bild, das sie vor sich hatte, war alles andere als deutlich und detailliert; es war eher wie die Erinnerung an ein Foto, das sie irgendwo gesehen hatte.

«Sie wissen, welchen Teil ich meine.» In seiner Stimme lag eine Spur von Ungeduld. «Als die Wand des Gebäudes mit dem Schild sich zu verziehen schien und Sie stürzten, und das Wasser im Hafenbecken strömte wie ein Fluß? Und die entwurzelten Bäume, die an der Küste lagen?»

Sie schloß ein paar Sekunden die Augen. Als sie sie wieder aufschlug, klopfte ihr Herz heftig. Ohne etwas zu sagen, schüttelte sie langsam den Kopf.

«Es geht sowieso nicht um das, was Sie sahen oder in dem Moment zu sehen glaubten, sondern um die Tatsache, daß diese deutlichen Erinnerungen mitten in der blockierten Zeitspanne liegen», fuhr er fort.

Einen Augenblick schwieg sie. Mit noch immer klopfendem Herzen stand sie ruhig auf und sagte: «Könnten wir nicht zurückgehen?» Ohne einen weiteren Blick auf die Statue zu werfen, trat sie zur Tür, die auf den Kreuzgang hinausführte.

In der *sala* war keine Spur von Luchita oder Dr. Slade, und das Tablett mit dem Kaffee hatte man abgeräumt. «Taylor hat sich wohl zur Siesta zurückgezogen» sagte sie. «Ich gehe auch, wenn es Ihnen nichts ausmacht.»

«Es ist heiß heute», sagte er. «Am Ende der Trockenzeit ist es immer so.»

Taylor hatte ihr vom Ende der Trockenzeit in diesem Teil der Welt erzählt: Wie die gesamte Natur nur darauf hinzuarbeiten schien, dem Himmel ein paar Tropfen Feuchtigkeit zu entlocken, bis die Spannung alles erfaßt hatte. Dann kamen die Skorpione heraus, und das Wetterleuchten wurde von Nacht zu Nacht stärker und auch die Nervosität der Menschen. Als sie auf das Kissen sank und Taylor im anderen Bett leise schnarchte, versuchte sie herauszufinden, warum es so unangenehm gewesen war, sich von Grove an die Ankunft in Puerto Farol erinnern zu lassen. Es war, als hörte man seinen eigenen Traum von jemandem, der ihn besser erzählen konnte als man selbst. Vor ein paar Tagen, als Grove auf seiner Terrasse davon sprach, war es ihr unangenehm gewesen, aber als er heute darauf zurückkam, war es unendlich viel schlimmer, weil sein unerwarteter Hinweis auf vergessene Details, wie das ins Meer strömende Wasser des Hafenbeckens und die entwurzelten Palmen, ihr das erschreckende Gefühl vermittelt hatte, von ihm abhängig zu sein – als könne sie sich nur an das erinnern, was er ihr bestimmte. Das war natürlich Unsinn. Sie beschloß, Taylor nichts davon zu erzählen, denn er behandelte sie schon jetzt mit einer Herablassung, wie man sie normalerweise Behinderten entgegenbringt.

Sie lauschte. Der trockene Wind, der durch den Patio wehte, trug das Zirpen der Insekten und das Geräusch der harten, langen Blätter der Schraubenpalme, die sich aneinander rieben, herein. Sie hätte sich gern über den Spalt zwischen den Betten gebeugt und Taylor am Arm gefaßt. Sobald er wach wäre, würde sie ihm sagen, daß sie morgen früh fahren wollte.

Sie setzte sich auf. Sie brachte es einfach nicht fertig, sich so zu entspannen, daß sie einschlief, und wenn sie nicht schlafen konnte, wollte sie auch nicht hier liegen. Ein Spaziergang, auch in glühender Nachmittagssonne, wäre angenehmer als das. Diesmal könnte sie einen anderen Weg nehmen – einen, der sie vielleicht zu einem Punkt führte, von wo sie einen Blick über die gesamte Ranch hatte.

Wenige Minuten später trat sie in den Wind. Auf keiner der Straßen war jemand zu sehen. Man hatte das Kloster an jedem Ende durch Mauern erheblich verlängert; sie wandte sich nach rechts und folgte der Mauer. Nach einer Weile kam sie an ein offenes Tor. Sie spähte hindurch und sah ein paar Avocadobäume. Im tiefen Schatten weiter hinten stand eine primitive Hütte. Truthähne pickten im Staub. Eins der Hausmädchen trat aus der Hütte und winkte, als es Day erkannte.

Sie ging weiter. Die Luft war erfüllt vom einfachen Geruch der staubigen Ebenen, gelegentlich gewürzt von einem Hauch pflanzlichen Lebens aus dem Dschungel weiter unten. Die Straße führte bergauf, über einen kleinen Hügel hinweg. Sie war von einem lebenden Zaun hoher Kakteen gesäumt, und jede Pflanze war mit einer dicken Schicht von Spinnweben umhüllt, die im Wind zitterten. Der Staub lag dick und glatt auf der Straße; auf der zuletzt angewehten obersten Schicht sah man noch keine Spuren. Und die Spinnweben bargen nichts außer gelegentlich einem trockenen Zweig oder Resten von toten Insekten. Trotzdem ertappte sie sich wiederholt dabei, wie sie angestrengt in diese zerfetzte Welt aus zartem Gewebe starrte, als lauerte dort drinnen etwas, das sich in eine Antwort auf eine noch nicht formulierte Frage verwandeln könnte.

Auf dem kahlen Hügel kam sie an ein paar Felsen und dornigem Gestrüpp vorbei. Zu sehen gab es nichts. Doch der bloße Akt des Gehens machte es ihr leichter, zu akzeptieren, daß sie nur auf das Ende von Taylors Mittagsschlaf wartete.

Die Landschaft hier oben wirkte rauh und verlassen; beim Anblick der blattlosen Bäume und schlackefarbenen Weite wollte sie am liebsten die Augen schließen. Wohin sie auch blickte, alles war gleich: grau und ausgebrannt – eine Landschaft wie der Tod. Doch als sie den Kamm des Hügels erreichte, sah sie auf der anderen Seite eine Flußbiegung. Steil unter sich erkannte sie die dichtbelaubten Wipfel der Bäume und etwas weiter weg einzelne Abschnitte des Flusses, der kreuz und quer durch den Dschungel floß. Von hier oben war kein Zeichen menschlichen Lebens zu erkennen – nur das karge Land um sie herum, das Tal und weiter entfernt noch mehr Ödland, das sich immer höher hinaufzog, bis zu den Schatten der schroffen Berge am Horizont. Nach kurzer Zeit trat sie frustriert den Rückweg an.

Er schlief immer noch. Sie trat durch das Schlafzimmer ins Bad, ließ die Tür einen Spalt offen und duschte geräuschvoll. Als sie zurückkam, regte er sich ein wenig.

«Du hast Glück, daß du so tief schlafen kannst. Soll ich nach Tee läuten?»

«Ja, wahrscheinlich. Ich habe geschwitzt. Es ist so heiß hier drin.»

Zehn Minuten später, während er ein Eclair verspeiste, fing sie an: «Weißt du was? Am liebsten würde ich noch heute abend meine Sachen packen und morgen früh abreisen.»

Er starrte sie an. «Das kommt aber ziemlich plötzlich, wie? Sie werden denken, daß irgend etwas nicht in Ordnung ist.» Es ärgerte sie, daß er Luchita in einem Atemzug mit Grove nannte, als hätte sie irgendein Gewicht in diesem Haushalt. «Alles mögliche ist nicht in Ordnung, vor allem mit ihm. Ich könnte aus der Haut fahren!»

«Day, du darfst die Leute nicht so vor den Kopf stoßen. Wie willst du wissen, was sie für uns geplant haben?»

«Geplant!» rief sie verächtlich.

«Das können wir nicht machen. Wir müssen es rechtzeitig genug ankündigen.»

«Ich finde es schrecklich hier», sagte sie mit theatralischer Stimme. «Ich wäre lieber in einem Hotel.»

«Ich habe ihn heute morgen etwas besser kennengelernt», sagte Dr. Slade nachdenklich. «Es ist seltsam, aber man muß den Burschen einfach mögen. Er hat eine schlimme Zeit hinter sich.»

«Ach, hör auf!» schnaubte sie. «Er ist im Luxus aufgewachsen.»

«Was hat das damit zu tun? Es gibt mehr auf der Welt als nur Bequemlichkeit und finanzielle Sicherheit.»

»Sag bloß!»

Er zuckte die Achseln. «Du hast was gegen ihn, das ist alles.» Dann wandte er sich um und entdeckte die Angst in ihren Augen. «Warum schließen wir nicht einen Kompromiß und sagen ihnen, daß wir übermorgen fahren?»

«Aber ganz bestimmt? Was auch passiert?»

«Natürlich bestimmt.»

Sie schwieg einen Moment. «Das sind noch vierzig Stunden. O Gott!»

Gegen Abend hatte sich die Luft so weit abgekühlt, daß

man unter freiem Himmel im Hof essen konnte. Während des Hauptgangs räusperte sich Dr. Slade, und sie wußte, daß er es jetzt sagen würde. «Grove, Day und ich sind zu dem Schluß gekommen, daß wir uns allmählich wieder auf den Weg machen sollten.» Es folgten allerlei Proteste und gegenseitige Schmeicheleien, die kein Ende nehmen wollten; ihr war klar, was Taylor durchmachte, und er tat ihr leid.

Luchita, die sehr blaß und elegant aussah, war mit ihrem Steak fertig und zündete sich eine ihrer aromatischen Zigaretten an. Heute abend war sie besser aufgelegt; von Zeit zu Zeit warf sie Grove, der versuchte, Dr. Slade zum Bleiben zu bewegen, einen spöttischen Blick zu. Was für ein freches kleines Biest, dachte Day. Ebensogut könnte sie laut sagen: Mir erzählt er aber etwas anderes.

Man einigte sich darauf, daß Grove sie an den Zug bringen würde. Als sie durch den Kreuzgang ins Haus gingen, sagte Grove noch: «Luchita fährt übrigens am Freitag auch in die Hauptstadt.»

Mit der Schnelligkeit einer Eidechse fuhr Luchita auf der Türschwelle herum: «Ach ja?» rief sie mit heiserer Stimme. «Du glaubst, ich fahre? Mit dem Zug?»

Day setzte sich auf den Platz, den er ihr angeboten hatte, und Grove stopfte ihr Kissen in den Rücken. Sie beobachtete das Mädchen aufmerksam. Grove wandte sich zu Luchita und sagte: «Erinnerst du dich an das Restaurant am Place de l'Alma, ‹A La Grenouille de Cantal›?» Er musterte sie ernst und wartete auf ihre Antwort. Day war zuerst verwundert und dann wütend; schließlich sah sie sich sogar gezwungen, Partei für die

Kleine zu ergreifen. Es war ein beschämender und ungleicher Kampf. Luchita wand sich, zerbrach dann wie unter einem unsichtbaren Schlag. Einen Moment später murmelte sie mit kaum hörbarer Stimme: «Ja, Vero.»

Bei der nächsten sich bietenden Gelegenheit sagte Day leise zu Grove: «Sie haben wohl auf jede Frage eine Antwort, wie?»

«Nicht auf jede», gab er zurück und schaute sie aufmerksam an. Sie hatte gehofft, daß die Härte in ihrer Stimme nicht auffiel, doch jetzt erkannte sie, daß sie ihm nicht entgangen war; sein Blick war schnell und scharf gewesen. Daß er so sensibel beim Aufspüren der Feindseligkeit war, die sie vor ihm hatte verbergen wollen, erstaunte sie; es widersprach bestimmten grundlegenden Vorurteilen, die sie ihm gegenüber hegte.

Als sie im Schlafzimmer waren und die Tür hinter sich geschlossen hatten, blieb Day regungslos stehen. «Siehst du, was ich meine?» fragte sie.

«Er und das Mädchen hatten Streit, das ist alles.»

Wahrscheinlich war es sinnlos, darüber zu diskutieren. In die Kissen gelehnt, beobachtete sie vom Bett aus, wie Dr. Slade im Bademantel durch das Zimmer schlurfte. Schließlich stieg er in das andere Bett, nahm die Armbanduhr ab und streckte sich, um sie auf den Nachttisch zu legen.

«Hast du dich eigentlich je gefragt», sagte sie und sah ihn ruhig an, «*warum* er uns hergebracht hat?»

Er warf ihr einen ungläubigen Blick zu. «*Warum?* Mein Gott, Mädchen, er ist gastfreundlich. Wie kannst du fragen, *warum?*»

«Ich kann alles fragen», sagte sie.

25

Es war fünf Minuten vor halb neun. Von ihrem Bett aus hörte Day das Rascheln kleiner Vögel im Gebüsch des Patio. Die Luft stand so still, daß sie sogar die fernen Geräusche aus der Küche unterscheiden konnte: ein Eimer, der abgestellt wurde; das Schwatzen der Frauen; eine zufallende Tür. Taylor lag auf der Seite und schlief. Morgen um diese Zeit sitze ich im Zug, dachte sie und fragte sich zugleich, wie sie den unendlich langen Tag des Wartens, der vor ihr lag, überstehen sollte.

Während sie im dunklen Badezimmer stand, sagte sie sich, daß jede Stunde etwa vier Prozent der noch übrigen Zeit ausmachte. Alle fünfzehn Minuten verstrich ein Prozent. Zuerst schien es, als würde durch die Rechnerei die Zeit überschaubar und erträglich, doch nach einigen sorgfältig eingeteilten Blicken auf ihre Armbanduhr sah sie ein, daß fünfzehn Minuten eine lange Zeit waren.

Im Verlauf des Vormittags gab sie dem Zimmermädchen mehrere Kleinigkeiten zum Waschen und erklärte, daß sie alles bis zum Abend zurückhaben müsse. Von Zeit zu Zeit unterbrach sie das Kofferpacken, um sich mit Taylor zusammen im Patio zu sonnen. Kurz bevor sie zum Lunch gingen, brachte das Zimmermädchen die Wäsche gewaschen, getrocknet und gebügelt zurück. «Natürlich, in diesem Klima trocknet doch alles in zwei Minuten», sagte Taylor.

Um ein Uhr fanden sich alle in der *sala* ein, um ihre Cocktails zu nehmen. Es waren keine Anzeichen von Spannungen zwischen Grove und Luchita zu bemerken.

«Noch eine letzte Runde, ehe es wieder in die Kühlkammer geht», sagte Grove und schenkte allen nach, bis auf Luchita, die noch an ihrem ersten Drink nippte.

«Kluges Mädchen», bemerkte Dr. Slade. «Sie trinken nie besonders viel, nicht wahr?»

«Mir wird schlecht davon», sagte sie.

Bei Tisch saß Day Luchita gegenüber und hatte so Gelegenheit, sie aus nächster Nähe zu beobachten. Was sie sah, war ihr äußerst zuwider; zum ersten Mal im Leben hatte sie das Gefühl, einen Zombie vor sich zu haben. Die Augen des Mädchens waren halb geschlossen, und auf ihrem Gesicht lag ein breites, ausdrucksloses Lächeln. Wenn man sie ansprach, schien sie Schwierigkeiten zu haben, ihre Sprache wiederzufinden. Wenigstens verhieß dieser entrückte Zustand eine ruhige Mahlzeit, hoffte Day.

«Nun, dann ist das wohl unser letzter gemeinsamer Lunch», sagte Dr. Slade und löffelte seine Gazpacho. «Es war so wunderbar, daß es mir schwerfällt, mich zur Abreise aufzuraffen. Diesen Teil der Reise werde ich mit Sicherheit nie vergessen.»

Day kicherte und wurde rot. Dr. Slade schien nichts gehört zu haben. Luchita starrte sie mit plötzlich weit aufgerissenen Augen an; dann legte sie den Kopf nach hinten und blickte aus großer Höhe auf die Albernheit der Alkoholtrinker herab.

«Sie haben eine große Chance verpaßt, wissen Sie, Day», sagte Grove und deutete mit seiner Zigarette in ihre Richtung. «Ich hätte Sie nach San Felipe gebracht. Eine Fiesta.» Day hatte ihren Cocktail mit in das Speisezimmer genommen, nun trank sie einen Schluck. «Erzählen Sie lieber nichts», bat sie. «Ich will gar nicht wissen, was ich verpasse.»

Während die anderen sich unterhielten, beschäftigte sie sich damit, auszurechnen, daß schon zweiundzwanzig Prozent ihrer Zeit verstrichen waren.

«Wie wäre es, Day – Sie verschieben Ihre Abreise und nehmen die Fiesta noch mit?»

«Das meinen Sie doch nicht im Ernst?»

«Doch.»

«Natürlich verschieben wir gar nichts. Wir reisen morgen früh.» Sie lachte, um weniger unhöflich zu erscheinen, und warf Taylor einen Blick zu, da sie fürchtete, er könnte schon eingewilligt haben, die Abreise erneut in Frage zu stellen. In diesem Moment hätte es sie nicht verwundert, wenn Grove plötzlich das Wort ergriffen und erklärt hätte, es sei unmöglich, daß sie morgen früh abreisten. Dann merkte sie, daß die Gefahr vorüber war und er das Thema nicht mehr ansprechen würde.

Als sie sich erhoben, legte Dr. Slade Grove die Hand auf den Arm. «Wenn Sie entschuldigen ... ich würde den Kaffee gern auslassen und mich gleich hinlegen.»

«Ja», sagte Day. «Ich bin auch schläfrig.»

In dem Versuch, die sengende Sonne zu meiden, schlenderten sie langsam durch die Arkaden in ihr Zimmer. «Tee um fünf in Ihrem Zimmer?» rief Grove ihnen nach.

«Wunderbar!» sagte Day. Und murmelte: «Frühstück und Tee sind die besten Mahlzeiten in diesem Haus. Ich glaubte schon, das Mittagessen nähme nie ein Ende.»

«Er macht seine Drinks so verdammt stark», erklärte Dr. Slade.

Die Vorhänge waren zugezogen, um das gleißende Licht vom Patio auszusperren. «Stört es dich, wenn ich weiter packe?» fragte sie. Er wickelte sich in seinen Bademantel. «Nur zu!» sagte er und stöhnte dann inbrünstig, als er sich auf das Bett fallen ließ.

Eine Zeitlang bewegte sie sich ziellos durch den abgedunkelten Raum und trug Dinge von einer Stelle zur anderen. Schließlich wurde ihr klar, daß alles fertig gepackt war, bis auf das, was erst in letzter Minute dazukam. Ihre Vernunft riet ihr, im Zimmer zu bleiben, wo sie kein Risiko einging, Grove zu begegnen und sich auf eine Unterhaltung mit ihm einlassen zu müssen, doch die Aussicht, zwei oder drei Stunden ruhig im Halbdunkel zu liegen, war ihr unerträglich. Sie war zu nervös, um zu lesen. Es blieb nichts anderes übrig als hinauszugehen.

Es war ziemlich unwahrscheinlich, daß Grove zu dieser Zeit im Garten der Dienstboten zu tun hatte. In der Umgebung der Küche war immer etwas los, und es war beruhigend, Menschen bei einfachen Tätigkeiten zuzuschauen. Sie ging durch die große Tür und folgte der Straße, die an der Mauer entlangführte. Als sie zum Gartentor kam, stieß sie es auf und trat hinein.

Sofort hatte sie den Eindruck, daß der Ort menschenleer war. Die Truthähne waren da, wischten ihre steifen Schwanzfedern durch den Staub, und irgendwo hinter den Hütten, die tiefer im Schatten standen, kläffte ein Hund, aber menschliche Laute waren nicht zu hören.

Eine lange, überdachte Pergola, von deren Spalier blühende Kletterpflanzen herabhingen, führte zur Küchentür. Sie ging langsam hindurch und wunderte sich über die Stille des Nachmittags. Als sie in die Sonne hinaustrat, entdeckte sie auf einer Steinplatte zu ihren Füßen die Reste eines kleinen Feuers. Mehrere maschinengeschriebene Blätter waren teilweise verbrannt; angesengte, unregelmäßige gelbe Fetzen lagen neben ihrem Fuß. Sie legte den Kopf ein wenig zur Seite und versuchte mit verrenktem Hals zu erkennen, was darauf geschrieben stand. Das Wort «Gestell» fiel ihr ins Auge. Schließlich richtete sie sich wieder auf und ging weiter zur Küchentür.

Drinnen war alles still bis auf das unablässige, muntere Tropfen des Wasserhahns in ein volles Becken. Der Raum war sehr hell, in die Decke waren Glasziegel eingelassen. Sie stellte sich vor den offenen Herd. Natürlich, es war die Stunde der Siesta, wenn jedermann versuchte, sich zurückzuziehen und ein bis zwei Stunden zu ruhen, aber sie hätte doch erwartet, wenigstens eines der Mädchen hier irgendwo zu finden. Als sie zur Vorratskammer weiterging, wurden ihre Bewegungen verstohlen; sie hatte das Gefühl, daß sie kein Recht habe, durch die Küche zu gehen. Sicher würde Grove denken, daß sie dazu nicht befugt war. Im kalten Gewölbe des Eßzimmers war die Stille am greifbarsten. Sie ging schnell hindurch, ohne in die grinsenden Gesichter zu sehen. Im Hof war niemand. Eine Hängematte baumelte zwischen zwei Säulen, und ein aufgeschlagenes Buch lag mit den Seiten nach unten darin. Der Wind strich durch die unzähligen Zweige des Zitronenbaums und stieß in die herabhängenden Lianen, die nach ihr zu greifen schienen.

Als sie an den Korridor kam, der zu ihrem Zimmer führte, zögerte sie einen Augenblick und ging dann geradeaus weiter zur Vordertür. Diesmal nahm sie den Weg, der nach unten zum Fluß führte. Auf dem Felsvorsprung, den man von dort, wo sie mittags gegessen hatten, sehen konnte, standen ein paar niedrige, stachelige Bäume, auf denen Bussarde hockten, und eine kleine, teilweise zerfallene Kapelle. Hier bauten die Arbeiter den Swimmingpool; die eine Hälfte würde im Schatten der Apsis liegen, der Rest in der Sonne. Sie sah die aufgeschütteten Erdhaufen und die Schubkarren vor der barocken Fassade, aber keine Arbeiter.

Es machte ihr Spaß, mit den Füßen durch den dicken Staub zu schlurfen und eine längliche Wolke aufzuwirbeln, die hinter ihr über das leere Land trieb. Der Staub setzte sich überall an ihr fest, sie dachte mit Wonne an die Dusche, die sie bei ihrer Rückkehr nehmen würde. Es würde Spaß machen, zu sehen, daß man etwas abzuwaschen hatte.

Als der Weg zu steil abzufallen begann, kletterte sie über die Felsen am Abhang aufwärts, um durch die höchsten Äste der Bäume, die vor ihr aufragten, sehen und wenn möglich einen Blick auf den Fluß erhaschen zu können. Dann stand sie da und starrte hinaus in die wilde Landschaft. Direkt unter ihr, halb versteckt zwischen den Bäumen, war das rote Dach der *fábrica*. Der Dschungelstreifen schlängelte sich bedächtig durch das karge Land und bedeckte dabei einen großen Teil der Talfläche; vom Fluß selbst war nichts zu sehen. Nur noch eine Mahlzeit, dachte sie mit Genugtuung.

Es war noch nicht ganz zehn vor fünf, als sie ins Zimmer zurückkam, aber Taylor hatte seinen Tee schon getrunken und war wieder eingeschlafen. Das Tablett war noch da, die Kanne leer. Er trank ihn immer, solange er heiß war und ohne auf sie zu warten, egal, wann man ihn brachte. Aber sie war wütend auf Grove. Er hatte gesagt, um fünf; hier war sie, pünktlich auf die Minute, und es gab keinen Tee für sie.

Taylor lag auf dem Rücken und schlief. Es sah nicht besonders bequem aus, wie er dalag, aber ihn aufzuwekken, damit er sich umdrehte, kam nicht in Frage. Nach dem Duschen streckte sie sich flach auf dem Bett aus, in der Hoffnung, ein paar Minuten entspannen zu können. Hin und wieder stand sie auf und ging langsam im Zimmer umher. Als es anfing zu dämmern, trat sie ins rosiggraue Licht des Patio. Sie stand da und spürte, wie der leichte Wind sie umfächelte.

Wenn die ersten Sterne aufleuchten, wecke ich ihn, dachte sie. In Anbetracht der bevorstehenden Abreise war es gut, daß er so lange schlief. Sie würde sich jetzt schon zum Abendessen umziehen, dann hätte er das Badezimmer für sich, wenn er aufwachte.

Eine halbe Stunde später, als sie angezogen und bereit für die Cocktails war, trat sie noch einmal in den Patio und blickte zum Himmel hinauf. Der Wind hatte sich gelegt; es gab ein paar Sterne, aber die meisten waren hinter mächtigen Kumuluswolken versteckt, die sich in der Ferne auftürmten, vom Tageslicht hinter dem Horizont noch weiß. Sie sah, wie sich blitzende Zungen zwischen den Wolken bewegten; sie glühten und flackerten in einem gelben Licht aus tiefstem Innern.

Sie ging wieder hinein, öffnete einen von Taylors Koffern und nahm ein Päckchen Spielkarten heraus. Sie setzte sich seitlich auf ihr Bett und begann gedankenlos eine Art von Patience, an die sie seit ihrer Kindheit nicht mehr gedacht hatte. Plötzlich entschloß sie sich. «Taylor!» sagte sie. Sie schaute zu ihm hinüber und glaubte ihn tiefer atmen zu sehen. «Komm schon. Es ist halb acht.»

Seine Augen waren noch immer geschlossen, die Hände bequem über der Brust gefaltet.

«Taylor!» schrie sie. Sie beugte sich hinüber und griff nach seinem Arm, schüttelte ihn heftig. Schon war sie ganz sicher, daß nichts ihn aufwecken würde. Sie sprang auf, stand neben ihm, starrte auf ihn hinunter, legte ihm die Hand auf die Stirn und dachte: Er wird sterben. Diesmal wird er sterben.

Gleich darauf drückte sie einen Knopf in der Wand, um nach dem Mädchen zu läuten. Dann fühlte sie ihm den Puls und setzte sich, aufmerksam das beharrliche Pochen unter ihren Fingerspitzen verfolgend. Niemand klopfte an der Tür; sie läutete noch einmal. Im Badezimmer befeuchtete sie ein Handtuch und legte es ihm um den Kopf. Während sie das zusammengefaltete Handtuch auf sein Haar legte, merkte sie, daß sie es viel fester hätte ausdrücken müssen. Das Wasser rann aufs Kopfkissen. Wenn bis jetzt niemand auf ihr Läuten reagiert hatte, würde auch niemand mehr kommen; denn das Haus war leer.

Sie ging den Korridor entlang. Dort brannten Lampen. Als sie zum anderen Ende des Hofes kam, sah sie Grove hinter der Tür der *sala* stehen.

26

Gemeinsam standen sie im Zimmer und beobachteten Taylor. Grove nickte langsam mit dem Kopf, als er die reglose Gestalt sah.

«Können wir keinen Arzt rufen?» fragte sie endlich.

«Ich fürchte, er wäre uns nicht besonders dankbar, wenn wir Dr. Solera rufen.» Er grinste und verzog das Gesicht. «Es ist nichts, gar nichts», setzte er beinahe ungeduldig hinzu. «Wenn er bis Mitternacht nicht zu sich kommt, gebe ich ihm eine Spritze.»

Er führte sie in die *sala*, wo er ihr einen doppelten Wodka-Martini einschenkte.

«Ich bin heute abend selbst der Zeremonienmeister», sagte er befriedigt. «Ich habe den Leuten freigegeben für die Fiesta. Allen.»

«Mir ist die Stille schon aufgefallen. Heißt das, daß wir tatsächlich nur zu viert im Haus sind?»

«Zu dritt», sagte er und stand auf, um sein Zigarettenetui vom Kaminsims zu nehmen. «Luchita ist heute nachmittag gefahren.» Er lächelte belustigt. «Sie hatten unrecht. Sie sehen ja, was passiert. Sie hat den Kombi genommen.» Sie fühlte, wie ihre Augen sich vor Entsetzen weiteten. Dann, um den Eindruck zu vertuschen, den ihre Reaktion möglicherweise hervorrief, zwang sie sich langsam zu einem entzückten Lächeln.

«Kein Zug für Luchita!» sagte sie, versuchte zu lachen und schüttelte den Kopf. Dann merkte sie, daß er es wieder auf sie abgesehen hatte, daß er jeden Muskel ihres Gesichts studierte. Ich darf ihn nicht merken lassen, daß ich Angst habe, dachte sie immer wieder. Es war, als wartete er nur darauf, daß sie sich eine Blöße gab.

«Wer macht uns Abendessen?» fragte sie.

«Ich. Wir. Wenn es Ihnen nichts ausmacht, mir zu helfen.»

«Nein», sagte sie und versuchte freundlich zu klingen. «Ich zeige Ihnen die Küche.»

Vor ihrem geistigen Auge sah sie die weißgetünchten Wände, die schwarzen Balken an der Decke und den großen, offenen Herd. «Haben Sie Geräte eingebaut?» fragte sie, «oder benutzen Sie die alte Küche so, wie sie war?»

«Sie ist nicht alt. Sie ist nur verraucht.» Er betrachtete sie neugierig, wie ein Maler ein Modell mustern würde, das er gleich malen würde. «Sie wirkt alt, zugegeben. Sie ist ein Anbau aus der Zeit der Jahrhundertwende.»

Als der Wind plötzlich ins Zimmer wehte und sie in einen süßen Duft nach Wald hüllte, sah sie zur Tür. «Was ist da draußen los?»

«Es ist sehr wechselhaft um diese Jahreszeit», sagte er. «Mal so, mal so.»

Der Wind hatte die Wildnis ins Zimmer gebracht; ihr Ohr konzentrierte sich nun auf die Geräusche, die er draußen in der Vegetation verursachte.

«Sie sprechen nie über sich selbst», sagte sie, als er ihr den zweiten doppelten Martini reichte.

«Ich spreche ständig über mich.»

«Ich meine, über Ihr Leben. Als Sie noch ein kleiner Junge waren, beispielsweise.»

Er lachte verächtlich, sagte jedoch nichts, obgleich sie wartete.

Sie stand auf. «Ich muß mir etwas überziehen. Es zieht.»

Er bot nicht an, sie zu begleiten. Während sie zu ihrem Zimmer eilte, wunderte sie sich darüber, daß sie weiterreden konnte, während Taylor bewußtlos war. Dies schien einen Verdacht zu erhärten, den sie schon lange hegte: Menschen kommen einander nicht wirklich nahe; sie glauben nur, sich nahe zu sein. (Es war kein Rückfall, nur Teil des langsamen Genesungsprozesses, hatte Grove gesagt. Es bestand keine Gefahr.)

Sie fand die Stola, die sie suchte, und legte sie um ihre Schultern. «Stören Sie ihn nicht. Es ist wichtig, ihm seine Ruhe zu lassen.» Sie trat an Taylors Bett und nahm das nasse Tuch von seinem Kopf. Mit einem frischen Handtuch trocknete sie die feuchten Haarsträhnen so gut sie konnte. Er atmete regelmäßig, langsam und tief; sein Gesicht war weder gerötet noch blaß. Es schien grausam, ihn allein zu lassen, um in der *sala* herumzusitzen und sinnlose Konversation zu machen.

Als sie um die Ecke des Kreuzgangs bog, warf sie einen Blick in den langen Korridor, der sich im dämmrigen Gewirr von Pflanzen und Möbelstücken verlor. Einen Augenblick lang hatte ein Mann mit weißem Hemd am anderen Ende gestanden; dann verschwand er in der Dunkelheit des Hofes und tauchte nicht wieder auf.

Grove hatte eine Jazzplatte aufgelegt und sich auf den Fußboden gelegt. Sie ging hinein, stand einen Augenblick da und setzte sich dann in einen Sessel neben der Tür, wo der Lärm der Musik nicht so ohrenbetäubend war. Als der letzte Beckenschlag das Ende des Stückes verkündete, erhob er sich und schaltete die Anlage aus.

«Manchmal mag ich es so laut, daß es weh tut», sagte er.

«Sie haben gesagt, niemand sei im Haus», fing sie an. «Aber da draußen ist jemand. Ich habe ihn gesehen.»

«Wo?» fragte er und starrte sie an. In ihrem Kopf blitzte die Vorstellung auf, er könnte Angst haben.

«Ganz am Ende der Arkaden. Er verschwand im Gebüsch.»

«Es gibt noch einen Nachtwächter, unten beim Generator. Vielleicht ist er aus irgendeinem Grund heraufgekommen.»

«Ich bin erschrocken», sagte sie und legte die Hand aufs Herz, «aber ich bin natürlich auch nervös.»

«Ja.» Es war nicht zu übersehen, daß er mit seinen Gedanken woanders war. «Natürlich.» Unvermittelt wandte er sich zu ihr um. «Falls Sie sich Sorgen um den Doktor machen – das ist nicht nötig.»

Sie sah ihn einen Moment fast mit Tränen in den Augen an. «Natürlich mache ich mir Sorgen!»

«Aber Sie sind verrückt, wenn Sie ihm diese Reise morgen früh zumuten, egal, wie es ihm geht.»

«Ich bin dafür, daß wir Ihren Arzt gleich jetzt rufen.» Sie war sicher, daß sie mit dem Arzt fertig werden würde – er würde seine Zustimmung geben, und dann könnte Taylor reisen. «Ist er denn so schlimm?»

«Besonders gut ist er nicht, das steht jedenfalls fest.»

«Immerhin ist er Arzt», sagte sie vorwurfsvoll.

«Sie möchten keinen Drink mehr, oder? Gehen wir und machen uns etwas zu essen. Wir können beim Kochen weiterreden.»

Während er sie durch das halbdunkle Eßzimmer

führte, sagte sie sich immer wieder, daß sie von dem Augenblick, da sie durch die Tür in den Vorratsraum traten, so tun mußte, als sähe sie alles zum ersten Mal. Auf halbem Weg durch den Vorratsraum sagte sie: «Das ist ein älterer Flügel, nicht wahr?»

Er hörte nicht hin. «Es gibt noch ein paar Papayas und Mangos im Kühlschrank, die müssen kleingeschnitten werden.» Sie waren in der Küche; sie sah zu den gewölbten Balken auf.

Grove füllte einen großen und einen zweiten, etwas kleineren Topf mit Wasser, stellte sie auf den Herd und zündete die Gasbrenner an. «Jetzt haben wir direkten Kontakt», sagte er leise. Während das Wasser sich erhitzte, half sie ihm auf dem großen Tisch in der Mitte des Raumes die Früchte zu zerkleinern. Dann lehnte sie sich gegen die Spüle und schaute zu, wie er Dosen und Päckchen öffnete und wortlos anfing, auf dem Herd eine Sauce anzurühren.

«Glauben Sie, Luchita ist für immer gegangen?»

Er sah überrascht auf. «Warum sollte ich das glauben? Sie ist doch nicht weggelaufen.»

«Warum heiraten Sie sie nicht, Grove?» sagte sie weich.

«Meinen Sie das im Ernst?» Er hielt einen Augenblick im Rühren inne und sah, daß es so war. «Sie haben sie doch gesehen», antwortete er und leerte eine Packung Spaghetti in den Topf mit kochendem Wasser.

«Oh, heiraten Sie sie doch, um Gottes willen! Was ist denn los mit Ihnen?»

Er wandte sich dem kleineren Topf zu, hielt seinen Arm hoch und ließ etwas Sauce vom Löffel in den Topf zurücktropfen. Er sah jedem Tropfen aufmerksam zu. «In diesem Land», meinte er langsam, «sagt man, daß du ebensogut eine politische Rede halten wie ungefragt einen Rat geben kannst. Es hört doch keiner zu.»

Sie warf die Zigarette ins Spülbecken hinter sich. «Nun, ich kann Ihnen sagen, Sie werden niemals glücklich sein, wenn Sie nicht tun, was, wie Sie selbst wissen, richtig ist. Darum geht es schließlich im Leben.»

«Darum geht es im Leben!» rief er ungläubig. «*Worum* geht es im Leben? Ja. Was ist das Wichtigste?» Er rührte in der Sauce. «Es geht darum, wer den Dreck wegräumt.»

«Ich weiß nicht, was Sie meinen», sagte sie. Ihre Stimme klang feindselig.

«Es gibt einiges zu tun. Wenn Sie es nicht selbst tun wollen, müssen Sie dafür sorgen können, daß es jemand anders tut. Darum geht es im Leben. Oder ist das nicht das, was Sie hören wollten?»

Sie zögerte. «Ich weiß nicht. Sie scheinen mir ein erwachsener Mann zu sein. Warum haben Sie all das nicht längst hinter sich, frage ich mich. Wenn Sie zehn Jahre jünger wären, wäre es nicht so verwunderlich.» Sie hätte gern «widerwärtig» gesagt, denn so meinte sie es, aber einen Bruch zu riskieren, wäre einer Art Kapitulation gleichgekommen. Sie mußte bei ihm bleiben und beweisen, zumindest vor sich selbst, daß sie keine Angst vor ihm hatte. Sie wandte das Gesicht ab, damit er den Ausdruck von Abscheu, der sich darin spiegelte, nicht sah, und sagte dann: «Aber wird das nicht irgendwann langweilig? All die Feindseligkeit, Jahr um Jahr nur hassen, hassen? Wie schaffen Sie es, das durchzuhalten?»

«Das Leben hilft einem dabei. Machen Sie sich darum keine Sorgen.»

Sie zuckte die Achseln. «Es ist nicht mein Problem.»

«Nur ein vollkommener Idiot würde seine Sorgen einer Frau anvertrauen», sagte er plötzlich mit einer gewissen Bitterkeit.

»Sorgen?» Sie musterte ihn und zündete eine neue Zigarette an. «Sie haben Sorgen?»

Sein Gesicht verdüsterte sich; er betrachtete die Sauce genauer. «Ja, ich habe Sorgen.» Er hatte es gesagt, ohne zu überlegen, aber jetzt schien er über die Bedeutung des Wortes nachzudenken.

Sie schaute ihn an und glaubte ihm. «Es tut mir leid», sagte sie. «Aber was immer es ist, ich habe das Gefühl, Sie werden damit fertig. Sie müssen sich nur entscheiden.»

Er schien zu verhärten. «Wozu?»

«Sich darauf zu konzentrieren, damit fertig zu werden, meine ich.»

Er drehte sich zu ihr um, und sie merkte mit Grauen, daß er die Augen während der letzten paar Sekunden geschlossen gehabt hatte; sie waren noch geschlossen, als er sich umdrehte. Als er sie aufschlug, öffnete er auch den Mund und lachte einmal auf. Es klang wie ein junger Hund, der versucht zu bellen.

«*Abajo*, San Felipe!» rief er. «Ich bin kein Koch.» Nun hatte sie den Eindruck, daß er wieder in sich zurückgekehrt war und die Tür verschloß.

«Ich hätte nicht allen freigeben müssen», fuhr er fort. «Es schien einfach eine billige Möglichkeit, das gute Verhältnis zwischen Herr und Dienerschaft zu zementieren. Man muß es immer wieder neu abstützen, verstehen Sie? Es wird ausgewaschen wie ein Deich. Sollen wir uns gleich hier hinsetzen? Oder wollen Sie lieber alles auf ein Tablett stellen und ins Eßzimmer tragen?»

Sie hörte nicht auf, ihn zu beobachten, in dem plötzlichen Bewußtsein, daß eine schattenhafte Verbindung zwischen ihnen bestand. Im gleichen Augenblick spürte sie zum ersten Mal den kalten Hauch physischer Angst. Und aus irgendeinem verborgenen Grund, den sie niemals zu entdecken hoffte, hatte er Angst vor ihr.

Sie setzten sich an einen langen Tisch mit einer Marmorplatte nahe am Herd. Der Dampf, der aus der Sauce aufstieg, roch nach Knoblauch und Gewürzen, aber sie hatte keinen Appetit, als er sie ihr reichte. Nur für den Bruchteil einer Sekunde war sie seinem Blick begegnet, als er die Augen aufschlug, die auf eine innere Welt voller Qualen fixiert gewesen waren, aber sie war sofort davon ergriffen und zu ihm in diese Sphäre gerissen worden. Als sie den Gedanken faßte, ich bin ich, war es vorbei, doch für den unendlich kurzen Moment, der dazwischen lag, war die Distanz zwischen ihnen gleichsam aufgehoben gewesen. Es war eine Tatsache, ebenso wie der tropfende Hahn (unter dem jetzt eine flache Schüssel stand) oder die elektrische Uhr, die auf dem Kühlschrank surrte, oder die rußgeschwärzte Verkleidung des Kamins über dem Herd.

Nach den ersten paar Bissen fiel es ihr leichter zu essen. Er erzählte ihr mehrere unwahrscheinliche Geschichten über den Abt des Klosters; sie hörte zu und beobachtete ihn, wobei sie sich sagte, daß dabei immerhin die Zeit verging. Das Schlimme mit Grove war, dachte sie und versuchte ihn eine Minute objektiv zu beurteilen, daß es unmöglich war, sich in seiner Gegenwart zu entspannen; er war zu verzweifelt und endgültig in seinem Verhalten.

«Normalerweise steht immer eine Schüssel Eis für mich im Kühlschrank», sagte er, als sie mit dem Essen fertig waren, «und ich hoffe bei Gott, daß sie heute abend da ist. Diese *fiestas* machen sie ganz verrückt. Alles mögliche kann passieren.»

Er stand auf und sah ins Eisfach. «Sie ist da», verkündete er. «Möchten Sie etwas?» Sie ließ sich etwas in ein Schälchen füllen. «Wir essen es am Kamin», sagte er.

Als sie es sich in der vertrauten *sala* auf Stapeln von Kissen gemütlich machte, fühlte sie sich etwas besser, obwohl sie sich danach sehnte, in ihr Zimmer zu gehen. Er schaltete das Tonbandgerät ein; diesmal bildete der Jazz einen kaum hörbaren Hintergrund.

Hin und wieder sagte einer von ihnen etwas. Zwischendurch spielte die Musik weiter. Am Ende war der weiche Vorhang des Jazz zu leerem Schweigen geworden; die Maschine lief weiter. Sie konnte die langgezogenen Triller der nächtlichen Insekten in den Zweigen des Zitronenbaums hören. Gelegentlich streifte sie ein matter Windhauch.

Grove war aufgestanden, hatte das Gerät gestoppt und ließ jetzt das Band vorlaufen. «Ich habe hier irgendwo eine wunderbare Dschungelsequenz. Nur Nachtgeräusche.» Er schaltete auf Wiedergabe, drehte die Lautstärke auf, und das trockene, metallische Lied der Urwaldnacht erfüllte den Raum.

«Schön», sagte sie. Nach einer angemessenen Weile stand sie auf.

«Er ist in Ordnung, glauben Sie mir», sagte er und erhob sich. «Man muß ihn von selbst aufwachen lassen. Wenn er Hunger hat oder Sie irgend etwas brauchen, mein Zimmer ist das letzte auf dem Flur, der nach rechts abgeht, ganz am Ende.»

«Danke.» Sie war zu müde, als daß ihr irgend etwas anderes eingefallen wäre.

27

Im Zimmer war alles unverändert: die angeknipste Stehlampe, die Vorhänge vor der Tür zu dem kleinen Garten, das Nachthemd, das über der ledernen Stuhllehne hing.

Dr. Slade jedoch war nicht im Bett. Sie sah die Mulde in der Matratze und die Vertiefung im Kopfkissen, wo sein Kopf gelegen hatte. Es war mehr, als sie gehofft hatte; es konnte nicht wahr sein. «Taylor», rief sie leise, neben der Badezimmertür stehend.

Kein Laut. Sie öffnete die Tür einen Spalt; es war dunkel. Sie drückte die Tür ganz auf und starrte in das leere Badezimmer. Sie zog die Vorhänge zurück und trat in den Patio. Es war ziemlich dunkel hier draußen, aber sie konnte die weiß getünchten Mauern um den Garten herum erkennen und die scharf umrissenen Silhouetten der Pflanzen davor. Es war niemand da.

Wieder im Zimmer, am Fußende ihres Bettes stehend, drehte sie sich langsam um und betrachtete nacheinander jede einzelne Wand. Es hatte keinen Zweck, zur Tür zu gehen und seinen Namen durch den Kreuzgang zu schreien; trotzdem trat sie einen Augenblick hinaus und rief einmal «Taylor!» in den finsteren Hof. Einen Moment später eilte sie unter den Torbögen auf das offene andere Ende des Kreuzgangs zu. Unter der letzten Tür war ein Lichtstreifen sichtbar. Sie klopfte viermal rasch hintereinander.

Es schien ziemlich lange zu dauern, bis Grove in einem weißen Bademantel herauskam und die Tür hinter sich schloß.

Sie standen im Dunkeln. Er wartete, also sprach sie. «Er ist aufgestanden und aus dem Zimmer gegangen. Ich weiß nicht, wo ich ihn suchen soll.»

Er zog den Gürtel seines Bademantels straffer. «Er ist irgendwo in der Nähe. Er wird nicht weit gegangen sein.»

«Irgendwo in der Nähe?» wiederholte sie ohne rechte Überzeugung. «Im Dunkeln?» Mit einer Bewegung ihres Armes umschrieb sie die weite, unbeleuchtete Fläche des Hofes. «Er sollte nicht da draußen herumlaufen. Angenommen, er phantasiert oder schlafwandelt?»

Er klopfte ihr auf die Schulter. «Warum gehen Sie nicht einfach ins Bett? Er wird wiederkommen. Vermutlich wollte er nur ein wenig frische Luft schnappen.»

Das war mehr, als sie ertragen konnte. «Sind Sie verrückt geworden?» rief sie. «Ich muß ihn finden.»

«Fühlen Sie sich wie zu Hause. Normalerweise ist der Lichtschalter immer rechts an der Wand neben der Tür. Ich glaube nicht, daß Sie ihn finden werden. Wie Sie schon sagten, es ist nicht gerade wahrscheinlich, daß er in einem dunklen Haus herumsteht.» Er machte einen Schritt auf seine Zimmertür zu.

Ein langes Schweigen folgte. «Ich verstehe», sagte sie. «Ich dachte, Sie würden mir vielleicht helfen wollen.»

Er antwortete nicht, stand einfach nur mit der Hand auf der Türklinke da.

Jetzt zeigt er endlich sein wahres Gesicht, dachte sie. Sie lauschte auf den Wind in den Schlingpflanzen. Ein Hahn krähte in der Nähe.

«Wenn er nicht im Haus ist, ist er hinausgegangen», sagte er. «Wenn er hinausgegangen ist, wird er wiederkommen. Er ist kein Kind.»

«Die Tatsache, daß er krank war, die Tatsache, daß er noch vor einer Stunde nicht bei Bewußtsein war – bedeutet Ihnen das nichts?»

Er öffnete die Tür einen Spalt und trat halb ins Zimmer. «Nein, weil es unwichtig ist. Ich gebe Ihnen den guten Rat, zurückzugehen und sich hinzulegen.»

«Sie sind unglaublich!» sagte sie, aber ihre Stimme war so gepreßt, daß sie zweifelte, ob er sie gehört hatte. Außer sich vor Wut drehte sie sich um und ging sehr schnell weg. Das Geräusch ihrer Absätze auf dem Steinboden erschien ihr lächerlich, selbst als sie hörte, wie seine Tür ins Schloß fiel. Sie war besessen von der Vorstellung, sich auf ihn zu stürzen, sein Gesicht zu zerkratzen, ihn zu treten; der blinde Haß, den er geweckt hatte, sprang auf das Haus über und das Land drumherum, und im nächsten Augenblick stand sie vor der Vordertür, die sie aufstieß. Sie stand da und sah hinaus auf die Straße und die Bäume, die vom Mondlicht übergossen waren. Plötzlich war sie sicher, daß Taylor dort draußen war – nicht im Haus.

Zuerst ging sie zu dem Tor, das in den Garten führte. Es war unverschlossen. Die Hütten waren alle dunkel, und auf dem Stroh der Dächer bildete der Mondschein, der durch das Geäst drang, kleine Lichtflecken. Unsicher machte sie einen Schritt in die Finsternis, dann hielt sie inne und lauschte. Was sie in der Ferne hörte, klang wie ein schneller, unregelmäßiger Trommelrhythmus. Der Generator, dachte sie, und dort unten gab es einen Wachtposten. Sie trat weiter hinein in den Tunnel aus Schatten. Als sie die Allee von Bäumen und Häusern hinter sich hatte, kam sie an eine freie Stelle, und dort war eine Treppe, die abwärts führte. Das Geräusch war hier sehr laut; zwischen den Büschen weiter unten konnte sie ein Gebäude erkennen, aber kein Licht. Der Mondschein lag hell auf den Stufen. Erst als sie an die andere Seite der Hütte gelangt war und unter den Bananenstauden, die dort wuchsen, entlangging, hörte sie das Radio. Dann sah sie einen Mann, der vor der offenen Tür hockte, ein Transistorradio auf dem Boden neben sich. Er stieß einen Laut aus, sprang auf und schaltete eine Lampe im Eingang an; ein hellbrauner Indianerjunge mit Schirmmütze starrte sie mißtrauisch an. Sie lächelte, doch fiel ihr keine Erklärung für ihr plötzliches Eindringen ein. Der Junge erwiderte das Lächeln nicht. Statt dessen rief er: «Señor Thorny!»

Da war der Klang schwerer Stiefel, die sich auf der anderen Seite der Stauden näherten. Ein hochgewachsener junger Mann, wie ein Cowboy gekleidet, tauchte auf und blickte gleichgültig in ihre Richtung; es kam ihr sehr lange vor. Wie der Bösewicht in einem Western, dachte sie. Der Indianerjunge machte keine Bewegung. Plötzlich fing der Cowboy mit leiser, dünner Stimme zu sprechen an, und sie hob überrascht den Kopf. Sein Englisch war tadellos.

«Suchen Sie etwas Bestimmtes oder machen Sie nur einen Spaziergang?»

«Oh, ich habe das Geräusch gehört und bin heruntergekommen», sagte sie, wohl wissend, daß es absurd und wenig überzeugend klang. Er wartete, und plötzlich kam ihr eine Idee. «Ich glaube, Sie hatten recht. Ich wollte tatsächlich etwas.»

Jetzt wartete sie. «Ja», sagte er schließlich.

«Was ich eigentlich suchte, worauf ich aber nicht zu hoffen wagte, war eine Mitfahrgelegenheit nach San Felipe.»

«Sie meinen heute nacht, gleich jetzt?»

«Genau das meinte ich.»

Er trat auf sie zu. «Ich würde es tun, Baby, aber der Lastwagen gehört nicht mir.»

Sie zögerte. «Ich wollte nur zu einem Arzt.»

Wieder sah er sie bloß an.

Sie war nicht sicher, wie er reagieren würde, aber sie fuhr trotzdem fort: «Es wäre mir hundert Dollar wert.»

«Verstehe.» Jetzt starrte er auf den Boden.

Schließlich hob er den Kopf. «Das Problem ist dasselbe, aber ich riskiere es. Wann wollen Sie aufbrechen?»

«Sofort.»

«Ich muß die Schlüssel holen. Warten Sie hier.» Er wandte sich ab. Das Geräusch seiner Stiefel auf dem Kies wurde leiser. Sie ging ziellos auf dem freien Platz vor den

Bananenstauden auf und ab, während der Indianerjunge sie anstarrte. Gelegentlich verspürte sie den Drang, in ihr Zimmer zurückzukehren: Taylor könnte dort auf sie warten. Aber sie glaubte es nicht, und sie würde keinen Fuß mehr in das Haus setzen, solange sie nicht Dr. Solera bei sich hatte. Sie hörte die Stiefel des Cowboys über den Boden stampfen, als er zurückkam.

«Fertig», sagte er hinter dem Wall der Bananenblätter. Sie gingen, teils durch den Garten, teils über den steinigen Sandboden, zur Garage, wo sie im Licht des Mondes einen Lastwagen erkannte. Er stieg ein, beugte sich herüber und öffnete ihr die Tür. Der harte Sitz war sehr hoch über dem Boden, und der Motor veranstaltete einen unglaublichen Lärm, als er den Anlasser betätigte. Dann wendete er, und sie rollten die Auffahrt hinab. Vorsichtshalber hatte er das Tor schon geöffnet, als er die Schlüssel holen gegangen war. Sie glitten hindurch; die Ranch lag hinter ihnen.

Er drehte sich halb zu ihr um. «Sind Sie auch warm genug angezogen, Baby? Da oben ist es viel kälter, verstehen Sie?»

Selbst wenn sie gewußt hätte, daß die Straßen von San Felipe tief verschneit sein würden, hätte sie nicht daran gedacht zurückzugehen, um sich einen Mantel zu holen. Sie sah durch die Windschutzscheibe auf den Himmel voller Sterne. «Wieso sagen Sie Baby?» fragte sie.

Er war verblüfft. «Wieso ich Baby sage? Weil ich so rede, deshalb. Warum, mögen Sie es nicht?»

«Es stört mich nicht», sagte sie nachdenklich.

Er gab keine Antwort. Der Lastwagen donnerte

über den Highway in trockene Bachbetten hinein und wieder hinaus, durch Wüste und Savanne. Zwischen zwei Hügeln hielt er an, sprang hinaus und warf die Tür hinter sich zu. Nachdem sie es geschafft hatte, ihre Tür zu öffnen, stieg auch sie aus. Er stand hinter dem Lastwagen in der Kälte und sah hinunter ins Tal, das sie gerade verlassen hatten. Als er sie bemerkte, wandte er sich um und fing an, gegen die Reifen zu treten. «Ich habe ständig Angst vor einem Platten», sagte er. Weit unten im Tal sah sie die Scheinwerfer eines Wagens, der auf sie zukam.

«Okay?» Sie stiegen ein, warfen die Türen zu und fuhren weiter. Als sie an den ersten *cantinas* am Stadtrand vorbeikamen, warf er ihr einen kurzen Blick zu. «Sie wollen einen Arzt? Das heißt Solera.»

«Ja», sagte sie ungeduldig.

«Aber bei dieser Fiesta, ich weiß nicht... wir werden zu Fuß gehen müssen.» Er hatte die Geschwindigkeit gedrosselt. Durch das Fenster drang, über den Motorenlärm hinweg, das unaufhörliche Knattern von Feuerwerkskörpern herein, und sie konnte zwei oder drei Kapellen gleichzeitig spielen hören.

Er parkte unter ein paar Tamarindenbäumen in der Nähe des leeren Marktplatzes. Männer lehnten an den Baumstämmen und lagen vor den dunklen Ständen. Sie stiegen aus, und er schloß die Türen ab. «Kommen Sie», sagte er.

«Wissen Sie, wo er wohnt?»

«Natürlich. Allerdings will das heute nacht nicht viel heißen.»

Der Lärm der Marimbas, Kornetts und lauten Stimmen kam näher, als sie den Marktplatz überquerten; die Menge befand sich am Ende der Straße, etwas weiter vorn. Gelegentlich sauste eine Rakete beinahe frontal auf sie zu, um direkt über ihren Köpfen zu explodieren.

Day war nicht gewohnt, mehrere tausend maskierte Männer und Frauen zu sehen, die sich gegenseitig anschrien. Es war klar, daß das Feuerwerk gefährlich war: Mehrere Raketen waren mitten in die Menschenmenge gerast. Sie versuchte, etwas langsamer zu gehen, er aber zog sie weiter, bis sie auf der belebten Plaza waren, unter Lichtern und Luftschlangen, eingekesselt von der Menge. Sie mußten kämpfen, um sich einen Weg über den Platz zu bahnen.

«Müssen wir denn da mitten durch?» rief sie. Er schien sie nicht zu hören, schob sie nur weiter vorwärts. Sie spürte, wie auf allen Seiten Körper gegen sie stießen und drängten, sah die glänzenden, bemalten Masken: Schädel, Affen, Dämonen – und plötzlich erkannte sie den Sinn der Fiesta. Sie galt nicht der Ehre Gottes oder des Heiligen, nach dem sie benannt war. Sie war eine Nacht kollektiver Angst, in der alle übereingekommen waren, sich zu fürchten. Jeder war darauf aus, den anderen zu erschrecken; in den Stimmen gellte Panik. Und keiner wußte, wo die Raketen und Knallkörper ihr Feuer hinspeien würden.

Das Gedränge war zunächst überwältigend gewesen, dann schmerzhaft und unangenehm. Sie war sicher, daß die Gesichter hinter den Masken unfreundlich waren.

In der Mitte der Plaza stand ein Kiosk, über und über mit Plakaten beklebt. *Revindicación, Redención, Revolución,* forderten sie. Eine Nische an diesem Kiosk, in die sie sich hatte drängen lassen, bot notdürftigen Schutz vor dem Geschiebe der Menge.

«Irgendwie hatte ich gehofft, daß wir ihn hier finden», sagte er. «Die bedeutenden Bürger der Stadt sitzen gewöhnlich da oben bei der Kapelle.»

«Ist er wirklich so ein schlechter Arzt?»

«Kann ich Ihnen nicht sagen.»

Sie standen eine Weile da und sahen zu; der Tumult machte ein Gespräch fast unmöglich. Doch einmal sah sie auf, und er war nicht da, und ihr Herz setzte aus. Dann fing sie verzweifelt an, alle größeren Männer in ihrer Nähe zu mustern. Er konnte nicht einfach weggegangen sein, ohne seine hundert Dollar. Als sie sich davon überzeugt hatte, daß er nicht da war, senkte sie den Kopf. Plötzlich begriff sie, daß er sie an Grove verraten hatte. Entschlossen stürzte sie sich in die Menge. Sie würde Dr. Solera allein finden. Sie biß die Zähne zusammen und versuchte mit aller Kraft, ihren Körper vorwärtszuschieben.

Am Ende wurde sie taumelnd und schwankend aus dem inneren Kern des Gedränges herauskatapultiert und gegen eine Betonbank geschleudert. Eine Gruppe von Jugendlichen stand darauf und spähte über die Köpfe der Menschenmenge hinweg. Als sie gegen ihre Beine flog, starrten sie sie überrascht an. Einer sprang herunter und stand neben ihr auf dem Boden. Hastig begann sie in sorgfältigem Spanisch: «*Buenas noches*. Ich suche ein Hotel.»

Sie gingen los. Sie wurde so oft von vorbeieilenden Leuten angerempelt, daß er sie am Arm nahm, um ihr Halt zu geben. Eine Rakete explodierte in einer Gruppe genau vor ihnen; ein schluchzendes Mädchen, das sich die Hände vor das Gesicht hielt, wurde weggeführt.

Schließlich ließen sie die Plaza hinter sich und gingen durch die kleinen, dunklen Gassen. Von Zeit zu Zeit, wenn der Wind drehte und von den Sümpfen her wehte, hing ein übler Geruch in der Luft – ein schwerer, fetter Gestank, der sich langsam in den Straßen ausbreitete, bis eine neue Brise ihn verjagte. Die Indianer hockten ruhig im Staub, im Schein von Kerzen und Karbidlampen, und ordneten ihre Kräuter und das Kopalharz zu kleinen Mustern auf dem Erdboden, die leeren Augen auf einen Punkt jenseits der Stadtgrenzen gerichtet.

Sie gelangten zu einer anderen Plaza, die kleiner war und menschenleer bis auf ein paar betrunkene Mestizen, die auf Bänken und unter Bäumen lagen. An der gegenüberliegenden Seite der Plaza, am Ende einer Reihe bescheidener Häuser, kamen sie an eine Tür mit einem kleinen Schild darüber: PENSION FÉNIX. CAMAS.

Sie stand still da und horchte auf den fernen Tumult, während er klopfte. Vielleicht war niemand da, um die Tür zu öffnen. Aber dann stand eine alte Frau vor ihnen, das schwarze Umschlagtuch fest um den Kopf gezogen, blinzelte und runzelte bei ihrem Anblick die Stirn. Nachdem der Junge einen Augenblick mit ihr gesprochen hatte, öffnete sie die Tür etwas weiter. *«A sus órdenes»*, murmelte er, drehte sich um und lief die Straße hinunter. Day trat ein.

Der kleine Patio war voller Möbel und Pflanzen. Von hier führte die alte Frau sie in einen Raum, der nichts anderes enthielt als ein Messingbett und einen runden Tisch, auf dem eine Schale verstaubter Wachsblumen stand. «Dr. Solera», begann sie. «Wo ist sein Haus? Ich will ihn sehen.»

Die alte Frau sprach eine Zeitlang; Day entnahm ihren Worten, daß das vor morgen früh unmöglich sei. Trotzdem beharrte sie darauf. Man könnte ihr wenigstens sein Haus zeigen. Doch die alte Frau zog sich den *rebozo* noch fester um die runzlige Stirn und fing an, leise vor sich hin zu murmeln und zu stöhnen. «*No se puede*», sagte sie und trat in den Patio. Day folgte ihr.

In der Mitte stand ein großer Käfig, mit feinem Maschendraht umwickelt, in dem Vögel flatterten und zwischen den Ästen eines toten Baumes herumhüpften. Die alte Frau stand neben dem Käfig, schaute im Dunkeln den Bewegungen der Vögel zu, und ihr Gesicht nahm einen Ausdruck an, den man als Zufriedenheit hätte deuten können.

Day hielt sich im Hintergrund und wartete auf einen günstigen Augenblick, wenn die Frau wieder ansprechbar sein würde. Auf einem kleinen Korbtisch, der mit Spitzendeckchen bedeckt war, lag ein abgegriffenes Fotoalbum. Sie hielt es unter die Glühbirne und blätterte es schnell durch. Die Bilder waren alte Postkarten, ausnahmslos Ansichten eines Vulkans dieser Gegend. Dann legte sie das Album weg und griff nach einer Illustrierten. Darin fand sie nur Fotos von unzähligen Nonnen in Reih und Glied und ein ganzseitiges Porträt des Papstes. Als es viermal schnell hintereinander an der Eingangstür klopfte, war sie überzeugt, daß es nur Grove sein konnte; es war beinahe so, als hätte sie seine Stimme gehört. Sie ließ die Illustrierte neben sich zu Boden fallen, stand ganz still da und blickte hinauf zu den Sternen.

VIER

28

Im blendenden Licht der Scheinwerfer wirkte der Weg noch holpriger als er war; jeder herankommende Hügel zeichnete sich scharf vor der Dunkelheit ab. Thorny fuhr so schnell er konnte, versuchte den Lärm des Motors und das Klappern der Karosserie auf einem konstanten Niveau zu halten. Veränderungen in Tonhöhe und Lautstärke verringerten die hypnotische Wirkung des Geräuschs, das er im Augenblick brauchte, um seinen Gedanken nachhängen zu können. Nicht daß er glaubte, es hätte irgendeinen Sinn, über den Schlamassel, den Grove angerichtet hatte, nachzugrübeln oder sich gar aufzuregen. Seine eigene Rolle darin war abgeschlossen; er hatte genau das getan, was man ihm gesagt hatte, und nun war es wieder nur eine Frage des Abwartens, diesmal allerdings war er eher skeptisch als zuversichtlich. Grove hatte es schon immer in der Hand gehabt, ihm den Boden unter den Füßen wegzuziehen; bisher hatte er es jedoch nie getan. Als er sich vorzustellen versuchte, wie er an Groves Stelle die ganze Sache angegangen wäre, kam er zu dem Ergebnis, daß alles, was Grove getan hatte, schon von der ersten Nacht an falsch gewesen war.

Er hatte Thorny zu Hause angerufen und gesagt, er werde ihn draußen auf der Straße erwarten. Dort hatte Thorny ihn dann getroffen, wie er hastig vor der schäbigen Eingangstür auf und ab ging, die Blicke der Passanten ignorierend. Als erstes hatte er Thorny eine Handvoll *grifas* zugesteckt. Sie zündeten jeder eine an und gingen schnell in Richtung der noch armseligeren Randgebiete der Stadt, am Schlachthof vorbei, wo die Straßen nicht mehr gepflastert waren. Hier gab es einen kleinen, total überwucherten Park; zu dieser späten Stunde lag der Ort vollkommen verlassen da.

Sie setzten sich auf eine Bank und redeten. Thorny hatte die Angewohnheit, seine *grifas* zu zählen, und er war bei der vierten, als Grove ihm in seiner typischen, umständlichen Art hunderttausend Dollar anbot. Grove hatte schon geraucht, ehe er zu ihm gekommen war; Thorny nahm daher an, daß es sich um eins seiner Hirngespinste handelte. Eine Weile spielte er das Spiel mit, verfiel jedoch in mürrisches Schweigen, als ihm das Gerede über Geld zwangsläufig seine eigene prekäre Lage vor Augen führte, und starrte auf die Blätterschatten neben der Bank.

Und die kleinen Busse fuhren auf ihrem Weg zu den außerhalb liegenden Dörfern vorbei, ratterten mit ihrem trüben blauen Licht im Innern die Straße entlang, und Thorny dachte, daß Reichtum die Menschen sadistisch machte. Grove, der sicher sehr high war, hatte so lange und weitschweifig geredet, daß er ihm schließlich das Wort hatte abschneiden müssen. «Paß auf», hatte er gesagt, «an dem Tag, wo ich hundert Riesen sehe, habe ich entweder Kinderlähmung oder Krebs.»

Und Grove hatte ihn angeschrien: «Herrgott! Merkst du eigentlich nicht, wenn ich es ernst meine? Hast du nicht zugehört?»

Sie standen auf, gingen weiter. Der Wind blies durch die Bäume und fuhr ihnen ins Gesicht; die Straßenlaternen schaukelten hinter den Blättern. Noch einmal schilderte Grove ihm sein Projekt. Am Ende schüttelte Thorny, obwohl innerlich höchst erregt, den Kopf: «So einfach ist das nicht, Baby. So einfach ist es nie.»

Die Gewohnheit, alles ohne Fragen zu akzeptieren, hatte den Zweifel, der, wie er nun sah, von Anfang an da gewesen war, in den Hintergrund gedrängt. Etwa einen Monat später hatte Grove ihm eines Tages einen dicken Stapel getippter Blätter überreicht. «Ich komme voran», erklärte er bescheiden. «Hier sind ein paar Notizen für den Fall, daß du sie mal anschauen willst.» Sie verfehlten den gewünschten Eindruck auf Thorny nicht; nachdem er sie gelesen hatte, bekundete er seine Bereitschaft, bei der Sache einzusteigen. Grove zeigte weder die Überraschung noch die Freude, die er erwartet hatte. Es war klar, daß er von Anfang an mit ihm gerechnet hatte.

Thorny hatte es schon merkwürdig gefunden, daß Grove in dieser Angelegenheit nicht auf äußerste Verschwiegenheit bedacht war; wenn man etwas Derartiges unternahm, tat man es allein und sprach mit niemandem darüber. Doch die große Frage, die ihn, hätte er Grove nicht so gut gekannt, bestimmt abgeschreckt hätte, war die Höhe der angebotenen Summe. Sicher, es war nicht mehr als ein Versprechen, aber Groves Wort galt.

«Ich mache es, Baby. Das weißt du», hatte er Grove gesagt. «Aber ich frage mich andauernd, warum du das Geld nicht sparst und die Sache selbst erledigst.»

Grove starrte ihn an, entsetzt über seine Begriffsstutzigkeit. «Was?» rief er. «Um mir für den Rest meines Lebens eine solche Schuld aufzuladen? Um Gottes willen!»

«Oh, ich verstehe», sagte Thorny. «Wirst du Luchita bei dir haben?»

«Wenn das hier gelaufen ist, kann ich sie nach Paris gehen lassen.»

«Ich hätte auch nichts gegen eine kleine Reise einzuwenden», überlegte Thorny. »Vielleicht auf einem Frachter, einem von denen, die neunzig Tage bis Palembang brauchen.»

Groves Blick hatte seine Phantasien abgekühlt. «Darauf wirst du lange warten, weil du von den Zinsen leben wirst. Plötzlicher Reichtum – in einer Stadt wie dieser?»

Thorny nickte zerknirscht. «Du hast recht. Gott, ja!»

Von Zeit zu Zeit, wenn der Wagen eine scharfe Kurve beschrieb, wurde er ganz vom aufgewirbelten Staub, den der Wind vor sich hertrieb, eingehüllt, so daß die weißen Felsblöcke und Büsche am Wegrand verschwanden, doch er schaltete weder herunter noch bremste er ab. Damals hatte er Groves Erklärung akzeptiert. Es war ein kindisches Verlangen, nichts damit zu tun haben zu wollen; wahrscheinlich würde das Überreichen des Geldes eine Geste der Barmherzigkeit sein, um Grove zu helfen, an seine Unschuld zu glauben. Doch schon während er all das akzeptierte, war Thorny beunruhigt gewesen.

Einmal hatte er eine ganze Nacht gegrübelt. Als es Morgen wurde, rief er Grove an. In einem Café gegenüber dem Correo Central platzte er heraus: «Ich habe nachgedacht. Ich glaube, ich schaffe es nicht.»

Grove schnitt ihm das Wort ab. «Paß auf: Ganz egal, wie du es dir vorstellst, es wird anders sein. Also fang gar nicht erst damit an.»

Danach hatte er seine Ängste für sich behalten. An

dem Tag, als sie nach Puerto Farol aufbrachen, reichte Grove ihm eine kleine Schachtel. «Eine jetzt und dann alle zwei Stunden wieder eine.» Gegen Mittag hatte er einen Zustand fröhlicher Gleichgültigkeit erreicht. Als sie den östlichen Hang der Sierra hinabrasten, sagte er: «Die Pillen sind nicht übel. Ich fühle mich, als hätte ich lauter Kissen um mich herum.»

«Gut», sagte Grove und verfiel wieder in Schweigen. Thorny war vollkommen entspannt und einfach nur froh, neben Grove zu sitzen, der einzigen Konstante in diesem Chaos. (Grove hat an alles gedacht, sagte er sich voller Bewunderung – sogar an die Spielkarten.)

Der Bungalow stand unter Kokospalmen unweit des Strandes. Regen hatte die dunklen Mauern ausgewaschen, und überall hing der hoffnungslose Gestank nach Moder. «Und das ist das Beste, was Romero uns anbieten konnte», schnaubte Grove verächtlich. «Den bringt auch nichts hoch von seinem fetten Arsch.»

«Aber er spielt mit, Baby. Und du hast eine Couch hier», sagte Thorny. Dann fuhr er mit dem Wagen und dem ganzen Zeug zum Hotel. Als er in die Plaza einbog, sah er Romero im Schein der späten Nachmittagssonne auf den Stufen stehen.

«Hombre, como estás?» Das brüderliche Schulterklopfen, die Großaufnahme der verfaulten Zähne. Oben, in der stinkenden, kleinen Kammer unweit der Badezimmer, saß Romero auf der Bettkante und spuckte die Stücke eines Zahnstochers aus, den er zerkaut hatte. Noch aufdringlicher und widerlicher als der Gestank aus den Latrinen war der penetrante Geruch seiner Füße, die in Turnschuhen steckten. Weisungsgemäß hatte Thorny

nur eine Flasche Whiskey aus dem Auto mit nach oben gebracht. Er zog sie aus der Tasche und goß Romero seinen ersten Drink ein.

Er aß auf dem Zimmer. Nach dem Essen spielten sie Karten; Romero gewann und schwitzte und trank immer mehr, bis seine Bewegungen außer Kontrolle gerieten und Thorny die Flasche mit großem Getue auf die Kommode stellte. Sie spielten weiter. Nacheinander tappten die Gäste an der Tür vorbei, um die Toiletten aufzusuchen, kehrten in ihre Zimmer zurück und verschlossen die Türen. Schließlich stand Thorny auf und ging selbst zur Latrine; dies würde Romero Gelegenheit geben, sich einen weiteren Drink zu genehmigen. Draußen schlich er leise den Balkon entlang zu dem anderen Zimmer. Das Licht war aus. Sein Herz klopfte viel zu heftig, und die nächste Pille war erst um zwölf fällig. Auf dem Rückweg stieß er mehrmals gegen die Pflanzen. Romero saß auf dem Stuhl, als Thorny hereinkam, die Ellbogen auf dem Tisch, aber er hatte einen kräftigen Schluck genommen; mit tränenden Augen versuchte er, den Hustenreiz zu unterdrücken.

Thorny nahm ein kleines Kofferradio aus seiner Aktentasche, setzte sich hin und fing an, einen Sender zu suchen. Gewitter in den Bergen verursachten ein unaufhörliches elektrostatisches Knistern. Er wußte, daß Romero das Spiel nicht fortsetzen würde; also blieb er einfach sitzen und wartete, daß Romero aufstand und die Treppe hinunter ins Bett polterte; der legte jedoch stattdessen den Kopf auf den Tisch und verharrte so. Thorny saß noch eine Weile da und spielte mit dem Radio.

29

Das Rauschen der Palmen im Dunkeln draußen drang durch die Fensterläden in den Bungalow. Grove hatte seit elf Uhr eine *grifa* nach der anderen geraucht; er merkte, daß er extrem nervös war, und sah ein, daß die *grifas* ein Fehler gewesen waren. Er trat hinaus und stand einen Augenblick im Sand, um die unbewegte Luft einzuziehen. Dann ging er zum Strand. Unter den Bäumen war die Luft heiß und stickig, aber am Wasser regte sich eine leichte Brise. Es konnte gerade in diesem Moment passieren; ohne sich bewußt zu sein, was er tat, schloß er die Augen und ging weiter geradeaus. Dann öffnete er sie wieder. Es war niemand am Strand. Er ging eine Weile weiter, machte dann kehrt und schlenderte zurück, noch immer angespannt und gereizt. Als er zum Bungalow kam, stand Thorny im Eingang und sah hinaus. Er drängte sich an ihm vorbei, wandte sich um und starrte ihn an. «Sie haben die Zimmer getauscht.»

Grove antwortete nicht, sondern stand mit offenem Mund da. Schließlich fragte er: «Wo ist Romero?»

«Er ist okay. Praktisch weggetreten.» Er machte eine entsprechende Geste. «Ich bin selbst reingegangen und hab's mir angesehen. Es war ein alter Mann da drin. Sie muß eine Antenne für so was haben. Sie hat sich im Zimmer nebenan eingeschlossen, mit der Frau von dem Alten.»

Die Nachricht traf Grove wie ein Hammerschlag. Sie hatte daran gedacht; sie hatte Angst. Sie kannte ihn. Und sie war immer noch da.

«Was tust du hier?» fragte er grob.

«Ich mußte dir Bescheid sagen, oder?»

Thornys defensiver Tonfall machte ihn wütend. «Nein! Mußtest du nicht! Was zum Teufel hast du hier verloren?»

«Soll ich etwa durchs Fenster steigen?» rief Thorny. «Und die andere liegt daneben?»

Grove streckte den Arm aus und packte ihn rauh bei der Schulter. «Hör zu, Thornwald», sagte er und grub seine Finger noch tiefer in Thornys Fleisch. «Das ist dein Problem. Du erledigst das. Verstehst du?»

Er hatte Groves Gesicht noch nie so verzerrt gesehen. Als er spürte, daß der Druck auf seiner Schulter langsam nachließ, machte er auf dem Absatz kehrt, rannte hinaus und stieg wieder in den Wagen.

Im Hotel kletterte er über die morsche Treppe nach oben; Romero war inzwischen vom Stuhl aufgestanden und auf das Bett gefallen. Er schnarchte durchdringend. Thorny rollte ihn gegen die Wand und setzte sich auf die Kante der Matratze. Langsam verstrich die Zeit, während er dasaß und auf die Tür sah, auf das Fenster. Um ein Uhr schaltete sich der Strom ab; er zündete eine Kerze an und beobachtete die Schatten, während er sich bereit machte. Schließlich zog er die Schuhe aus und ging hinaus.

Der nächtliche Lärm verschluckte die kaum wahrnehmbaren Geräusche, die er verursachte, als er durch das Fenster kletterte. Mit der Spritze in der Hand trat er an das Bett zur Linken. Als er das Kurare in den fleischigen Nacken injizierte, merkte er, wie seine Lippen lautlos die Worte: «Wiedersehen, du alte Schachtel!» formten. (Sie hatte ihn als Freund für Grove von Anfang an abgelehnt.) Es entstand nicht mehr Bewegung in ihrem Bett, als wenn sie sich umgedreht hätte. Er zog das Laken bis zu ihrem Kinn hoch und wandte sich zum Fenster.

30

Später, als es hell wurde, der alte Amerikaner mit seiner Frau verschwunden war und das Personal sich in der Küche zu schaffen machte, ging er noch einmal hinein und beendete seine Arbeit. Dann fuhr er zum Bungalow zurück. Es verschaffte ihm ein angenehmes Gefühl der Zufriedenheit, wenn er an die Geschwindigkeit und Präzision dachte, mit der er diesen letzten Teil des Unternehmens ausgeführt hatte. Grove erwartete ihn vor dem Bungalow, auf einem Palmenstumpf sitzend. Sie fuhren landeinwärts durch das grüne Reich einer Bananenplantage zum Gipfel eines Hügels hinter der Stadt, wo sie anhielten und hinuntersahen, bis das Feuer unter Kontrolle war. Die Plaza war schwarz von Menschen. Dann kämpften sie sich über einen schmalen Weg durch den Dschungel und erreichten den Highway, der Küste und Hauptstadt miteinander verband.

Es war erledigt – erledigt auf die einzig mögliche Art, wie Thorny es sah, doch Grove war nicht zufrieden; er war beunruhigt wegen der Amerikanerin. Immer wieder sagte er, er würde nie sicher wissen, was sie gesehen hatte. Sie war ohne einen Ton weggegangen, ja, aber wie konnte er wissen, daß sie nicht zufällig auf die Wahrheit gestoßen war (die ziemlich evident gewesen sein mußte, wenn sie aus irgendeinem Grund richtig hingesehen hatte) und dann die Tür hinter sich geschlossen hatte und eben lieber abgereist war, als sich hier in die Sache verwickeln zu lassen – es stand ihr ja frei, später alles zu sagen.

«Das muß geändert werden», sagte Grove entschlossen.

«Es ist ein bißchen spät, um noch irgend etwas zu ändern», sagte Thorny, gekränkt, daß Grove seine Arbeit nicht als glänzenden Erfolg ansah.

Grove antwortete nicht. Als sie um eine Kurve fuhren, warf Thorny ihm einen verstohlenen Blick zu und sah ein, daß er ausgeschlossen war. Grove würde irgend etwas Verrücktes tun – ohne ihn ins Vertrauen zu ziehen.

Trotzdem konnte er kaum glauben, daß Grove es ernst meinte, als er ihm zwei Tage später, nachdem er Thorny nach Los Hermanos hatte kommen lassen, das unerhörte neue Projekt unterbreitete.

«Du willst Ärger, stimmt's?» sagte er langsam. «Mußt du denn jetzt, wo alles in Ordnung ist, unbedingt schon wieder Kopf und Kragen riskieren?»

«Ja, das muß ich», fauchte Grove. «Du wirst ein paar Tage hier festsitzen, das ist alles. Sie kommen heute abend.»

Er fragte Grove nicht, warum die Frau nie auftauchte. Drei Tage später, als sie es geschafft hatten, den alten Mann einigermaßen zu beruhigen, bemerkte Grove: «Ein Glück, daß sie auf die Behandlung anspricht. Wenn sie auch nur halb so schwierig wäre wie er, würde Paloma niemals mit ihr fertig.»

Thorny enthielt sich jeder Kritik, denn Kritik war

zwecklos, und sagte nur: «Der Alte ist wirklich eine Nervensäge.» Er hätte nie geglaubt, daß Grove zu einem derart ausgemachten Unsinn imstande wäre. Statt ein normales Leben zu führen und ruhig auf eine Nachricht aus London oder Montreal zu warten, verstrickte er sich geradezu hysterisch in ein rund um die Uhr andauerndes Spiel mit zwei amerikanischen Touristen: gab ihnen LSD, spritzte ihnen Unmengen von Skopolamin und Morphium, herrschte nach Belieben über ihr Bewußtsein und sorgte in jeder Phase des Programms für spezielle Geräuscheffekte. (Diese Vorliebe für das Tonbandgerät hielt er für das Kindischste an der ganzen Sache. Das Zimmer in Los Hermanos mußte ständig verdunkelt bleiben, und zuweilen gab es dort ein endloses Flüstern, kaum laut genug, um es zu hören, außer man blieb eine Zeitlang dort und lauschte angestrengt; dann schienen die ständig wiederholten Sätze lauter zu werden, bis sie jeden Winkel des Raums füllten.)

Diese Zeit war schlimm gewesen; Thorny und Dirk hatten in Vierstundenschichten gearbeitet. Der Zeitplan mußte mit absoluter Präzision eingehalten werden. Jeden Tag fuhr Grove dreimal in die Hauptstadt; wenn er nach Los Hermanos zurückkehrte, hatte er häufig schlechte Laune.

«Was auch immer jetzt passiert», sagte Thorny an dem Morgen, als sie zum Bahnhof fuhren und er Grove half, den alten Mann in den Zug nach San Felipe zu tragen, »wir haben jedenfalls alles getan, was möglich war.» Er war nicht so dumm, zu sagen: Ich habe alles getan. Aber Grove drehte sich gereizt zu ihm um.

«Was redest du immer davon, was passieren könnte?»

fragte er. «Dinge passieren nicht von allein. Es kommt immer darauf an, wer seine Hand im Spiel hat.»

«Du hast recht», nickte er und erinnerte sich wenig später auf der Ranch an diese Bemerkung. Grove hatte ihn am folgenden Tag angerufen und gesagt, daß er ihn brauche; als er ankam, erwartete Grove ihn in der kleinen Bibliothek neben seinem Schlafzimmer. Er stand auf und schloß die Tür.

«Du wirst hier drinnen essen», sagte er. «Deine Aufgabe besteht darin, sämtliche Unterhaltungen abzuhören, egal, in welchem Zimmer wir gerade sind, und alles aufzunehmen. Sie ist nicht ehrlich zu mir.»

«Hast du nicht gesagt, sie spricht so gut auf die Behandlung an?» sagte Thorny und versuchte ein Grinsen zu unterdrücken.

«Das heißt nicht, daß sie jetzt ehrlich ist.»

Thorny lauschte vor, während und nach den Mahlzeiten und war beeindruckt. Es war nicht zu leugnen, daß keiner von beiden sich an irgend etwas in Puerto Farol erinnerte; sie waren überzeugt, daß sie Grove dort unten am Dock kennengelernt hatten.

«Da ist etwas, das sie zurückhält», stöhnte Grove, nachdem er die Aufnahmen aufmerksam angehört hatte.

«Mach sie wütend, wenn du kannst. Pack sie, wenn sie sich nicht unter Kontrolle hat», riet Thorny.

«Sie wird mir noch Ärger machen.»

Wenn man das alles berücksichtigte, konnte man damit rechnen, daß Grove wütend auf die Neuigkeiten über das Feuer reagieren würde; Thorny ging mit bösen Vorahnungen hin, um es ihm zu erzählen. Am selben Tag hatte Grove ihm einen Stapel Papiere zum Verbrennen gegeben, größtenteils maschinengeschriebene Notizen, wie er sie immer machte. Er hätte sich nicht die Mühe gemacht, Grove davon zu erzählen, wenn er die Frau nicht im Garten, unweit der Stelle, wo er die Papiere verbrannte, hätte herumwandern sehen. Als sie hineinging, verließ er seine Hängematte und ging hinüber, um nachzusehen. Einer der Dienstboten mußte Wasser auf das Feuer gegossen haben, ehe er zur Fiesta gegangen war, denn die Blätter waren nicht vollständig verbrannt. Er hob sie auf und trug sie in die Küche; unterwegs schnippte er die verkohlten Ecken ab. Im Spülbecken wusch er sich die Hände, und während er sie trocknete, fiel sein Blick auf das oberste Fragment.

ver
als Gestell f
Daran denken: Therap
ter Tag – Tonband vom Strand in La Lib
h «Bald wird es dämmern»
ns ROTE Notizbuch ein

So ging es weiter; es gab nicht einmal einen vollständigen Satz – nur Bruchstücke und verstümmelte Worte. Trotzdem blieb ihm keine Wahl, er mußte mit dem Zeug hineingehen und berichten, was passiert war.

«Was?» Grove sprang aus seinem Sessel auf und griff nach den Papieren.

Thorny schwieg. Er hörte das gleichmäßige Sprühen eines Rasensprengers im Hof und das Klatschen, wenn das Wasser die großen Bananenblätter traf. Nach einer

Weile sagte Grove, ihn starr ansehend: «Jetzt wird es schlimm.»

«Um Gottes willen! Sie ist doch nur vorbeigegangen.»

Grove starrte ihn immer noch an. Er erhob die Stimme: «Und ich sage dir, es ist schlimm.»

«Ich glaube dir.» Thorny ging zur Tür.

«Bleib hier», sagte Grove scharf und begann im Zimmer auf und ab zu gehen. Dann redete er fast zehn Minuten lang ohne Pause. Schließlich warf er sich auf den Diwan und streckte sich aus. «Es ist, als hätte ich von Anfang an gewußt, daß es so enden würde. Ein Unglück kommt selten allein.»

Thorny sah zu Boden. «Es kommt immer darauf an, wer seine Hände im Spiel hat. Hast du das nicht selbst gesagt?»

Groves Blick war kalt. «Ich bin genauso dagegen wie du. Aber so steht die Sache nun mal. Du siehst es doch selbst.»

«Du mußt wissen, was du tust.»

Wenig später ging Thorny hinaus in den Hof und sah die Frau unten auf den Felsen stehen; schnell holte Grove einen Tauchsieder und kochte dem Doktor seinen Tee.

Einige Zeit nach Einbruch der Dunkelheit, als Grove und die Frau in der Küche waren, ging Thorny hinunter und holte Pablo, der beim Generator geblieben war. («Da ist ein Señor, dem es schlecht geht; ich muß ihn nach San Felipe bringen.») Zusammen trugen sie den alten Mann vom Bett zum Lastwagen. Thorny stieg ein und schloß die Tür. Dann fuhr er allein in die Dunkelheit, den Weg nach Barrancas hinunter, bis er zu dem gefährlichen Stück kam, wo die Straße direkt an den Felsklippen entlangführte. Wenn hier auch nur ein Maultier entgegenkam, mußte man anhalten. Bei Tag konnte man weit unten die runden Wipfel der großen Bäume sehen. Den Rest mußte er allein erledigen, aber dennoch dauerte es nicht länger als zwei Minuten. Dann fuhr er etwa eine Meile weiter, bis er eine Stelle fand, wo er umdrehen konnte.

Niemand setzte je einen Fuß in das Gebiet dort unten; es war unberührte Wildnis. Mimosensträucher und Kakteen am Fuß der Steilwand und dann ein schreckliches, wegloses Dickicht dornigen Gebüschs, wie Rollen von Stacheldraht. Noch tiefer ein durchbrochener Wald mit hohen grünen Bäumen. Und dort unten hält sich sowieso nichts lange, dachte er, als sein Blick über das weite, mondbeschienene Land streifte: Geier, die flügelschlagend ums Überleben kämpften, und endlose Reihen von Ameisen, die Tag und Nacht eilig ihre Bahnen zogen.

«Warum legst du dich nicht hin?» fragte Grove, als er zurückkam.

«Ja», sagte er nur und ging hinunter zum Generator, um Pablo zu treffen. Tagsüber hatten sie zusammen ein paar *grifas* gedreht. Nun saßen sie im Mondschein, rauchten und hörten Radio. Ehe er ganz entspannte, denn er hatte keine Ahnung, wie lange er hier unten bei Pablo bleiben würde, zwang er sich, noch einmal aufzustehen und zum Laster hinüberzugehen: Er hatte die Schlüssel steckenlassen. Er war schon fast wieder unten am Generator, als er Pablo rufen hörte. Es war ein Schock, die Frau da stehen zu sehen; er hatte geglaubt, sie wäre bei Grove. Das einzige, was er tun konnte, war, zum Haus hinaufzugehen und sich mit Grove zu besprechen.

Groves Gesicht nahm einen häßlichen Ausdruck an, als Thorny es ihm erzählte. «Ach, sie will nach San Felipe? Okay, dann bring sie hin. Trifft sich gut!» Dann erklärte er Thorny alles und sagte ihm genau, was er zu tun hatte.

«Du hast wohl deinen gottverdammten Verstand verloren!» entfuhr es Thorny gegen seinen Willen.

Grove grinste breit. «Ich gebe dir zehn Minuten Vorsprung.«

Ganz schön gewagt, dachte Thorny, als er zum Generator zurückstapfte. Es war auch ohne diese Verrenkungen schon gefährlich genug. Einen Augenblick blieb er neben einem hohen Kaktus stehen, holte eine angefangene *grifa* aus seiner Tasche und rauchte sie zu Ende.

Er war sehr high, als er nach San Felipe hinauffuhr, und die Frau hatte beschlossen, feindselig zu sein. Das Durcheinander auf der Plaza, das Feuerwerk und das Geschrei machten ihn noch nervöser. Als er Grove entdeckt hatte und sicher war, daß dieser ihn und die Frau gesehen hatte, drängte er sich in die Menge, schaute starr geradeaus und bahnte sich einen Weg hindurch ins Freie. Rasch eilte er durch die Reihen von schweigend dasitzenden Indianern in die dunkle Straße, wo er geparkt hatte.

FÜNF

31

Das Gesicht der alten Frau verdüsterte sich; sie wandte sich vom Vogelkäfig ab, runzelte die Stirn und schlurfte zur Tür. Und da stand er, in einem weißen Pullover, und strahlte gewinnend. Day beobachtete, wie er die alte Frau abschätzte und seine Persönlichkeit auf ihre Bedürfnisse hin zuschnitt. Er nahm ein höfliches, fast unterwürfiges Wesen an und richtete ein paar freundliche Worte an sie; dann trat er an ihr vorbei in den Patio. Er grinste Day durch den Vogelkäfig an und begann sehr schnell zu reden. «‹Ich gebe zu, ich war verrückt nach der Dame›, gestand der Verdächtige nach sechsstündigem Verhör. ‹Ich bin ihr überallhin gefolgt. Ich wollte hinter ihr Geheimnis kommen. Aber deshalb bin ich noch nicht der Mörder.›»

Wenn er nur wirklich verrückt wäre, dachte sie, dann wäre sein Verhalten weniger bedrohlich. Da sie nicht antwortete, sondern nur dastand und ihn anstarrte, fuhr er fort: «In der nächsten Folge drucken sie das volle Geständnis. Was tun Sie hier?» Der unverschämte Ton dieser letzten Worte entfachte ihre Wut von neuem.

«Ich schlafe hier», sagte sie ausdruckslos. Die Nacht wurde kühler.

Die alte Frau stand noch immer da, hielt die Tür halb offen und betrachtete Grove mit einer Bewunderung, die nur schwach von Mißtrauen getrübt war. Er war so eindeutig der junge Liebhaber; es war so natürlich, daß er kam und die Frau zu überreden versuchte, mit ihm zur Fiesta zu gehen. *«Andale, guapa! Salga un poco con su novio.»* Es war wirklich lächerlich, aber Day war nicht nach Lachen zumute.

Grove ging um den Käfig herum und berührte sie am Arm. «Es war genau, wie ich vermutet hatte. Er wollte draußen ein wenig frische Luft schnappen. Er hat einen Spaziergang gemacht.»

Sie hätte ihm nur allzu gern geglaubt; es war schwer, und vielleicht spiegelte sich ihre Skepsis in ihrem Gesicht wider. «Na schön», sagte er und schenkte ihr ein häßliches Lächeln, «er ist entführt und wahrscheinlich ermordet worden. Ist das besser?»

Sie ignorierte die Ironie und ließ sich auf seine Geschichte ein. «Wirkt er wieder normal?»

«Was man so normal nennt», sagte er ungeduldig. «Warum gehen wir nicht ein Stück die Straße hoch und nehmen irgendwo einen Drink? Dann kommen Sie zurück, übernachten hier, und morgen früh suche ich Solera und hole Sie ab. Das ist es doch, was Sie wollen, nicht wahr? Sind Sie nicht deshalb nach San Felipe gekommen?»

Sie betrachtete ihn einen Moment abschätzend. Er glaubt immer noch, mich manipulieren zu können, dachte sie wütend – als könnte irgend etwas ihre Haltung ihm gegenüber ändern. Er rechnet damit, daß ich Widerstand leiste. Unerwartetes Nachgeben brächte ihn vielleicht aus dem Gleichgewicht, und sie könnte die Initiative in der Schlacht ergreifen. Die Tatsache, daß es ihr nicht gelingen wollte, in anderen Begriffen von ihrer Beziehung zu denken, entsetzte sie, vor allem aber war sie wütend, weil sie gezwungen war, sich einem solchen Kampf zu stellen.

Das Krachen des Feuerwerks und das Bellen der Hunde hatte nicht eine Sekunde nachgelassen. Die Alte stand noch da, die Hand an der Türklinke, und beobachtete die beiden, überzeugt, daß die junge Frau jeden Augenblick nachgeben würde. Und tatsächlich bewegte sie sich plötzlich träge um den Vogelkäfig herum. Dabei fuhr sie mit der Rückseite der Hand über den Maschendraht und erzeugte ein scharrendes Geräusch. Sie kam auf die Tür zu. Der junge Mann folgte rasch, lächelte der Alten zu und schob die Frau sacht hinaus. Sie nickte, als er an ihr vorbeitrat. *«Claro. Una noche de fiesta ...»* Sie schloß die Tür.

Die Sterne brannten am kalten Himmel. Sie gingen schnell durch die verlassenen Straßen, ließen den Lärm der Fiesta hinter sich. Am Rand der Stadt erhob sich ein felsiger Hügel über das karge Land. Oben standen hohe Bäume nahe am Rand des Felsenplateaus. Das niedrige Ziegelhaus davor wirkte sehr klein. Durch die offene Tür drang Musik.

«Heute nacht wird es schön», sagte er.

Der rote und orangefarbene Schein einer Jukebox bildete die einzige Lichtquelle im Schankraum. Tische waren um den Apparat gruppiert; ein Dutzend Mestizen saßen da wie betäubt.

Hinter dem Café erstreckte sich ein offener Garten, in dem einige hohe Pinien standen. Die Bambuspavillons zwischen den Bäumen waren spärlich erleuchtet. Überall saßen Leute; Kinder rannten in Scharen durch das Dunkel und warfen mit Knallkörpern, die zwischen den Kakteen explodierten. Erst als Grove sie durch den ganzen Garten geführt hatte, verstand Day, warum man gerade hier ein Café gebaut hatte. Es befand sich am äußersten Ende der Stadt, der hintere Teil des Gartens grenzte an den steilen Felsabfall. Entlang der halbkreisförmigen Balustrade standen weitere Bambushütten. Streifen bleichen Lichts fielen durch die Ritzen in ihren Wänden. Er führte sie in einen etwas tiefer gelegenen Teil des Gartens, und sie betraten eine der Hütten. Es gab nur eine schmale Bank; sie saßen nebeneinander und schauten hinaus auf die lichtlose Landschaft jenseits der Balustrade. Ein indianischer Kellner in Filzpantoffeln erschien im Eingang. Grove bestellte *habanero*; es gab nur Bier.

Sie wünschte, die Nacht wäre vorbei. Komischerweise fiel ihr jetzt der Satz aus ihrem Traum ein. Wenn es nur *wirklich* bald dämmerte und sie vorher nicht noch in dem schäbigen kleinen Zimmer die Stunden in dem harten Bett durchstehen müßte, ehe sie Dr. Solera treffen könnte. Das trockene Ächzen des Windes, der hin und wieder durch die Pinien strich, ließ die Minuten viel länger erscheinen.

Nach einer Weile kam der Indianer mit einem Eimer Eis und zwei Flaschen Bier darin zurück. Er legte einen Öffner auf den Tisch und verschwand wieder.

Der Mond stand nun hoch am Himmel; dort unten konnte sie einzelne schattige Canyons in der Ferne ausmachen, die vor einer Weile noch nicht sichtbar gewesen waren. Während sie mit den Augen ihren schwachen Konturen folgte, dachte sie an den schrecklichen Ausdruck, den sie in der Küche auf Groves Gesicht wahrgenommen hatte, und es kam ihr vor, als seien all die Kräfte, die unaufhaltsam zu der gegenwärtigen Szene geführt hatten, in jenem Augenblick geboren worden, und als habe sich seitdem nichts geändert.

Er saß erst in einer, dann in einer anderen Haltung da, obgleich die Bank nicht besonders unbequem war. Zweimal erhob er sich und blickte mit dem Glas in der Hand schweigend über die Balustrade ins Dunkel.

Unter großem Geschrei und Gelächter zog eine Familie quer durch den Garten. Dann detonierte im benachbarten Pavillon ein mächtiger Kracher. Schreie ertönten, und Frauen riefen: «*Ay, Dios!*»

Schließlich sagte sie: «Ich muß zurück. Ich bin halb tot vor Kälte.» Ihre Stimme klang, als käme sie aus einem Verstärker – ein unwirkliches, rauhes, eindringliches Flüstern.

Irgendwo hinten im Garten explodierte ein weiterer großer Schwärmer. Mehrere Ketten von kleineren flogen sprühend und zischend über die Balustrade.

Ohne aufzustehen, lehnte er sich über die Brüstung und sah hinunter. Es gab nur die Dunkelheit dort, das wußte sie ebensogut wie er, und doch ertappte sie sich, wie sie auf denselben Teil der unsichtbaren Landschaft hinabstarrte. Einen Augenblick war es so still im Garten hinter ihr, daß sie das gedämpfte Bellen eines Hundes in der Ferne hören konnte.

Plötzlich sagte er: «Schauen Sie, Day.» Sie wartete, daß er weitersprach und wandte, als er es nicht tat, den Kopf. In seiner Hand, die auf dem Oberschenkel ruhte, lag ein großer schwarzer Revolver.

SECHS

32

Als er den Lastwagen durch das Tor steuerte, fragte sich Thorny, ob Pablo noch wach war. Es fiel ihm ein, daß überhaupt niemand im Hause war. Keine Dienstboten, keine Gäste, keine Gastgeber – nur der Wind im Hof, der durchs Laub raschelte.

Die Lampe über dem Generator brannte; Pablo saß auf der Erde und hörte Radio. Thorny hockte sich neben ihn auf den Boden und kniff die Augen zusammen, so daß Pablo aufstand und das Licht ausschaltete. Als der Junge seinen Platz – nun im kalten Mondlicht – wieder eingenommen hatte, warf er Thorny eine *grifa* zu. «*Pobrecita!* Sie wollte zu ihrem Mann ins Krankenhaus?»

«Ja. Mach den Motor aus. Es ist niemand im Haus.»

Sie rauchten bis kurz nach Tagesanbruch. Als Thorny hinaufschlenderte, um zu schlafen, wirkte der Hof im fahlen Mondlicht verwildert; die Luft im Zimmer war stickig. Irgendwo hinter den Vorhängen zirpte eine Grille. Nachdem er die Tür verriegelt hatte, ging er zum Fenster und ließ geräuschvoll die Jalousien herunter. Von seinem Kopfkissen aus hörte er der Grille zu, die immer wieder ihren einen gläsernen Ton repetierte.

Um zwei Uhr hämmerte es gegen die Tür. Er stöhnte: «O Gott!», stand auf und öffnete.

Grove stand mit einer Thermosflasche Kaffee da; die Sonne spielte hell auf den Blättern hinter ihm. «Es geht los», sagte er. «Du fährst.»

Auf dem Weg in die Hauptstadt fiel kein Wort. Als das Cabriolet in die Stadt hinunterglitt, waren die langen Straßenzüge der düsteren Elendsviertel am Stadtrand vom Licht der untergehenden Sonne rosa gefärbt.

«Luchita ist heute morgen nach Paris geflogen», sagte Grove unvermittelt. «Sie hat vom Flughafen aus angerufen.» Thorny räusperte sich.

Sie standen auf der Terrasse von Groves Apartment, tranken eiskaltes Bier und betrachteten das schwindende Licht am westlichen Himmel. «Wann können wir damit rechnen, daß sich hier etwas ändert?» fragte Thorny, ohne einen Augenblick zuvor gewußt zu haben, daß er überhaupt etwas sagen würde.

«Nur die Ruhe. Du hast solange Kredit. Bis zu einem gewissen Punkt!»

«Bis einhunderttausend», sagte Thorny ohne jede Betonung. Grove wandte sich zu ihm um. «Mach daß du nach Hause kommst», fauchte er. Sein Gesicht war wutverzerrt, als wolle er jeden Moment in Tränen ausbrechen wie ein kleiner Junge.

«Lieber Himmel!» Thorny knallte sein Glas auf den Tisch und ging in die *sala*. Groves Stimme rief hinter ihm her. Er stand still, wartete auf die Erklärung, daß seine Arbeit nicht entscheidend gewesen sei, keine Bezahlung verdiene.

«Ich sagte, bis zu einem gewissen Punkt!» Grove erschien in der Tür, schwarz und gesichtslos vor dem erlöschenden Himmel. «Nimm doch Vernunft an! Wie kannst du es kriegen, ehe ich es habe?»

Aber eine ungewohnte Spur von Verwirrung in seiner Stimme war Thorny aufgefallen; er beobachtete, wie

Grove ins Zimmer trat und auf ihn zukam, und es schien der richtige Moment, um einen neuen Status zu etablieren. Nicht für sein Essen bezahlen zu müssen, nach Hause zu kommen und sich in ein wirklich bequemes Bett legen zu können – das war alles, woran er im Augenblick denken konnte. Er wandte sich ab und ging hinaus in die Halle; dort blieb er stehen und schaute in das blaue Zimmer, wo er die Nacht verbracht hatte, als sie aus Puerto Farol gekommen waren. «Mein Zimmer», dachte er; er ging hinein, zog Jackett und Schuhe aus und warf sich aufs Bett. Die Arme unter dem Kopf verschränkt lag er eine Weile da, starrte träumerisch an die Decke und wartete ab; Grove wußte, daß er noch da war.

Wenig später hörte er Grove hinausgehen. Er stand auf, streckte sich und ließ heißes Wasser in die Badewanne einlaufen. Dann schlenderte er in die Küche und wies Manuel und Paloma an, ihm sein Abendessen um halb neun zu servieren. Er ging langsam über die Terrasse zum Zimmer zurück und blieb unterwegs einen Augenblick stehen, um den Pool und den Springbrunnen zu betrachten. Es war das erste Mal, daß er sie richtig wahrnahm.

Im Badezimmer drehte er das Wasser ab, nahm ein großes Badetuch und wischte den Dampf von dem riesigen Wandspiegel; dieser hatte einen breiten, geschliffenen Rand, der das Bild verzerrt zurückwarf. Er bewegte den Kopf ein paarmal vor und zurück und beobachtete, wie sich sein Gesicht veränderte. Dann befeuchtete er eine *grifa*, zündete sie an und zog sich halb aus. Er nahm eine gebogene Schere aus dem Wandschrank und begann, sich die Fingernägel zu schneiden.

Paul Bowles im Goldmann Verlag

Gesang der Insekten
Roman
Aus dem Amerikanischen von Pociao
Goldmann-Hardcover 30358
Goldmann-Taschenbuch 9782

Mitternachtsmesse
Erzählungen
Aus dem Amerikanischen von Pociao
Goldmann-Hardcover 30382

Eisfelder
Erzählungen
Aus dem Amerikanischen von Pociao
Goldmann-Hardcover 30399

Rastlos
Erinnerungen eines Nomaden
Aus dem Amerikanischen von Pociao
Goldmann-Hardcover 30396

So mag er fallen
Roman
Aus dem Amerikanischen von Maria Wolff
Goldmann-Taschenbuch 9081

Das Haus der Spinne
Roman
Aus dem Amerikanischen von F. R. Wendhousen
Goldmann-Taschenbuch 9120

Die Stunden nach Mittag
Marokkanische Erzählungen
Aus dem Amerikanischen von Pociao
Goldmann-Taschenbuch 9398

Mohammed Mrabet
M'hashish. Geschichten aus Marokko
Aufgezeichnet von Paul Bowles
Aus dem Amerikanischen von Carl Weissner
Goldmann-Taschenbuch 9293

Weitere Titel in Vorbereitung.